U0630972

国际安徒生奖大奖书系

GUO JI ANTUSHENG JIANG DA JIANG SHUXI

威伦历险记 ②

明暗之水

1986 年安徒生奖得主

[澳大利亚] 帕特里夏·赖特森 / 著

戴红珍 徐海华 / 译

方卫平 / 主编

时代出版传媒股份有限公司

安徽少年儿童出版社

著作权登记号:皖登字 12151511 号

THE DARK BRIGHT WATER (BOOK OF WIRRUN, VOL 2) BY PATRICIA
WRIGHTSONCopyright © 1978 BY PATRICIA WRIGHTSON
This edition arranged with CURTIS BROWN – U.K
through BIG APPLE AGENCY, INC., LABUAN, MALAYSIA.
Simplified Chinese edition copyright:
2018 ANHUI CHILDREN'S PUBLISHING HOUSE
All rights reserved.
中文简体字版由安徽少年儿童出版社在中国大陆地区独家出版发行

图书在版编目(CIP)数据

威伦历险记 2 明暗之水 / (澳)帕特里夏·赖特森著; 戴红珍, 徐海华译. — 合肥 : 安徽少年儿童出版社, 2018.5 (2022.1重印)

(国际安徒生奖大奖书系 / 方卫平主编)

ISBN 978-7-5397-8348-2

Ⅰ.①威… Ⅱ.①帕… ②戴… ③徐… Ⅲ.①儿童小说 – 长篇小说 – 澳大利亚 – 现代 Ⅳ.①I611.84

中国版本图书馆 CIP 数据核字(2018)第 048314 号

[澳大利亚]帕特里夏·赖特森 / 著

戴红珍 徐海华 / 译

国际安徒生奖大奖书系·威伦历险记2 明暗之水

方卫平 / 主编

出 版 人:张 堃　　责任编辑:葛 伟　　　　　　　　责任校对:冯劲松

装帧设计:缪 惟　　插 图:子鹋坊插画　　　　　　　责任印制:田 航

出版发行:时代出版传媒股份有限公司　http://www.press-mart.com

　　　　安徽少年儿童出版社　 E-mail:ahse1984@163.com

　　　　新浪官方微博:http://weibo.com/ahsecbs

　　　　(安徽省合肥市翡翠路 1118 号出版传媒广场　　邮政编码:230071)

　　　　出版部电话:(0551)63533536(办公室) 63533533(传真)

　　　　(如发现印装质量问题,影响阅读,请与本社出版部联系调换)

印　　 制:阳谷毕升印务有限公司

开　　 本:880mm×1230mm　1/32　印张:10　插页:2　字数:210 千

版　　 次:2018 年 5 月第 1 版　　2022 年 1 月第 2 次印刷

ISBN 978-7-5397-8348-2　　　　　　　　　　　　　定价:38.00 元

版权所有,侵权必究

汉斯·克里斯蒂安·安徒生奖
HANS CHRISTIAN ANDERSEN AWARD

　　"安徒生奖"全称汉斯·克里斯蒂安·安徒生奖，是由国际儿童读物联盟(IBBY)设立的、国际上公认的儿童文学作家和插画家的最高荣誉奖项，素有"小诺贝尔奖"之称。该奖项每两年评选一次，于1956年首次设立儿童文学作家奖，并于1966年增设了插画家奖，以表彰获奖者为青少年儿童文学事业做出的永久贡献。评选过程中，提名作家和插画家的所有作品都要经过筛选。获奖者会被授予一枚刻有安徒生头像的金质奖章和荣誉证书，许多优秀作家和插画家因获得这一奖项而永载史册。

国际安徒生奖大奖书系
GUOJI ANTUSHENGJIANG DAJIANG SHUXI

总策划：刘海栖　张克文

主　编：方卫平

顾　问：

艾哈迈德·莱泽·卡鲁丁（原国际儿童读物联盟 IBBY 主席）

玛丽亚·耶稣·基尔（原安徒生奖评委会主席）

海　飞（原国际儿童读物联盟中国分会 CBBY 主席）

王　民（安徽出版集团有限责任公司董事长）

张明舟（国际儿童读物联盟 IBBY 主席）

总统筹：徐凤梅

序言 /1

原安徒生奖评委会主席
玛丽亚·耶稣·基尔

　　汉斯·克里斯蒂安·安徒生奖（以下均简称国际安徒生奖）是国际上公认的儿童文学作家和插画家的最高荣誉奖项，其宗旨是表彰获奖者为青少年儿童文学事业做出的永久贡献，每两年评选一次。评选过程中，提名作家和插画家的所有作品都要经过筛选。随着儿童文学的不断发展，国际安徒生奖得到了来自社会各界越来越多的关注：自1992年起，丹麦女王玛格丽特二世成为这一奖项的最高监护人；从2009年起，韩国的南怡岛株式会社成为该奖项的赞助机构。

　　颁奖典礼在隔年举行的国际儿童读物联盟（以下均简称IBBY）世界大会上举行，获奖者会被授予一枚刻有安徒生头像的金质奖章和荣誉证书。国际安徒生奖于1956年首次设立儿童文学作家奖，并于1966年增设了插画家奖。此后，许多优秀作家和插画家因获得这一奖项而永载史册。

　　推举候选人的任务由IBBY各国家分会承担。国际安徒生奖的评委会委员由各国家分会推荐,再由 IBBY 执行委员会选举产生。评委们来自世界各地,均为儿童文学领域的专家学者。

我有幸在 2008 年和 2010 年当选为国际安徒生奖评委会委员,并在 2012 年当选为国际安徒生奖评委会主席。我认为这是一项充满意义的工作,因为评委会必须通过两年严谨细密的调研,从来自世界各地申请评奖的作品中,选出美学与文学兼备、原创与创新并存的作品。在评选工作中,对于来自不同文化背景下的作品,评委会都会根据文学和艺术的评选标准,独立自主地作出裁决。

因此,当我获悉中国的安徽少年儿童出版社将要出版这套"国际安徒生奖大奖书系"时,惊喜之余备受鼓舞:有了这套书系的出版,千百万中国少年儿童就获得了一把金钥匙,去开启由世界顶级儿童文学作家和插画家共同建造的艺术圣殿。

最近,我曾两次受邀前往中国,考察中国儿童文学的发展情况。途中,我参观了多所小学,切身体会到阅读对儿童教育的重要性。众所周知,阅读是一项高水平、高要求的脑力活动,它能拓宽思维,激发创造力,培养独立意识,等等。益处不胜枚举,而儿童阅读能否成功推进,很大程度上取决于学校是否具体落实,故学校教育可决定儿童的未来。

另一方面,出版社,特别是主要读者群为儿童及青少年的出版社,肩负的社会责任十分巨大,因为他们需要配备一支文学和美学素质兼备的专业编辑团队,以严谨的态度,在浩瀚的童书市场中,挑选出不随波逐流的精品图书。他们还应具备准确判断年轻读者需求的独到眼光,以培养读者的想象力和审美能力为出发点,对作家和插画家提交的作品进行最精妙的编辑。通过高屋建瓴的编辑工作,优秀的原创文本和插图甚至能够锦上添花,而且更加切合读者的品位。此时,阅读的过程,也正是因为编辑的努力,不知不觉间升华为一种美妙的享受。

综上而论,优秀的文本可帮助人拓展思维,增长知识,解放思想;出色的插画可帮助人提高审美能力,走近艺术,认识世界。因此,阅读优秀儿童文学作品对儿童的成长意义十分深远。

最后,我想借这篇短短的序言,衷心感谢安徽少年儿童出版社为这项庞杂的出版工程所付出的辛勤劳动。我确信它将成为中国儿童文学史上令人永远铭记的里程碑。

(张天琪/译)

序言 /2
走向经典

浙江师范大学教授、博士生导师
著名儿童文学理论家
方卫平

亲爱的读者朋友,我们知道,国际安徒生奖是世界儿童文学界的最高奖项。这个被全球业内人士亲切而自豪地称为"小诺贝尔奖"的奖项,像它所借用的那位著名童话作家安徒生的名字一样,传递着一种经典的儿童文学气象。自20世纪50年代中期设立至今,先后获得国际安徒生奖的五十余位儿童文学作家和插画家,以他们奉献给孩子们的那些丰饶、瑰丽的儿童文学作品,延续着从安徒生开始被发扬光大的那个为童年写作的传统,也不断诠释、丰富着儿童文学经典的内涵与意义。

国际安徒生奖也是中国儿童文学界的一个情结。这些年来,我们对国际安徒生奖始终怀有一份恭敬而热切的向往。对于中国儿童文学界来说,走向国际安徒生奖,不仅意味着一种走向世界的勇气和自信,更意味着一种走向经典的姿态,一份走向经典的气度。我以为,在这个过程中,让中国儿童文学真正抵达并汇入到一种世界性的思想、情怀和艺术视野中,远比单纯赢得一个奖项的荣耀更重要,也更富有价值。

因此,2011 年夏秋之交,当我获知安徽少年儿童出版社将与国际安徒生奖的设立者和主办者——国际儿童读物联盟(IBBY)合作,推出一套规划专业、宏伟,运作规范、精心的"国际安徒生奖大奖书系"时,我是怀着颇为振奋和恭敬的心情,应邀参与到这套书系的出版工作中来的。在我看来,走向经典的过程,首先必然是一个阅读和享受经典的过程,这种阅读使我们的目光越过一个世界级奖项的耀眼光芒,去关注这个奖项所内含的那些最生动的文本、最具体的写作,以及最贴近我们文学体温的语言和故事。

这套"国际安徒生奖大奖书系"的出版,是迄今为止中国范围内以国际安徒生奖获奖作家、插画家的作品为对象的最大规模的一次引进出版行为,也是首次得到该奖项主办者国际儿童读物联盟官方授权并直接合作支持的国际安徒生奖获奖作家作品书系。书系计划结合儿童文学的专业艺术评判以及对中国儿童读者阅读需求和特征的充分考量,从国际安徒生奖获奖作家、插画家的作品中持续遴选、出版一批富于艺术代表性的童书。特别值得一提的是,书系并非是对所有国际安徒生奖获奖作家作品的简单引进,相反,其中每一本入选的童书,都是在认真的专业考察和比较基础上择定的作品。同时,书系规划的引进对象,既包括荣膺国际安徒生奖作家奖和插画家奖作者的作品,也包含获得该奖提名的一部分优秀作家、插画家的作品。之所以将后者纳入其中，是考虑到那些参与国际安徒生奖角逐并获得提名的作者，其作品往往也在很大程度上代表了相应国度儿童文学创作的最佳艺术水平。通过吸收和容纳这一部分作者的优秀作品，书系希望将更多的世界儿童文学佳作，呈献给我们中国的读者朋友们。

整个书系由文学作品系列、图画书系列、理论和资料书系列三大板块构成，其中文学作品系列呈现了国际安徒生奖获奖者的文学作品，图画书系列包括了获奖者的图画书作品，理论和资料书系列则意在展示相关的研究成果和资料。书系第一辑47种已于2014年春天面世，第二辑22种已于2016年春天面世。现在各位朋友看到的是书系的第三辑。

总的来说，为中国的孩子们奉献一套高质量的世界儿童文学经典丛书，是这套"国际安徒生奖大奖书系"最大的理想，而这理想的背后，是从出版社到儿童文学专业领域的众多参与者为之付出的艰辛而持续的努力。我所看到的是，在前期的准备阶段，从选题的规划论证到作品的判断遴选，从版权的洽谈落实到译者的考评约请，从内容、译文的推敲琢磨到外形的装帧设计，等等，围绕着丛书开展的一切工作，无不体现了与国际安徒生奖名实相符的精致感和经典感。从这个意义上说，这套大奖丛书不但意味着一项以经典为对象的工作，它本身也在寻求成为当代童书引进史上一个经典的身影。

身处童书引进出版的当代大潮之中，我想特别强调后一种经典的意义。近二三十年来，一批数量庞大的国际性的获奖童书被持续译介到国内，并在中国的儿童读者中广为传阅，进而演化为某种逢奖必译的童书引进出版盛况。或许，很少有一个国度像今天的中国这样，对来自域外的童书抱有如此巨大而饱满的接受热情。然而，也正因为这样，域外童书译介工作本身的质量，尤应引起人们的关切。在我看来，这项工作的意义不仅仅在于对经典文本的介绍和转译，更在于寻找到一条从世界儿童文学经典通往中国儿童读者的最完美的路径，它能够在引进经典作品的过程中，从一切方面为中国的孩子们尽可能地保留那份来自原作的经典感。这是一种对经典的继承，也是一种对经典的再造。它所播撒开去的那一粒粒儿童文学经典的种子，将成为孩子们童年生命中一种重要的塑形力量。对成长中的孩子来说，这样的经典阅读带给他们的，将是最开阔的思想，最宽广的想象，最丰富的文化体验以及最深厚的语言和情感的力量。

与第一辑、第二辑相比，"国际安徒生奖大奖书系"第三辑的一个新亮点在于，它收入多位中国的国际安徒生奖获奖者、提名入围者重要的儿童文学代表作，使书系对国际安徒生奖作家版图的呈现，更加完善。

我相信并期待着，"国际安徒生奖大奖书系"的出版，能够成为中国童书传播和译介走向经典、走向世界路途上的一个引人瞩目的标识。

2018 年 3 月 2 日改定于浙江师范大学红楼

目录 CONTENTS

1

第一章　返乡的旅途

一

古老的南方大地横卧在地平线上，宛若一只张开的大手，承受着盛夏的酷热。风席卷而过，磨蚀着三棱石平原。大海卷起高高的浪涛，拍打着无垠的海岸。大地不顾夏日的炙烤，怀揣着一肚子秘密，静静地躺在地上。而在远处的一隅——烟波浩渺的湖面和广袤无垠的旷野的西北面，以及大地心脏地带那片薄雾缭绕的巨石群的后面——年度的第一个热带气旋正在生成。

这气旋是诞生于大洋上空的热带气流。它将前方的水汽搅动起来，激起巨大的灰绿色水体，形成一波波巨浪，化成滚滚的浪花。气流抵达陆地边缘，在那里觅得一块低气压的地带，于是夹紧尾巴，蹿了上去。不料一入此处，竟被困住了。它发出怒不可遏的呼啸——宛如一条暴风之龙冲着自己的尾巴咆哮——尔后继续向陆地的方向逼近。云彩被旋转的气流控制，天色瞬间暗沉，暴雨一股脑儿地砸了下来。

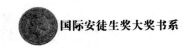

随着气旋的肆虐,海面激起滔天的漏斗状旋涡,大大小小的船只闻风逃窜。气旋不予理会,径自扫过西北端的海岸,继续咆哮着向陆地急速移动。

古老的南方大地依旧静静地平躺在地上,承受着盛夏的酷热。在它看来,气旋的狂啸只是蜜蜂的嗡嗡声而已。然而,对于当地的受害者来说,这个气旋远不是这么简单。这里没有城镇,只住着一些面容冷峻的英兰德族人与十来个黝黑的原住民。同时,这里还生活着一群不为人知的本土精灵。对他们来说,这次气旋简直就是一场浩劫。

气旋卷起的巨浪越过礁石,漫过沙滩,淹没了内陆。狂风暴雨在土地上肆虐,摧垮房屋,掀翻汽车与小船,它要么将大树连根拔起,要么将树叶剥个精光。气旋将河水聚拢,再瞬间砸下,重新注入河流,让经过的地方变成一片汪洋。从始至终,男人全都缩在一旁,听任它嘶吼咆哮;而当地的精灵们却发出吼叫,予以回应。面对气旋,有些精灵避开它的锋芒,有些与之搏斗,还有一些则旋身而上,骑在急旋的狂风背上。

水里的各路精灵纷纷顺着湍急的水势,驶离激流,进入相对平缓的水域。然而杨戈姆拉的族人却偏偏不干,她们也像狂风一样狂妄不羁。她们迫不及待地睁大眼睛,把锋利的长指甲插入树根与堤岸里,与洪水展开一场欢快的搏击。姐妹们手拉着手,将滑腻腻的银灰色身躯像尖刀一样扎入水中,在泛滥的两岸之间构筑起一道防洪墙。她们的黑发被洪水冲成一团,缠绕在礁石上。姐妹们迎着暴风雨,像野犬一般开始放声合唱。其中一个精灵好想听姐妹们唱歌,好想纵声大笑。所以杨戈姆拉停下来,稍微放松了紧握着的手——就在这一刹那,她却被洪水冲散,翻滚着卷入了水中。这一变故令她大为惊骇。她以前从没落单过。就在她高喊救命的同时,一波波大浪向她打来,将不停翻滚的她推向了大海。

她尚未缓过神来,便已抵达了另一个世界。这里显得好荒芜,好潮湿啊。真没想到,夹杂着泥土的洪水居然会冲得这么远,汇入到遥远的灰色大海里。杨戈姆拉顶着喧嚣的暴风雨,扯着嗓子,不停地呼喊着姐妹们。暴风雨忍不住停下来,想听听她究竟在喊些什么。狂风终于停歇,周围只剩下洪水的咆哮与拍打声,杨戈姆拉吓得瑟瑟发抖。她知道暴风雨没有过去,它只是在用脸部中央的大眼睛俯视着她罢了。孤立无援的感觉真可怕。杨戈姆拉知道狂风即将再次刮起,周边没有任何堤岸可以插入手指,也没有紧握着的手可以组成人墙。从陆地到天空,只有层层叠叠的浪涛滚滚而来,不停地撞击她,裹挟她,将她向外推去。她的身体被海水泡得生疼。情急之下,杨戈姆拉一头扎入水中,以水精灵的速度飞快地游动。隔了好久之后,她的情绪才稍稍平复,开始搜索海岸。这时,她已然从暴风雨中逃脱。

杨戈姆拉没能找到海岸。由于慌不择路,她游得太远了。她思忖着是否再从海里游回去。然而,黏糊糊的柔软身躯被海水严重灼伤,她急需找到一条河流——或者是一股

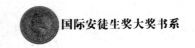

洪流——或者是一次暴风雨——哪怕是干燥的陆地也行。然而，眼前只看得到一个一望无际的浅海，水面虽然很平静，但是依然被气旋雨云笼罩，显得很暗沉。眼看又一波阵雨即将袭来，杨戈姆拉赶紧躺在水上等待。雨水令火辣辣的疼痛得到些许缓解。随后，她再次潜入水中，探寻海底隆起的斜坡。她的黑眼睛恢复了敏锐的视觉，目光已不再凄凄惶惶。

杨戈姆拉遇到了很多小鱼和鲨鱼。这些都是素不相识的生物。鱼儿张着嘴巴，从她身边快速游过，她几乎没有察觉。海底向南凸起，杨戈姆拉知道自己正在向陆地的方向行进。海里的旋涡与水流想缠住她,但她绕了过去,宛如鱼儿一般轻松。突然，仿佛有根羽毛从下面钻出来似的，她察觉到另一股细微的水流。她马上停下来，开始感觉，开始判断——是淡水！波浪托着她的黑发，仿佛托着水草一般。似有似无的淡水是从浪涛之间冒出来的。肯定是水流，或者是水压，迫使淡水向高处流动。

杨戈姆拉循着淡水的流向,来到一块淤泥地。水势增大了。杨戈姆拉用锋利的指甲使劲地向下挖去。淤泥受到了搅扰，形成一片灰褐色的旋涡，久久不肯散去。她挖到了一块积满泥沙的低凹地，经过清理，终于发现了一个拳头大小的洞穴。水势越来越大。杨戈姆拉是水精灵，身体又是滑腻腻的，所以她顺势滑了进去。

与浓烈的海水相比，这股淡水犹如夏夜一般清凉。然

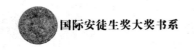

而,沙子老是硌着她,剐掉了她体表上的好多黏液。杨戈姆拉在黑暗中摸索着向上方不停地游动。游着游着,洞穴变宽了。她坚信自己即将离开大海,到达陆地。她期待总有一刻,在甬道的尽头,会出现一个洒满阳光的水潭。届时,她一定要好好休养,等身体复原后,再寻找一条水路,回到姐妹们的身边去。她好需要姐妹们啊。可现在她连想都不敢想她们。眼下,她只要惦记着水就行。

然而,就连水她也不愿多想。这股水给她带来了困扰。这是一种陌生的水,闻起来不像河水,也不像潭水,没有那两种水的味道与触感。

"这是古老的水。"随后,杨戈姆拉移开了思绪。无论如何,这个水就是她的救命水,她受不了海水。杨戈姆拉跻身在狭窄的暗道里,她多盼望有宽敞的空间啊。她横下心来,拖着酸痛的身体继续蠕动。暗道径自向上延伸,似乎没有尽头。"总会有出口的。"她坚定地告诉自己。

忽然间,杨戈姆拉的身体滑入了一个不受拘束的空间,水域骤然变宽了,她能感觉到周遭的空间突然增大了。她轻快地转了两圈,好快活啊,行动总算自由了。她久久地躺在那里,一动不动。终于到水潭了。她感觉之前自己仿佛在火海中跑了许久。

良久之后,杨戈姆拉强迫自己直起身来。有个现象值得关注——那就是黑暗,它仍未消散。倒不是说这里一片漆黑,但依然暗沉沉的,浓得化不开来。杨戈姆拉像鳗鱼一般扭动身体,从水底往上游,探索出口,但一无所获。上上下下,前前后后,她只找到更多的礁石。看来,这片水是被禁锢在岩石中的古水。即便如此,杨戈姆拉还是感觉到,有股水流正在暗中涌动。

杨戈姆拉这才恍然大悟,明白了这是什么水,以及自己被引到了何处。原来她进入了大地深处的秘密地带。这些水是干渴的大地为自己储藏的备用水。一点一滴,年复一年,大地就是这样将它们蕴藏在岩石与沙漠之下的地底深处。它们是来自于远古的雨水与洪水,以及被年轻的太阳融化的冰水。那时,人类还很矮小,浑身长着毛,野兽却很庞大。这些水是古老的土地埋藏在心底里的眷念,是对其年轻时代的记忆。杨戈姆拉忍不住战栗起来,她攥紧着拳头,尖锐的指甲扎入了掌心的肉里。她感觉到大地正在发威,要将她囚禁于此地。她必须穿过暗道,游过大海,原路返回去。

然而她回不了头。难道有谁能二度穿越火海吗?杨戈姆拉在水池里来回扑腾。好多年啦,河水从没像现在这样,变得浑浊不堪。杨戈姆拉顿时吓坏了,赶紧缩到河底去。黏糊糊的礁石靠上去异常柔软,给她带来了些许慰藉。毕竟,这就是生机,哪怕是在这里也有。她用指甲刮下一些苔藓,吞了下去。只要有食物,她就有力气平息内心的恐惧,进而压制对光明与姐妹们的渴望。她有的是时间,可以聆听大地经久不息的古老心声。水波终于消散,水潭恢复了平静。就在此时,杨戈姆拉听到了那个秘密。

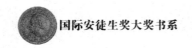

这个秘密就隐藏在诡秘的水流之中。平静的水潭里盘踞着一股暗流。

"水流进来也能流出去,"杨戈姆拉自言自语道,"总会有出口的。"

杨戈姆拉循着水流的线索,一路潜行,最后水流被浑浊的潭水隐没。杨戈姆拉只能等待。她又吃了些黏土,好让身体恢复,体表的柔软黏液重新长出来。就这样,慢慢地,杨戈姆拉跟着水流的踪迹来到入水口,又发现一条更宽敞的暗道,于是滑了进去,由此进入了大地的腹地。

同一片黑暗,哪怕是混沌初始的黑暗,带给人类与精灵的,却是截然不同的感觉。古老的精灵们视力更好,不至于孤立无援,周围也不是一片死寂。他们能感应到万物的律动。比如说,其他精灵颤动时发出的和谐与不和谐的声音,石头强劲的低吟,河水温柔的和声,等等。真菌生长,蟋蟀爬动,蜘蛛疾行,所有这些动静都会引来其他精灵的微弱回应。对古老的生命体而言,这一切都是讯息。

然而,杨戈姆拉只熟悉潺潺的流水,广阔的天空,而不是藏在地底下的暗流。她失去了故乡,对她的同类以及族人而言,这便意味着黑暗,意味着迷失。她习惯了放声大笑,纵情歌唱,狂放嬉戏,还有手牵着手——这一辈子,但凡是在视线之内,无论身在何处,她总看到自己与姐妹们待在一起。而现在,她却是孤零零的,迷失了自我。她想念自己的姐妹们,想得好苦啊。

杨戈姆拉继续向前行进。她钻暗道，入水潭，穿甬道，进溶洞。她不知道现在是白天还是黑夜，她只选定了一个方向——向上走。可惜就连这个方法也时常行不通。她经常踩进滚烫的水里，不得不仓皇逃离。水流不知通向何方，经常无故消失，根本没有固定的模式可言。即便如此，杨戈姆拉还是不时碰到一些隆起的平地，溶洞里、甬道里只有一层浅浅的黑苦水，她得靠脚底下的泥沙，才分辨出水的存在。起初，她好开心啊，以为自己终于解脱了。因为黑苦水很诡异，竟会灼痛她。但不消多久，她又要被迫再去找水。渐渐地，她适应了水，不再被它灼痛了。

　　杨戈姆拉还适应了许多陌生的事物。遇到空气闷热难当的时候，她便潜入水中，一躲了之。当她第一次将一块石头投到溶洞的水潭里时，水里发出一个清脆的音符，宛如喜鹊的歌声一般。岩石接过音符，将它来回传递，最后整个溶洞与甬道都回荡起喜鹊的叫声。杨戈姆拉原以为是精灵在作祟，慌忙躲开了。后来，她熟悉了水与岩石相互召唤时发出的各种声音。偶尔她也会故意惊动它们，来给自己做伴。她的眼睛变大了，目光也更敏锐了。她看到一个龇牙咧嘴的轮廓，吓得赶紧逃跑。事后才明白过来——那是某个远古巨兽的头盖骨，死了足足有一个世纪之久。她还看到过一种石头，上面积满了雨珠，宛如飞泻直下的水珠或水流，显得晶莹剔透。其实，那只是石头，很硬，不会动，一碰就碎。

　　杨戈姆拉听到过一种声音。在地下深处，那是最匪夷所

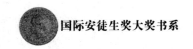

思的声音——远处传来了狂风凄厉的呼啸声。溶洞里的空气被吸走，一阵凉飕飕的冷气被灌了进来。但她明白，这儿是地底下，不可能有风或者是冷空气。她站在那里听着，浑身瑟瑟发抖，即便她性子再野，也被吓得一动也不敢动。这风可不是杨戈姆拉能与之对吼闹着玩的，这是精灵们的风。她滑入水潭，躺在里面，吓得一动也不动。

在这之后，杨戈姆拉无意间闯入一个冰窟。她从没见过冰。一开始，她以为这个东西热得烫手，不料却发现它冷得刺骨。她曾经碰到过其他生物，回想起当时的谈话，她想起来了，这就是冰。

杨戈姆拉好想遇到精灵，但又不敢。在这个山洞里，她是外人，是入侵者。有时候，一团阴森森的影子会停留在洞壁处，或者是堵住甬道。每逢这种时候，杨戈姆拉便知道有个精灵在附近出没，于是赶紧躲到水里去。有一两次，她看到荧光体在移动，便悄悄地跟在后面，但又不敢靠得太近，结果跟丢了。她不敢大吼，只好坐在水潭中，气得直哭。她好孤独啊。

又有一次，杨戈姆拉跟踪一个类似的发光体，发现它走得越久，荧光越亮。她害怕极了，只好转身离开，踅入旁边的岔道。没想到拐了个弯后，岔道居然并入了原先的溶洞。顿时，眼前豁然开朗，她看到了其他的精灵。她好久没有见到同类，不舍得溜走。于是，她索性留下来窥视。

杨戈姆拉很侥幸。属于不同族群的精灵们正在这里聚会,他们早就感应到彼此的陌生律动,但却没有察觉到她的存在。杨戈姆拉赶紧爬上高处,隐身在黑乎乎的岩石丛中,俯视着那群生灵。在黑暗中生存很久之后,微光在她的眼中似乎亮了好多。很快,又有一道更强的光亮加入了聚会的队伍。那是一团跳跃的金黄色火焰。杨戈姆拉不由得心中一沉,她怕火。可是,现在爬下去着实很危险,她只好留在原地,静观其变。

见到这些不同的精灵,杨戈姆拉也很兴奋。她恨不得发出她那独特的爆笑,但只能强自忍住,忍得浑身直打战。现场的精灵长相都很相似,唯一的区别是:有些长着狗一样的尾巴;有些只有荧光,没有轮廓,随着火光的摇曳,不停地来回飘忽,显得非常鬼魅;有些女精灵没长脑袋,虽然现场有火光,但她们依然在乱摸一气。杨戈姆拉强忍着一肚子的大笑,憋得好难受啊。大多数精灵都是小个子,眼睛像星星一般闪亮,说话时发出叽里咕噜的声音,与石头的低吟声如出一辙。他们的个头像小孩一样矮小。不过,看到他们,杨戈姆拉的目光里却充满了敬意,她知道,矮个族的成员都是大力士。

这些精灵好像在等待,似乎还有事情会发生。杨戈姆拉寻思着。他们是要举行狂欢吗?就在这时,一缕青烟在寂静的溶洞里袅袅升起,吓得杨戈姆拉立刻缩了回去。他们究竟找到什么东西来生火的?她又瞥了一眼:原来是干草与枝条,想必是从大老远的地方带来的吧。有一些垃圾,没准是

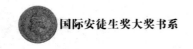

从水潭四周收罗来的。还有一些远古的枯骨,她偶尔在这里看到过。还有——真奇怪!在篝火的旁边,居然放着食物。那里有一只软绵绵的黑蝙蝠,一条病恹恹的蜥蜴,还有三四条奇怪的幼虫。显然这些食物不是为所有来客准备的,而是供某个对象享用的。这么说来,那些家伙不是要举行狂欢,而是在恭候某个大人物的光临。杨戈姆拉顺着他们的目光望去,她也在等待。

下方开始骚动,又有一个精灵从阴影处冒出来,进入了溶洞。这个精灵长着一双乌黑的圆眼睛,个头很高,像竹竿一样瘦。她迈着轻盈的步伐,甩着一撮头发走了过来。她行走时身体有些佝偻,显然是一个腼腆而害羞的精灵。然而,一看到篝火,一看到恭候的人群,她便挺直身体,昂起了脑袋。在那一刻,她显得非常高傲。可惜,杨戈姆拉未能捕捉到她的表情。

见到这个精灵,杨戈姆拉险些发出一声惊呼。于是赶紧把手塞进嘴里,紧紧咬住。她认识她,她叫米米,是石精灵,离她的故乡很近——这个族群相当瘦弱,向来很谦和,怕风,怕骨折。而且,在这个山洞里,米米跟杨戈姆拉一样,也是一个外人。倘若杨戈姆拉可以在所有生物中挑选一位,帮助她回到故乡,那没有谁比米米更合适了。

"她一定会帮我的,"杨戈姆拉咬着手指恶狠狠地自语道,"否则,我会打断她的骨头,让她粉身碎骨。只要让她看我一眼,她就会明白,她就会颤抖的。"

二

杨戈姆拉心里动起了志在必得的邪念，她兴奋得浑身震颤，宛如琴弦一般。下面的生灵未必欢迎另一位外人的闯入，但他们定已察觉到她的存在。一个石精灵！除了他们，还有哪种精灵能在石林丛中自如地穿梭呢？而且，她还能去什么地方，无非是回到她的故乡，而杨戈姆拉的家就近在咫尺！杨戈姆拉蹲伏在幽暗的上方，准备伺机而动。一个米米——对水精灵而言，一个米米算什么呢？

然而，她并没往下跳。就在这个关头，她想起下面还有其他人。亮眼矮个族不仅人数众多，而且个个都是大力士。而长尾精灵摆出一种桀骜不驯的做派，丝毫不逊色于她。她倒是很鄙视那些没有脑袋的女精灵，却忌惮没有轮廓的鬼魅精灵。绝大部分精灵似乎都来自于大地的暗黑禁地，他们决不允许入侵者踏入此地一步。

很明显，他们正在恭候米米的光临。米米真瘦真弱啊！米米走到阴影的边缘，停下脚步，用圆圆的大眼睛打量眼前的人群。然后，她略显庄重地转过身去，弯下瘦长的身体，背对着篝火，在岩石上坐了下来。聚集的人群顿时喧闹起来，赶紧迎上前去，向她低头致敬，毕恭毕敬地邀请她转过身来。鬼魅精灵也向米米飘去。杨戈姆拉警觉地看着这一幕，不由得锁紧了眉头。居然有人对一个外人——一个石精灵——如此殷勤备至，这真是一件怪事啊。

"我们有火，我们有食物。"矮个精灵好言劝说。

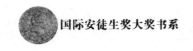

"我们听到了消息，"长尾精灵说，"还听到过风的呼啸，感觉到冰的寒意。我们欢迎御冰勇士光临。"

听到这些话，杨戈姆拉猛地打了一个激灵。她又好奇，又生气，简直难以置信。她和水精灵姐妹们对此事闻所未闻，她只是在这儿的溶洞里，才见识过冰。石精灵从没抗击过寒冰，而且她压根儿不相信，她们会与任何东西搏斗。米米站起来，转过身来，身板挺得笔直。她那乌黑的眼睛里闪动着绿色的光芒。从她走向篝火时的举止来看，与其说她高傲，不如说她不服。杨戈姆拉一直在观察。

"瞧她那样！"杨戈姆拉自言自语道。她鄙视地抱紧双臂，手指直挠胳膊。"这么胆小，根本没有资格骄傲！哼，我要和她单独较量！我会让这个勇士像折断的羊齿苋一样，一蹶不振！"不过，她还是警觉地往下听。米米一开口，杨戈姆拉的怀疑便得到了证实。她不由得咧嘴笑了。

"你们在羞辱我，我不是什么勇士。我的职责只是给路途上的御冰勇士提供协助罢了。你们听到的是他的消息，他是好人，很勇敢。"

"我们算什么，怎能了解这些？"长尾女精灵说道，"我们只知道宁亚族人来过这里。他们带来寒流，制造了很多冰，现在他们又回去了。您是老大，您知道内情，我们洗耳恭听。"

矮人族的成员一直在忙活，把蝙蝠、蜥蜴以及幼虫放入灰烬中。他们仰起脑袋，用星星般闪亮的眼睛凝视着米米。

"您就说吧!"他们用含混的声音哀求道,同时将篝火旁的地方让了出来。

米米蹲下身子,就像一位旅客,走了太长的一段路,耗尽了全身的力气似的。在一片寂静中,一缕青烟升了起来,那是骸骨与垃圾焚烧后散发的浓烟,是烧焦的皮毛与鳞片产生的毒气。杨戈姆拉赶紧躲到岩石丛中。然而,米米却使劲嗅着这个气味,好像很受用。她凝视着篝火,仿佛在火光中看到了自己的经历。

"宁亚族!"米米喃喃地开口了。精灵们全都停下动作,竖起耳朵聆听。米米心里很清楚,这个流言传得沸沸扬扬,想必他们早已听说过,只是想听她亲口再说一遍而已。再说了,这次聚会他们不是给她弄来了篝火与食物吗?

"宁亚族人的地盘在红砂岩下面,"米米说道,"他们预谋用冰把这片土地封冻起来,重现当年他们强盛时的雄风。不过,首先他们必须找到最古老的纳冈才行,它拥有火的力量。否则,神兽纳冈也许会趁宁亚族人羽毛未丰之际,将他们击垮。于是为了寻觅最古老的纳冈,他们往东一直找到大海,往南一直走到天涯,找遍了很多地方,包括你们的家乡。而我们就跟在他们的后面,想向神兽纳冈发出警报,让他们提高警惕。"

听众一声不吭。现在,除了宁亚族,故事中又增添了纳冈,而在地下的岩石世界里,纳冈可是个大名鼎鼎的名字。米米注视着篝火,仿佛看到她之前的经历。最后,另一位长

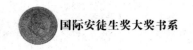

尾精灵开口了。

"这一次冰冻着实厉害,岩石都冻裂了。您看到了吗?那些巨石从未见过天日,它们做梦都想回到大山里去,只是时机未到。然而,这一次的冰冻害得它们像青蛙一样变得胀鼓鼓的,最后爆裂开来。"他一本正经地说道,黑眼睛里却闪过一丝红光,杨戈姆拉不禁失笑。

米米也捕捉到了那抹红色的闪光。"库林家的孩子,大地会孕育新的山峦的,"她坚定地说道,长尾精灵顿时移开了目光,"这次爆裂跟我们有关。"

"您就直说吧。"矮个族催促道。他们拿来烤好的食物,摆放在石头上。

"我们跟踪宁亚族,一路来到沙滩。最古老的纳冈就躺在沙滩上,但是我们错过了时辰。我们用人类的火焰来对抗宁亚族的寒冰。火势从没这么厉害过。库林家的孩子,大火也会烤裂石头的。"

"人类的火焰……"所有的眼睛顿时聚焦在米米身上,那些眼睛又黑又亮。杨戈姆拉也被故事吸引住了。

"人类与精灵在一位领袖的号令下,并肩作战。"米米用她那枝条般纤细的手指抓住蝙蝠的腿。她之前忘记了它的存在。"这是一场恶斗。最后,宁亚族人铩羽而归,逃回了老巢。后方的留守人员倾巢出动,用歌声迎接他们归来。"

"有领袖吗?是谁?"

"是个男人,他叫威伦,是精灵之王。"

众精灵议论纷纷,他们半信半疑。"精灵之王!难道时光回转了吗?""会是一个跨越时空的远古精灵吗?"

　　"他是个年轻人,属于这个时代,住在白人的城镇里。但是他能听到大地的声音,身上携带着一块远古的魔法石。精灵之王就是御冰勇士……"米米垂下头,茫然地看着烤碎的蝙蝠。"我很惆怅,我不知道他的下落。"米米嘟哝道。她曾跟着御冰勇士踏遍了大半片土地,一路上一直揪着他不放,不停地呵斥他。听到此言,胡乱摸索的无头女精灵不禁向米米靠近。矮个族一声不吭,他们依然很恭敬。鬼魅精灵忍不住飘忽了几下。长尾女精灵则放肆地甩了一下尾巴。杨戈姆拉不由得发出窃笑。

　　"老大,您的职责是什么? 一个远在北方的米米怎么会走遍天涯,与伟大的领袖一起抗击寒冰?"

　　米米突然骄傲地抬起头来。见状,杨戈姆拉不禁蹙起了眉头。"库林家的婆娘,我是乘在风上前进的。石精灵确实没有这个能耐,我是被大风从家乡刮走的。于是,我索性乘着风前进,跨越了一个又一个大海,而且没被吹垮。我的职责就是协助御冰勇士掌握御风的本领。我要用我自己的眼睛和耳朵,为他服务,让他熟悉各种陌生的精灵。"米米再次垂下眼睛,看着那堆火,陷入了沉思,"这是大地下达的命令。不过我好怀念自己的家乡,我厌倦了等待。"

　　"您很快就能回去的,"矮个精灵安慰米米,"您请用餐休息吧。"他们把幼虫递给米米。这是他们不为外界所知的

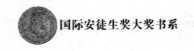
同类,是恢复元气的珍品。

米米蹲坐在火堆旁,吃了起来。她一边礼节性地吃着,一边想着心事。她在他们的火堆旁坐过,吃了对方的食物,说了对方想听的话,扮演了贵宾的角色。希望接下来他们不会举行狂欢。若要回到家乡,必须路过这么多的地方,接受这么隆重的招待。跟与威伦一起同行的征途相比,归乡的旅途更累人。离家越近,思念越浓。

杨戈姆拉紧蹙着眉头,俯视着下面的这一切。她竭力避开那股烟雾。她以前从未忍受过它的折磨……倘若是在家乡,她和姐妹们肯定会潜入甘甜的河水中……一想到这个,她便浑身不自在,忍不住打了个寒战。她害怕自己会被浓烟熏倒,像枯叶一样,飘落到下方的人群中去。此外,她需要在不受烟雾干扰的情况下,观察、倾听、并且思考。

杨戈姆拉听完米米的故事,不由得心生敬意。石精灵的族人哪怕迷路了,也懂得如何为自己的家乡效劳。好在米米本次的任务已经结束。杨戈姆拉思念故乡,思念得好苦!她只知道,米米非得带她回家不可。可是,眼下米米却坐在火堆旁休息,身边有这么多人服侍。杨戈姆拉无计可施,只能边等边思考。

恐怕这件事不会像她预料的那么简单。米米不是勇士,这一点已得到了证实。不过,从米米的叙述中可以看出,她有勇气,也为此骄傲。万一她拒绝帮忙……对杨戈姆拉来说,一个被打断骨头的石精灵又有何用? 不过,米米想必不会拒绝她的。她们俩原本可以结为姐妹。米米刚才说过，她厌倦了等待，而她本人也感受到了深深的孤独与绝望。

"只要让我和她单独相处就好，"杨戈姆拉嘀咕道。她紧握着拳头，指甲陷入了掌心的肉里。然而，即便这个要求也不简单。等候米米，迎接米米，协助米米，这是每一个精灵的职责。

石头上的火堆渐渐熄灭。长尾精灵与无头精灵扎堆守候在不同的地方。米米在鬼魅精灵与矮个精灵的照顾下，躺在火堆旁睡着了……她果真睡着了吗？就在杨戈姆拉探头窥视时，她依稀察觉到一束绿色的目光，赶紧缩了回来。她边等边听着下面的动静。过了许久，下面才传来了骚动，于是她再次悄悄地探出身体，往下看去。

米米已经醒来。长尾精灵正在拨散余火。洞穴里只剩下精灵自身的微光。他们在为米米的启程做准备。杨戈姆拉最忌惮的鬼魅精灵没有发出一丝亮光，只剩下一团团模糊的影子，在微光边缘移动。杨戈姆拉咬紧嘴唇，提醒自己，行动时务必要小心。她看着这群精灵消逝在溶洞尽头的甬道里，微光也随之一同消失。片刻之后，她悄无声息地迅速爬下来，尾随在他们后面。

下一个溶洞里有地下水，米米弯下身子喝水。其他的精灵也一同喝起水来。杨戈姆拉躲在岩石后面。水里发出清脆的响声，得到了岩石的回应，随后归于沉寂。杨戈姆拉悄无声息地滑入水潭里。她好开心啊，在水里，她的皮肤再次变

得滑腻腻的,她终于甩掉了烟味。

杨戈姆拉不熟悉岩石的习性,但她了解水。有一段时间,她能依照水的习性来跟踪行进中的精灵。她沿着暗道透迤前行。遇到被水淹没的溶洞,精灵们要绕道而行,而她却能抄近路,从水里游过去。对方近在咫尺,他们的低语声咕哝声,山洞里的回音,间或看到的反光——这些都是引导她的线索。这一路跟得真顺畅,又快又安全。

不过,危机说来就来。杨戈姆拉循着暗河与精灵的微光向前走着,没想到精灵们的话音却冷不防地消失了。杨戈姆拉体力已经恢复,因此,她索性从水里钻出来,爬上岩石,踅入缝隙里,发现精灵的微光出现在溶洞的另一个尽头。她跑过去,在缝隙口停下脚步,向上方的洞穴望去。

溶洞里有很多晶莹剔透的石头,状若飞泻直下的一串水珠。杨戈姆拉以为那就是冰。然而,虽然它们晶莹透亮,却没有散发出刺骨的寒意。岩石的背后矗立着幽暗的岩壁。精灵们的微光照在这些石头上,在岩壁的反衬下,显得熠熠生辉,令人产生出波光粼粼的幻觉。洞穴中央有个水潭,它捕捉了石头的色彩与光泽,倒映出一个五彩斑斓的洞穴。杨戈姆拉屏气敛息,不禁向前方走去,差点撞到石头上。她从不知道,这世上居然有这样的石头,生活在如此流光溢彩的世界里。这是大地珍藏在地下的又一个眷念。

杨戈姆拉赶紧抓住岩石,收住脚步,免得被洞穴里的精灵们发现。他们正簇拥在水潭旁边,与她只有咫尺之隔,着实很危险。幸运的是，他们恰好离开水潭，向米米走去。米米独自面向那些精灵，与他们道别。杨戈姆拉躲在黑乎乎的孔洞里，偷偷地窥视他们。看着看着，她咧开嘴，露出一口锋利的白牙，仿佛野犬就要发威似的。时机即将来临。杨戈姆拉直起身体，准备行动。

"你们陪伴我走了很长的一段路，"米米说道，"我感谢你们的好意，以后不会再麻烦你们。从这里出发是我回家最快的一条路。"

精灵的速度确实够快。杨戈姆拉的心不由得绷紧了，千万别在分手的关头跟丢了米米。她耐着性子等众精灵一一离开。然后，她身体前倾，摆好了架势。

"我们一起走，我们护送您，"矮个精灵乞求道，"我们走您这条道。"

米米站在那里，像一根又瘦又长的竹竿。她没有看他们，而是看着他们头顶后方。

"如果我办得到，我愿意带上你们，"米米说道，"但是，这条路对外族来说着实太危险。有好人，也有坏蛋。我的通道又快又直接，我必须走这条道，而且必须自己走。我的家乡就在不远处。我饿了，你们明白饥饿的感觉。"

米米挥手作别，转身对着一块黑乎乎的岩石，吹了一口气。岩石中间赫然出现了一个巨大的黑咕隆咚的裂口。米米走进去，转瞬消失。岩石重新合拢了。

杨戈姆拉瘫倒在地上。她根本不知道，其实米米早就看

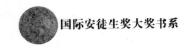

见她,并且识破了她的意图。米米没有向精灵们戳穿她,使她幸免于难。对此,她非但不领情,反而只感到恼怒不已。她应该听说过米米族的习性,听说过他们的营地,还有岩石内部的道路,没想到自己居然忘得一干二净。

杨戈姆拉气恼地瘫倒在地上。矮个精灵、长尾精灵以及鬼魅精灵早已离开。黑暗中只剩下杨戈姆拉一人。随着亮光的失去,她又陷入了黑暗。她跌跌撞撞地走入溶洞。多美丽的奇观啊!要是她能看见,并且能摸到水里就好了。杨戈姆拉就这么躺着,慢慢地感受着。现在,她被囚禁在这个隐秘的禁地里。溶洞真空旷,黑色真浓郁,大地真辽阔啊。孤独与渴望在杨戈姆拉的心头弥漫开来,甚至令她很快忘记了黑暗。她从水里抬起头来,发出了哀号。

野犬般的哀号与悲鸣顺着黑暗的洞穴与甬道传播开来,响彻山洞,继而产生了一连串的共鸣,仿佛水精灵家族都在哀号。山洞里的精灵们听到后,吓得躲了起来。他们认为这是大地在地底深处发出哀号。惨叫声此起彼伏,逐渐消逝,黑暗的洞穴归于沉寂。杨戈姆拉只得继续疲惫的旅行,向大地的腹地爬去。

三

南方古老的大地上住着一些人。其中,历史最深厚的是褐色的原住民族群。还有两个白色种族,分别叫快乐族与英兰德族。快乐族与英兰德族都是第一批白人定居者的后裔,相对于原住民而言，算是新移民。他们对这片土地还很陌生。英兰德族一边适应新的生活，一边想方设法治理这块土地。而快乐族则整天寻欢作乐，并把这当作正事来干，对土地根本不管。相较于这两支新移民，土著族群来得比他们早得多，大地已与他们融为一体。然而，这里还生活着一个历史更加源远流长的族群，那就是大地哺育的远古子嗣，他们是精灵，除原住民以外，谁都不知道他们的存在。

不过，即便是对原住民而言，精灵们也是难得一见的。其实，他们的时代远未结束，他们的数量庞大得很。大地哺育了他们，他们自然以大地为生。他们生活在岩石上，沙滩上，森林里，河道里，出没在静谧而辽阔的夜色里。每一棵树，每一次旋风，都可能是精灵们的落脚点。在地表的山洞与地下的洞穴里，到处都可能有他们的身影。他们中有的很可怕，有的很可爱；有的很凶残，有的很善良；他们不受约束，有的随心所欲，有的只遵从大地的意志。然而，虽然他们数量庞大，无处不在，但是知道石精灵的营地与专用通道的精灵却寥寥无几。那些道路位于坚硬的岩石内部，隐藏在混沌初始的黑暗中。杨戈姆拉是水精灵，生活在广阔的河水里。倘若她不是以为自己被囚禁在坚固的岩石里面，她本该想起这些信息的。

米米吹了一口气，立刻得到了岩石的掩护，被包裹在寂静而黑暗的岩石里面。她感觉终于安全了，终于踏实了。水精灵被困在一个完全陌生的地方，对此米米当然颇感遗憾，但是她自觉已向对方挑明了真相。她不能走慢悠悠的水路，更不能陪伴这么暴戾、这么野蛮的精灵一起上路。米米还记得那一天的遭遇。当时她被狂风卷上了天空，感觉头晕目眩，好害怕再也见不到自己的故乡了！当时她是那么无助，那么恐惧啊！她都不认识自己了。一个世纪的领悟加起来也没有那几周的多。她很清楚回到家乡后会有什么样的遭遇，也知道该如何应对。因此，她选择了最合适、最快捷的专用通道，踏上了回家的路。就在雨季开始的一天——沼泽向黑压压的雨云敞开了怀抱，在这样的鬼天气里，唯有在岩石里面她才能安下心来，得到篝火的呵护——她终于回到了伙伴们的中间。

　　"嘿！"族人们说道，"原来你在这儿呢。"说完，他们便不再言语。他们不了解情况，也需要时间接受。南方的新闻尚未传到他们的耳朵里，他们至今还不知道寒冰的袭击。那一天，当一个族人被大风刮走后，他们找到她丢下的树皮碗和挖掘棒，便猜到她可能发生了变故，于是他们将这两样物件收了起来。

　　石精灵身体很轻盈，根本无法抵御狂风。他们的身体很脆弱，极易被大风吹断。出于这个缘故，他们只在不刮风的天气里外出采集食物，没有一个石精灵会打破这个禁忌。因此，被大风卷走是很丢脸的事件，她无论如何都要给出一个更合理的说法，澄清为什么会发生意外。他们更愿意相信这个族人是被一个邪恶的精灵掳走的。于是，他们给她举办了体面的葬礼,用法术为她报了仇,此事便算了结。没想到她居然再次出现在他们的面前。这件事的真相务必要查清楚。

对这一切,米米心知肚明。"狂风把我卷走了,"她低头坦白道,"是大地救了我,她交给我一项任务。"随后,她用最简洁的语言作了说明,语气里不含一丝骄傲。她知道这块领地上的规矩。从此刻开始,她必须把骄傲埋藏在心底里。在这里,她不是老大,这是理所应当的事。

米米的族人个子很高,身材很纤细。听闻此事,他们表情尴尬,目光躲闪,他们对寒冰的突袭闻所未闻。这番话仅仅是她的一面之词而已。面对一个奉命为大地效力的族人,他们不知该如何惩罚她,也不知该不该将她拒之门外。但是,石精灵不该从狂风中脱身,否则也许会拖累更多的族人,害得他们也被征召,为大地效劳。所以,他们需要更多的时间,看事态如何发展。于是,他们默默地离开了。

米米在原地生好火,独自在火堆旁坐了下来。族人冷淡的态度并未使她沮丧。她早就预料到他们的反应。现在,她又回到了北方,回到了被湿地环绕的心爱家乡。米米心里乐开了花,她无声地哼唱起来。她好想旋转她那瘦长而轻盈的身子,用石精灵们独有的舞姿跳舞。但是,看在族人的份上,她千万不能这么做。于是她垂下头,拘谨地坐在那里。没有人来陪她。

接下来的几天,米米大多数时间都是独自待着,她听见族人的说话声,舒心地窃笑不已。她将自己的历险过程梳理

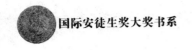
了一遍。她需要好好整理这段经历，并把它变成永久的秘密。她再次回味了与精灵之王分别时的点点滴滴，然后张开纤细的双手，放飞了回忆。她想起被囚禁在大地深处的那位野蛮的水精灵，她同情对方，但也不过如此：即便对方回不了家，起码还能找回自我。米米独自坐在那里，琢磨着所有的细节。此外，她在岩石的背阴处捡柴火，采集食物，做挖掘棒，编旋转绳，独自坐在火堆旁进食。她总是垂着头，显得很矜持。她的族人则在暗中监视她的一举一动，留意她是否会出现脑袋肿胀的症状。

夜色已深，篝火将灭。族人们开始三三两两地走过来，压低声音，对米米说话。他们老是急吼吼地问同一个问题，显得非常病态。"乘在风上可怕吗？"

米米心里一凛，谨慎地答道："很可怕……一会儿上升，一会儿下降，一会儿打转，四肢都快折断了……地面与天空交换了位置，颠倒过来了。星星很刺眼，风精灵会吼叫……而你什么都不是。那里没有篝火，也没有家的感觉。"

好奇心旺盛的族人不再作声，他们心事重重地离开了。到了白天，他们依然轮流打量米米，并窃窃私语。米米知道他们在议论什么。没过多久，他们的嗓音提高了，甚至对着她指指点点，一开始只是怜悯，到最后变成了既怜悯又鄙视。"看看吧，这就是被风刮走的那一位。她的脑子也被风刮走了。不过现在又换了一个新脑袋。"

米米明白自己终于在族人中间争取到了一席之地。这个地位着实卑微,但是眼下也该知足了。除了恐怖的狂风以外,她什么都没告诉他们。她从没提过那场恶斗,更没提过精灵之王,但是她经常会想到他,猜测他是否已平安返家。

事实上,精灵之王威伦已回到了家乡,就在东部的大海旁边。虽说那个地方被禁锢在混凝土与水泥中,但是依然是他的家乡。当初他是从这个小镇出发的。曾几何时,他还与快乐族的孩子们一起,在镇上上学呢。而现在,工作尚没着落,而自己的脑子里却只想着精灵的世界与洒满月光的大海,根本无法摆脱。他向朋友尤拉拉借了一笔钱,用来支付房租,让噪声很大的旧冰箱不再显得空荡荡的。他不停地告诉自己,下个星期一定能找到工作。到时候一切都会好起来的,他也会回到真实的生活中来。或者说,他竭力劝导自己这么想。

眼下,威伦正待在昏暗的奶品吧里,慵懒地靠在一条高背长椅上。尤拉拉隔着狭长的吧台,懒洋洋地坐在他的对面。这两人在快乐族的小镇上有自己的名字,但是当他们俩一起执行任务时,却另有一套精灵们知道的专用称呼。此刻,威伦正在与小伙伴分享自己的经历,目光显得很凝重。尤拉拉咧着嘴,津津有味地听着,同时又不敢相信自己的耳朵。他不时地回味着威伦难以置信的经历,一边用颀长的四肢比画,一边发出爆笑。

“还有那个怪兽,对吗?”尤拉拉又一次高声嚷道。他比威伦大不了几岁。“我敢打赌,那个家伙吓坏过很多小孩子。"威伦不自在地扭动了一下身体。见状，尤拉拉顿时心里一沉。他很关心自己的朋友，但却不知道该说什么，也不知道该怎么说。对他来说，威伦的奇遇就像是一个疯狂的游戏，小威伦赢了，赢得很漂亮。他本该得意洋洋，尾巴翘得很高，但是现在他变了。至于到底是哪儿不对劲，尤拉拉也说不上来。

威伦来自东部，长着一张宽脸。而尤拉拉来自北部，长着一张长脸，与威伦的模样截然不同。威伦还是原来的样子，但是似乎又判若两人。他的头发总是鬈鬈的，像小孩子一样。这就是威伦。他很安静，咧着嘴笑着，露出洁白的牙齿……他还在笑，然而，就连笑容也有所不同。他向来很安静，不过此时显得……很严肃。是严肃吗？尤拉拉猛地侧过身来，动作大得连杯子都被打翻了。不是严肃……而是，疲惫不堪吧。这是一段坎坷的经历。有多久？两个星期？你可能觉得，这段时间太短，不足以让一个少年成长为男子汉。放在过去，一个少年若要长大成人，得需要更长的时间才行。

"康纳山的那帮家伙真不错。"尤拉拉说道。是康纳山的精灵们将威伦送回家的，他们的领地离尤拉拉家很近。一提到他们，尤拉拉的眼睛就亮了，笑得很响亮。"他们都很想你。"

"他们是好人。"威伦说道，脸上浮现出一抹笑容。紧接着，他便叹了口气。

尤拉拉硬着头皮往下说："我听说街上的酒吧正在招酒

保。这个差事不错，在酒吧里做事——我不会介意的。不过听着，你不用烦恼。我有钱，即便我的钱用光了，还有其他朋友。你不必烦恼。"

威伦知道自己不必烦恼。宁亚族——即寒冰精灵，是所有人的困扰，不仅仅是他自己。不过他也知道，对自己而言，当务之急是要找到一份工作，这才是在快乐族的小镇上生活下去的唯一方式——也是离开此地的唯一办法。他必须攒足钱才能去乡下，在山里行走，让大山的气息透过脚底融入自己的血液中。

"我周一去见他们。"威伦说道，然后迟疑了，"只是有件事我必须先解决才行，如果你肯借钱给我的话。"

尤拉拉立刻将手伸进了口袋里："要多少？"

"五块钱应该够了。我要去北面的那座山，把那块魔法石放回原地。"

尤拉拉拿出一张纸币放在桌子上，推了过去。等威伦把钱放入口袋里后，尤拉拉说道："你走火入魔了。你最好待在家里，睡会儿觉——你看上去很缺觉。这么做有什么意义？那块石头是你的，除了你以外，还有谁会保管它？所以，老兄，你就拿着吧。"

"拿不了。"威伦答道，尤拉拉知道内情，所以他无意解释。那块神奇的石英石被包裹在一个负鼠毛线团里。威伦知道这块石头属于哪个时代，知道它拥有什么法力，也知道只有男子汉才能驾驭它，而他还没长大成人。他还知道自己之

所以能找到那块石头，完全是仰仗那座大山里的远古精灵的悉心引导——引导者叫柯因，是当地的首领。柯因的声音很严肃，很有威严。那个声音经常浮现在威伦的脑海里——"在冰河时代再次来临之前，我不会再对任何人说话。"

"你疯了。"尤拉拉说道，感觉很不安。他看得出来，出于某种原因，威伦必须回到山里去。

那天晚上，威伦买了一张火车票，踏上了北上的短暂旅程。当晚，他在一条溪流旁过了夜。第二天早上，他背着沾着尘土的双肩包，向大山的方向迈进。

四

威伦要去的大山就是他正面遭遇寒冰的地方。威伦迈着轻松的大步，循着记忆，离开公路，沿着尘土飞扬的道路向前走去。他的皮带上拴着一个网袋。而魔法石，那块具有魔力的石头，就藏在那团负鼠毛织成的线团里。他知道尤拉拉有些话说得对：他不必仅仅为了把魔法石放回原处，便匆忙上路。他们俩是共同为大地执行任务的搭档，况且自己已经习惯了保管员的角色。他与魔法石和平相处，一直相安无事。他完全可以先谋到一份差事，攒下这次短途旅行的旅费，不用向尤拉拉借钱。何况他确实需要休息，这正是他来这里的原因之一。他要好好休息，而且还要独处。

大家总说他不合群，他知道他们说得没错——不过，当他在山里闲逛时，他喜欢遇到精灵，喜欢跟他们说话。他与精灵们待在一起,就像在家里一样,感觉好融洽啊。当他与寒冰搏斗时,精灵们全都鼎力相助,对此,他深感欣慰。这些精灵全是好人,每一个都是。所以,他干吗非得离开他们,过着形单影只的生活呢?有好几个星期,他的说话对象只有精灵,当时他好轻松,好舒心哟。他曾与一个名叫米米的石精灵一起跋涉了好久,分手时他惆怅不已。他想念精灵们,尤其是米米。威伦很苦恼。他是个实实在在的人,在小镇上的生活也是真实的,他无法与一个精灵展开一段恋情。此刻,他很疲惫,心里空落落的,满脑子都是精灵的影子。他不相信下周一自己能搞定一份差事。他需要……休息……

可是他怎能刚刚辞别精灵伙伴,就立刻回到破旧的环境——听着摩托车在破窗外呼啸而过,而好好休息?他怎能从深情召唤他的洒满阳光的大海中返回,就立刻泡在一个黑乎乎的奶品吧里,听着尤拉拉的爆笑?他知道自己正逃向大山,逃往一个亦真亦幻的虚拟世界。他必须单独行动。

威伦看到山峦探出脑袋,透过浓密的山脊,俯视着他。他坐在那里,也凝望着对方。他明白,他可以说是在自欺欺人。他来这里,不仅仅是为了独处,更是为了要与他的大山单独相处。那座大山向他展示了远古的恐怖、邪恶与法术。他曾经半夜里在旷野中漫步,听到过大山的说话声。他希望等一切恢复正常之后,能再回到山里去。也许大山会知道他回来了。也许,他会再次找到回家的感觉。

在冰河时代再次来临之前,我不会再对任何人说话。不

过，这句话是柯因说的，不是大山说的。

中午时分，威伦抵达了位于山脊上的小村庄。村庄的上方是连绵不断的山坡，漫山遍野都是郁郁葱葱的灌木林。威伦没有去村里的小店购买生活用品。一路上他都背着一个沉甸甸的背包，就是为了避免去商店购物。在短短两周之前，英兰德族的白人曾用高度戒备的目光监视过他。他知道他们担心会出现山林大火，生怕他会随意开枪打野兔，害怕他是酒后滋事的讨厌鬼。他们还有其他一些诸如此类的现实担忧。他不希望他们这么快又见到他的身影，于是特意绕开村庄，选择上次的小道进山，这条路最近。

威伦知道他要从稍矮一些的林海中穿过去，一路向上，从陡峭山坡上的乱石林中穿过去，一直走到山巅的巨石与灌木林处。他径直向上次宿营的凉爽的岩架走去，随后在老地方搭起了篝火。这个地方被山脊遮住，不会落入到村民的视线中。他不时停下脚步，凝视一棵空心树，或者是一块巨石，回忆着往事。这一切仿佛发生在好久之前……

威伦没有点火，而是坐在火堆旁，在岩架的阴凉处，开始吃冷掉的午餐。他的目光从被酷暑炙烤的山脊移动到朦胧的黛色山谷，扫过更远处的山脉，以及被树木遮蔽的河流，继而落到远方雾色氤氲的蓝色水域。那儿也许就是大海吧。这儿有家的感觉，只是大山没有开口说话。

过了一会儿，威伦取出帆布水袋，绕着盘旋的山路，爬上了陡峭的沟壑。沟壑的入水口被一块高耸的石壁遮挡着，

溪水从山顶流淌下来,汇入了沟壑里。此时,太阳已经落到石壁背后,沟壑里显得相当阴暗。威伦在乱石丛中的小水潭边坐了许久。这个夏天出现了罕见的霜冻,因此苔藓的颜色依然发黑。但是,就在枯萎的羊齿苋中间,蜷曲的嫩芽已经冒了出来。他轻轻地触碰着一片嫩叶,对自己说,一切都恢复了正常。就在触摸苔藓的同时,他的手指无意中碰到了拴在皮带上的网袋。

此时此刻,他就在这里,就在一位古人临终前藏匿魔法石的山洞外面。他完全可以爬上去,爬到沟壑入水口旁边那块石壁上的洞口处,不消三分钟,便能把魔法石放回原处。但是他没有这么做。他只是把帆布水袋沉入水潭中,小心地提着水袋,装满干净的清水。他要在大山上与魔法石再共度一夜,明天真的该放手了。

白日的暑气正在消退。威伦回到营地,将水袋挂在盘踞在岩架上的一团树根上,点起了火。然后,他坐在那里,往火堆里添柴,等炭火烧红,准备烤牛排。他凝望着天空。此时,太阳已落到了山的背后,西边的天空被落日的余晖映得通红。他看着金黄色的晚霞慢慢褪去,一颗颗星星开始在澄澈的夜空中闪闪发光。威伦坐在那里,手放在魔法石上,感觉那团负鼠毛线团很柔软,而里面的石头很坚硬,在他的手掌里,这团负鼠毛线团正膨胀成圆形的世界。他再次感觉到脚下的大山正在挺起身体,向上隆起。不过,大山并未开口说话。

炭火烧旺了。威伦烤好牛排,添加木柴,让火苗蹿上来,然后坐在火堆旁吃晚餐。火苗不停地摇曳，四周也忽明忽暗。但是黑夜中没有出现一团团黑乎乎的可怕身影。他的目光顺着岩架向远处看去，落在那棵树上。他知道树干上有个洞。柯因就是从这个洞里把米米拉出来的。别看她长得纤细，她的脾气好臭，态度好倔强啊！他好想米米！体力恢复的喜悦伴随着莫大的惆怅一同降临……想到这里，强烈的惆怅逐渐消融，开始减退。

威伦低下头，将古铜色的脸颊放在膝盖上，蹭去沾在上面的汁水。随后他抬起头来，不料却发现火光的边缘处居然有个身影在注视着自己。那个身影笼罩在金黄色的光轮里。原来是当地的首领柯因，他身材魁梧，脸上画着白色的条纹，手上拿着一根打火棍。

"英雄，欢迎你来到我的领地。"柯因说道。

威伦瞠目结舌，看着柯因走上前来，走进了火光中。"我从没想过……"他结结巴巴地说道，"你说过不会再开口的，我把魔法石带回来了。"

"魔法石是你的，归你保管。英雄惜英雄，何况当时你处在危难中。"

"我确实有难，"威伦坦承道，"遇到你之后，我的境遇好多了。你知道最后没事了吗？"

"我知道，我很钦佩你。"

"主要是别人的功劳——尤其是石精灵米米。不知道她平安回家了没有？你知道吗？"

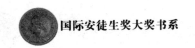
"她一切顺利,"柯因说道,他有些恼火,"我从没碰到过有人像你这样拒绝接受敬意。再说一遍,英雄,我很钦佩你。"

"不必了。我不是英雄。我是什么样的人,你心里很清楚。"

柯因颔首,表示赞同:"比你知道的更好。我有话要说。"他从火光里走过来,盘着腿,端坐在威伦的身旁。"我们在你的火堆旁谈话。现在不是往日,我再也不用带你乘风去我的火堆了。"

"我知道。"威伦答道,口气很冲。他不是小孩子,不愿意沾别人的光。需要别人帮忙的时候已经过去。

"听我说,"柯因说道,"你知道的都是你不愿意接受的事实,你只想知道好消息。你今天来这里,是一个疲惫的人回家了。我欢迎你归来,不过你必须知道真相。这块领地是我的家,你的疆域更宽广。"

威伦看着柯因,眉头蹙了起来。火光令他的目光蒙上了一层阴影。

"先把你的火气收起来,听我说。当初你来这里时,你还是一个小毛孩,下巴上的毛还没长齐。你一无所知,只是听从了大地的召唤而已。我向你传授了知识和法术,然后护送你出征,给你派帮手。这是我最基本的职责,因为大地召唤了你,别的人都出发了,除我之外,找不到别的帮手。"

"所以我很感激你,"威伦悻悻地说道,他忍不住发作了，"我记得你说过的每一个字。永远不会忘记！你说过你的爱永远会陪伴着我。我信以为真。所以，假如这个地方给我家的感觉，那有什么好奇怪的？我回到这里来，告诉你发生的一切，难道我做错了吗？"

"是没什么好奇怪的，而且你做得对。我不是欢迎你了吗？不过，今天晚上，我站在你的火堆旁观察过你。我看到的不仅仅是一个小英雄回来了，我看到的是一个男子汉，他的疆域终于等到了他的归来。所以，我来向你致敬，欢迎你来到我的领地。我留在这里，是为了把你的疆域指给你看。"

被人称为英雄的自豪感像火光一样，瞬间席卷了他的全身。不过，被称为男子汉的感觉却像手指一样，触动了他的心弦。威伦一边摩挲着下巴，一边苦笑。"我还是有点发懵，"他说道，"短短的两个星期改变不了什么。"

"改变不了吗？"柯因露出了冷峻的笑容，"人类确实需要更多的时间，才能成长为男子汉，不过你是通过其他方式蜕变成男子汉的。你确实不了解这块领地的规则，不过有些规则在任何地方都适用。你们族群里有哪一个年轻人是在沼泽怪兽的怀抱里脱胎换骨的？有谁的精灵知识是由精灵亲自教授的？有谁与精灵并肩作战，抗击其他精灵，并且带领大家取得了胜利？你需要的话，我还能列出更多的细节。"

"不必麻烦了。至少，我没发觉自己有任何不同。"

"那只是你不愿意承认罢了。男子汉的标志不是下巴上的胡须，而是肩膀、嘴巴与眼睛。谁都不能否认你已蜕变成

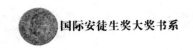

男子汉,你必须接受这个事实。来吧,英雄,我把你的疆域指给你看。"

威伦挺不情愿地站起来,跟着柯因离开火堆,向黑乎乎的大山尽头走去。银色的星光洒在山脊与林海上,勾勒出隆起的山丘与绵延的山坡。此时,南方那片古老的大地已经摆脱了白日酷暑的折磨。在无尽的夜色里,那片土地一望无际,连绵不绝。威伦把手放在魔法石上,发现那块石头在悸动。大地在满是星光的夜色里向他低语,想要接近他。这时,站在身边的柯因开口了。

"从海的这一边到那一边,你的疆域在那个区域。"

"好辽阔的一块领地,"威伦说道,"对我来说,太大了。我宁可只要你这一小块地方。"

"你在那里已是大名鼎鼎,你不能收回属于你的称号。英雄,有些蜕变是无法否认的,而且赋予你的称号你必须接受。你说过,你记得柯因说过的每一个字。那么,记住上述这番话,你迟早会相信的。"

"什么?"威伦答道,"当然了,我——你知道我的——"看到柯因冷峻的笑容,他赶紧定了定神。"对我而言,这个称号跟疆域一样,都太大了。我没有别的意思。我只知道,你要撵我走,我本以为我有权……"

"假如这个称号太大,那你就必须尽快成长。还有,不要羡慕我的领地,因为这个地方也属于你。只要你在今晚的地点燃起篝火,我就会来到你的身边。现在好好休息吧,"柯因说道,还说出了以前也说过的同样的话,"然后,睡醒后赶紧起来,尽快离开我的领地。"话毕,他纵身跃上了一阵风,蹿入树梢中,失去了踪影。

威伦回到火堆旁,像一个似梦似醒的人一样,彻底懵住了。他不理解柯因所说的话,也记不住。他拼命回想,但是那些字却一个个溜走了,根本拼凑不出一个完整的意思。最后,他只好作罢。威伦坐在那里,看着篝火慢慢熄灭。忽然间,柯因的那句意味深长的话语回到了他的脑海中。

只要你在今晚的地点燃起篝火,我就会来到你的身边。威伦从没奢望会得到如此的安慰。他像往常一样,拿着魔法石,钻进睡袋,陷入了沉沉的梦乡。

灌木林簇拥在威伦睡觉的岩架周围,他根本不知道。黑色中突然聚集起一团团幽灵般的身影,在他的耳边低语:"英雄,寒冰已经退去。"他也没听见。他睡得很沉。身体的疲惫与萦绕在脑际中的精灵世界已然消失,他道过别,一切都已了结。所有的经历汇集在一起,构成了一个完整的记忆。就连柯因说过的话也在睡梦中进入了他的大脑深处,等待他有朝一日想起来。银色的星光渐趋黯淡,天际露出了黎明第一抹青白色的曙光,直到这时,威伦的睡眠才变浅了一些。随后,他在水声的安抚下,再次沉沉睡去。在他的睡梦中,水哗哗流淌,时高时低,间或夹杂着一些歌声,就这样守护着他,让他安然沉睡。最后太阳透过平台,照在他的身上,他这才醒转过来。他扭头寻找小溪,看了一下自己所在的位

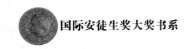

置,然后转眼便忘了。

威伦感觉很不错。就连古铜色的脸颊与头发上缠着的一些蜘蛛丝,他也觉得不错。凉爽的岩架周围有一些露水,在阳光的照耀下,化成一颗颗晶莹的露珠。威伦出神地看着,看了好一会儿。然后他坐直身体,向远处望去。他的目光顺着山坡往下移动,落在了山脊处。那里有个云雾缭绕的村庄……有人送给他一块地,告诉他那是他的疆域。对精灵之王而言,这个礼物很沉重,柯因早就了然于胸。他们之所以让他脱胎换骨,变成男子汉,就是为了让他接受这块领地,而且大山也是这个疆域的一部分。威伦站起身来,拿起水袋,掬了一捧冷水泼了泼脸,让自己清醒过来。

吃过早餐后,威伦收拾营地,掩埋灰烬,将背包卷起来,塞入岩架底下。他动身向沟壑的方向走去。魔法石拴在皮带上,这是最后一次。魔法石是你的,归你保管:那很好,他正要将它放回原处。他在睡梦中与大地的精灵作了了断——但凡是人,那就必须回到小镇,必须找到一份工作。

初升的阳光洒满了水渠。威伦爬了进去,循着狭窄的河床,来到石壁处。石壁开始变热。在秋天来临之前,被冻坏的苔藓应该不会转绿吧,他思忖道。他沿着一块狭窄的岩架,向石壁上方的洞口爬去。这里正是一位古人隐藏魔法石的地方。威伦倚在石壁上,解下皮带,取下了网袋。他将袋子放在手里,握了好一会儿。然后,他把手伸入袋中,握住那团柔软的毛线团。他经常用这种方式握住魔法石……只有一次,他在柯因的命令下，解开负鼠毛线团，看过那块六边形的石英石。这块石头晶莹剔透，表面有粉红色的纹路。威伦握着魔法石——感觉到它在悸动——恍然间，一阵水声突如其来，仿佛做白日梦一般。

威伦似乎感觉有一股水流从石壁顶端倾泻而下，流入了沟壑里。他似乎看到水在打转，泛起很多白色的泡沫，并且听到了水的咆哮声。然后，水势减缓，化为薄薄的银色水帘，水声也随之婉转起来。突然，水流再次奔腾跳跃，涌出大量水花。紧接着，水势又一次放缓，又一次奔腾，又一次澎湃。在水流声中，他陡然听到了夹杂其间的唱歌声。

你不来吗？
明水在吟唱，
你不来吗？

威伦骤然撒手放开了魔法石，只是握着网袋，瀑布瞬间消失。然而，水流声依然在他的耳边回荡，歌声从低到高，像一片被风刮落的树叶一般，不断地在耳边飘荡。他把魔法石塞入洞中，尽量推向幽暗的深处。

威伦刚刚清醒过来，准备回到凡夫俗子的庸常生活中去。他不愿意再次陷入幻觉中。

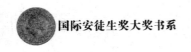

第二章　英雄的称号

一

　　星期一,威伦来到街上的酒吧,他找到一份庭院勤杂工与清洁工的差事。上一份工作是在加油站干活,比这份活要好。不过这一次他可以在酒馆的厨房里用餐,这样便可省下一笔饭钱。此外,庭院对面有一间阴暗的房间,他可以住在里面。这间宿舍很干净,就在车库附近。这么一来,公寓的租金也省下来了。

　　"房间你自己打扫,"一个胖墩墩的白人女士说道。她是酒馆的经营者。"然后每个星期从领班那里领一套替换的床单。除非有人叫你,否则你不要踏入店堂一步。这个宿舍归你使用,但是不可以吵闹。听清楚了吗?"

　　威伦点点头。他厚嘴唇,塌鼻子,长着一张典型的原住民面孔。他的表情非常严肃,白人女士注意到了。

　　"我们这里没有歧视,我们一视同仁。"她很圆滑,似乎受到了威伦的指责似的。

威伦又点点头，他没有不满。在他的心里，快乐族与甲壳虫、海星子的分量一样重。他再也不会觉得有谁特别了不起，值得自己动怒。他只想保住饭碗，维持自己的生计。

尤拉拉非常看好这份工作。这里不仅提供免费食宿，而且这么一来，威伦闷闷不乐的忧郁情绪便可以告一段落。星期一晚上，他一起帮忙，把威伦的行李从公寓里搬到酒馆背后的宿舍里，开心地大呼小叫。尤拉拉站在灯光下，个头很高，手脚很灵活。他打量着威伦的新居，点了点头，颇为满意。

"房间更大，还有便宜的啤酒喝。老兄，你住的地方真不错哎。"

"不可以吵闹，你记住了。"威伦说道，他咧开嘴大笑起来，整张脸都变得亮堂了。他从小冰箱里取出一瓶啤酒，倒在杯子里。尤拉拉举起有豁口的破杯子，大声表示赞同。在古铜色皮肤的反衬下，他的眼睛显得亮晶晶的。

"至于那份差事，究竟怎么样啊？"说着，尤拉拉大大咧咧地坐在靠背椅上，双脚搁在威伦床上。

威伦已将自己的杯子放回了旧柜子里。柜子底下有一个很深的抽屉，他将暂时不用的物品存放在里面。比如说，睡袋、露营装备、收集的地图、贴在纸上的报纸剪报，等等。他一边整理，一边瞅着这些物品，心里暗道，这些是尘封的夏季高地的回忆。不料，就在这一刻，流水声突然涌入大脑，歌声萦绕在他的脑海里，占据了他的思绪……

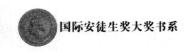

你不来吗？

他赶紧屏住心神，不让歌声闯入。

"我问你，那份差事怎么样啊？"尤拉拉高声问道。

"啊？哦……还不错，食物很好吃。只是我在厨房里吃饭，他们都在边上看着，感觉很别扭。不过我会习惯的。"

"你可以带些外卖回来，换换口味。你几点下班？"

"跟平常一样。四点半收工。一年有两周的假期吧——我说不准。反正我也无所谓。"

"得了吧，那可不像你。你等不了那么久，就会请假，溜出去玩几天的。"

威伦砰地关上抽屉，开始整理衣服，放入一个个小抽屉里。"我没钱，"他干脆地说道，"在还清欠债之前，我必须认真干活。"

尤拉拉坐直身体，伸手去拿啤酒。"老兄，你知道没有必要。"他听上去好像受到了伤害。"你能不能悠着点，我还没掏钱呢，你就这么着急还。"酒精的作用使他越说越激动。"我也有义务，你知道的。也许我是错过了宁亚族，错过了石精灵，还有你的其他经历，但是我至少应该掏一点经费。这件事本来就该我管，而不是你。"

"我知道。"威伦随口答道。尤拉拉的家就在康纳山附近，离宁亚族人的领地很近。两人陷入了沉默。就在这时，酒吧里传来了隐约的喧闹声。快乐族的那帮人正在胖墩墩的

44

白人女士眼皮底下,用他们独特的方式避免吵闹呢。"如果你非要这样,那也行。不过,我还是得努力干活。我该安定下来了。人不可能一辈子都长不大。"

尤拉拉身子向后仰去,靠在椅背上,同时抬起双腿搁在威伦的床上,啤酒洒了一些出来。他笑了好一会儿。"听听!再过两个星期,你头上就会长出白发了! 老兄,我猜用不了一个月,你就会拿出装备出去度周末了。"

"我才不会呢,"威伦说道,"我绝对会干满一年才出去度假。咱们走着瞧。"

"我赌五块钱,你绝对熬不了一个月。"尤拉拉扬言道。这笔钱尤拉拉绝对是输定了。威伦逐渐适应了宿舍里的生活,适应了这份差事。他白天埋头干活,夜里看报纸。他习惯了酒吧里的喧闹,对同事的微笑也开始报以淡淡的回应,而且还与其中几位交上了朋友。到了晚上,他经常与尤拉拉泡在一起,去奶品吧消遣,或者是待在威伦的宿舍里玩。与此同时,尤拉拉的闲扯明显减少了。他偶尔会打量着威伦,目光里交织着敬佩与困惑。

威伦一一打量着水泥建筑,工业烟雾,以及五颜六色的金属片。他冷眼看着快乐族的白人寻欢作乐,大肆鼓吹快乐生活的理念。他时常看到有些族人陷入了迷失,正在寻找人生方向。他故意不去眺望远方洒满月光的大海。他收住心神,决不让缠扰他的水声出现在脑海中。虽然水流的幻觉依然挥之不去,但是他必须过凡夫俗子的庸常生活,尽快长

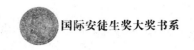

大,变得更加坚强。就这样,一个多月过去了。

一天晚上,尤拉拉带着两个陌生人来到了奶品吧,他们是来自于内陆乡下的客人。这两人胡子拉碴的,穿着很寒酸。他们坐在桌旁,一声不吭地看着威伦。威伦问起当地的情况,对方只是给予了简短的回答,显得很局促,也很木讷。威伦心里明白,肯定是有人对他们吹嘘过自己的传奇经历,于是不满地横了尤拉拉一眼。不料尤拉拉正直勾勾地看着女招待,这是他最近迷上的游戏,他将这称之为"瞪眼看姑娘"。整个晚上,那两位客人始终一言不发,态度显得格外恭敬。最后,客人终于走了,威伦这才松了口气。

"你没有权利欺骗那样的老实人。"威伦婉转地提醒尤拉拉。没想到对方吃惊地看了他一眼,目光里充满了不解。

几个星期过去了。有天晚上,威伦正在宿舍里看报纸。尤拉拉带着另一位陌生的老乡前来拜访。这位客人同样很拘谨,不善言辞,只是用深沉的目光注视着威伦。尤拉拉看起来有点紧张,他开始炫耀,嚷嚷着让威伦拿酒出来。

威伦拿出了一瓶啤酒。他注意到,这段时间只要晚上与尤拉拉待在宿舍里,他们就要消耗掉比以往更多的啤酒。尤拉拉话很多,威伦说了几句,客人则一言不发。第三瓶啤酒眼看又要喝光了。突然,客人冷不丁地凑向前来,伸手拉住威伦的衣袖。

"我一定要来拜见一下英雄,"他恳切地说道,"否则我就没脸回家,没法交代了,"他哆嗦着举起杯子,"代表所有的乡亲们——来谢谢您。"

"你还是忘了吧!"威伦淡淡地说道。

当晚的气氛很尴尬,尤拉拉似乎也意识到了。他站起来,伸了个懒腰,带着客人离开了。他们前脚刚走,威伦后脚就关上院门,回到房间,打开了第四瓶啤酒。

次日晚上,尤拉拉单独过来时,遭到了威伦的指责。尤拉拉显得很固执。

"我让他们过来看看你,对你有什么害处?对他们来说,这么做很重要,而且也不用你花一分钱。老兄,你怎么忍心拒绝他们? 我又能怎么办?"

"只要你别再胡说八道,他们就再也不会过来。"威伦说道。

尤拉拉站在灯下,低头直视着威伦。"那么,你告诉我的全是谎话吗?"威伦气得皱起了眉头。"事情一旦发生,"尤拉拉说道,"那就是事实。你不能当它没发生过。"

"过去的事已经结束,你最好忘个一干二净,"威伦斥责道,"我只是个穷小子,就像他们一样——除了免费的啤酒,我拿不出像样的东西来招待他们。老兄,你也该成熟了,是时候了。"

尤拉拉垂下了眼睛。"倒是你应该成熟,你成长得那么快。我从没说过那些事情,他们也从没问过。他们只是过来看一眼罢了——你以为他们会干什么?据我估计,总共有十来个人,只是你没看到而已。你看到的只是非来不可的那几

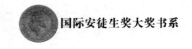

位而已。"

"非来不可！"威伦动摇了，甚至有点被镇住了。他亲眼目睹乡亲们陷入迷失，正在寻觅人生的目标。他不愿意带给他们虚假的希望，以此来蒙骗他们。他只是曾经为大地效劳过一段时间，接受过精灵们的引导而已。除此之外，再无其他。"他们应该忘记过去，独立解决问题。这才是他们非做不可的事。我们俩也一样。"

尤拉拉靠在椅背上，咧开嘴笑了。眼看争吵一触即发，不过他才不会跟威伦吵架呢。"应该独立的人是你。至于我嘛，我即将动身，假期就要开始了。只是你懒得走罢了。啤酒瓶在哪儿？那个电暖气不能再暖和一些吗？我要离开这里，到户外去休假，我都等不及了。老兄，你应该跟我一起走。你需要休息。"

"总会轮到我的。"威伦将电暖气踢了过去。他心里很明白，只要水流的歌声依然萦绕在耳边，他就不敢离开小镇，何况，眼下这个歌声纠缠得愈发厉害了。威伦听着尤拉拉往下说。不到一个月，尤拉拉就要开始放假，届时，他要回到中部，回到族人身边去。一想到回家，尤拉拉便开始两眼放光，嗓门也提高了。他不由得浮想联翩，想起同乡的那位黑眼睛姑娘。上次回家时，他便对她念念不忘。说不定他能跟她结婚，把她带回来。

"那样再好不过了。"威伦坚定地说道。他说的是真心话。

尤拉拉计划利用休假的时间进行一次长途旅行。他要穿越古老的南方大地，路途有一千多里之遥。快乐族外出旅行时，通常会选择价格不菲的快捷线路。类似的旅行威伦也做过一两次，但尤拉拉从没这么想过。不到万不得已，他决不会这么破费。尤拉拉更乐意选择老乡们的传统线路，从一个地方到另一个地方，慢慢游玩，沿途尽量多见一些朋友，只留几天给自己的家人。这次旅行一定要考虑周详，路线要精心规划，方案要好好讨论。一个月的时间勉强够用。在接下来的一个月里，威伦一直在倾听，一直在点头，一直在赞同。他强迫自己说话的语气要热情，而眉头上的纹路却越来越深。与此同时，水流的歌声一直缠着他，害得他几乎无法入睡。尤拉拉启程的日子终于来临。当天晚上，他要乘火车开始第一段旅行。当这一刻终于到来时，威伦如释重负。

"老兄，玩得开心点。我会想你的。"

"你也是。你应该跟我一起走的。"

威伦回到家，好不容易松了口气。他肯定会想念尤拉拉，然而两人的友谊却出现了一丝隔阂。他提醒自己，他需要独处的时间——先把自己的问题想清楚再说。他回到家，回到了寂静的环境中。

在接下来的几天里，安静的环境确实派上了用场。威伦白天埋头干活，下班后便待在自己的房间里。街头嘈杂的声音被酒馆后院的砖墙挡住，似乎变得很遥远。他习惯了酒吧里背景音乐般的喧闹。没有任何声音值得听，没有东西能够

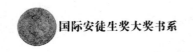

将他从报纸上吸引过去,也不能打搅他的思绪,或者阻止他
被水声纠缠……

就是威伦再努力,也无法挣脱流水歌声的纠缠,他实在
搞不懂。他在脑海中重温了抗击寒冰的所有细节,根本不记
得出现过清澈的流水声。假如那是风的歌声,那很正常,乘
过风的人说不定会被风的歌声缠扰。可是纠缠他的水声分
明只在梦境里出现过。当时他在山里,歌声曾在睡梦中抚慰
过他,然后就从魔法石里蹿出来,向他扑了上来。可是,那块
石头他已经携带了数周之久——要不然就是从山岩里钻出
来的。不过,那座山上只有一股涓涓的细流,遇到极端的酷
热天气还会干涸。山里没有瀑布,不会时而奔腾,时而放缓。
山里根本没有清澈的流水……她明艳照人,因为被一双闪
亮的眼睛看了一眼……威伦扭动身体,发出了呻吟。他以前
从没听说过那句歌词,哪怕在山上做梦时也没听到过。那
么,这句歌词究竟是从哪里冒出来的?这个像野蜂蜜一样甜
美的声音为什么会钻进他的大脑? 为什么歌声就像飘零的
树叶一样,总在脑海里飘荡?他怀疑自己快要发疯了。所以,
尤拉拉回来时,他颇感欣慰。

尤拉拉没有带回黑眼睛的新娘,但是经过旅行,他大开
眼界。他经常说起在金黄色阳光下度过的时光,还有在篝火
旁度过的寒夜,他还带回了威伦遇到过的精灵们的消息。这
次旅行在他的嘴边挂了好几个星期。有一段时间,尤拉拉啤
酒也少喝了。不过他时常说着说着,便开始迟疑,蹙起眉,眯

威伦一眼，似乎还有话要说，只不过一时无从说起罢了。

终于在一天晚上，尤拉拉提起了话题。威伦颇为意外。"有些井不出水了，"尤拉拉说道，"他们希望你过去看看。"

"嗯，什么井？"威伦问道。

"水井呀，老兄，你知道的，就是他们取水的井。有些井不再出水了。"

"英兰德族人可真倒霉，"威伦顺口说道，"我不知道你们境内也有他们的水井。"

"不是水井，不是他们的，"尤拉拉答道，显然他解释不清楚，"我说的是山泉——嗨，反正都一样。他们听到水井的消息非常担心。想让你过去看一眼。"

"但是很多井都是这样的，不用泵抽，就不会出水。"

"老兄，这一点他们也知道。这些井确实不出水了。山泉也在干涸。"

"你说过今年年成不好，旱得很厉害。水井、山泉必然会干涸。"

尤拉拉尴尬的神情已经消失，他开始不耐烦。"他们碰到过很多不好的年份。你以为他们不知道那个山泉吗？以前从没干涸过。你务必去一趟。你完全可以去的。"

"去干吗？我又不懂水井。"

"你以为他们蠢吗？"尤拉拉嚷了起来，"还会有更多的水井干涸，不是吗？我是不懂——他们也没说。他们只是希望你去。他们都很惦记你。就像你以前惦记他们一样。"他

颓然倒在椅子里。"我从没想过你会躲在酒吧的院子里,对自己的乡亲不闻不问。"

"你在胡说什么?"威伦顿时火冒三丈,大吼起来,"反正我宁可不闻不问,也不愿意欺骗他们。"

在接下来的一分钟里,他们俩怒视着对方,谁都没有吭声。那一分钟显得好漫长。

"你不去吗?""不去。"说着,威伦带着一肚子怒气上床了。他决不会去。假如乡亲们想把他塑造成英雄,他也许阻止不了。不过,他才懒得穿越大半片土地,去管白人水井的闲事呢。最后尤拉拉站起身来,拂袖而去。

接下来的几周,他根本没有见到尤拉拉。这个冬天变得很不安分,一会儿刮冷风,一会儿刮暖风。春天即将来临。纸袋与饮料盒在人行道上悄悄地飞舞。可是,只要威伦的视线落到它们上面,它们便静止不动。待他经过后,它们又开始沙沙作响,随风起舞,跳着精灵的舞蹈。那些纸片曾经是树的一部分。威伦思忖道。方方正正的地砖曾经是山坡上的岩石,砖块、混凝土、沥青都是从黑暗的土地里提取出来的。现在,它们都在破碎,都在衰竭,都在偷偷地返回到土地里。这个过程异常缓慢,人类无法看到。威伦偶尔会感觉到一阵阵恐慌,但是不明白它的缘由。

风停了。阳光逐渐明媚起来。威伦收工后,回到自己的房间,当时光照还很强烈。突然,门口有个阴影罩了下来。他抬起头来,只见尤拉拉正站在那里。威伦希望这一次他不至于带来麻烦。

"你来啦！"他打着招呼。

尤拉拉咧开嘴笑了，他点了点头："我带了一个人过来。"威伦已背过身去，像热情的主人一样，准备打开冰箱。听到这句话，他立刻转过身来。"这位是汤姆，汤姆·亨特。他是从西部来的，离我的家乡不远。他大老远赶过来，就是为了见你一面。"

"很高兴见到你！"威伦说道，心中顿时警觉起来。

汤姆面露微笑，伸出手来。一握住对方的手，威伦便安下心来。汤姆·亨特是个比他们年长的男子汉，外形显得稳重而硬朗。他的生活离快乐族的小圈子以及他们的城市非常远。他穿着格子衬衫，旧灯芯绒长裤，外面套着一件旧马甲。他沉稳地站在一旁，等威伦招呼他入座。威伦将椅子转向他，尤拉拉则坐到床上。威伦倒好饮料后，在汤姆的身旁坐了下来。在此期间，汤姆一言不发。随后，他不紧不慢地喝了一小口饮料，放下杯子，用手抹了一下嘴唇。

"我是来带你走的。"他说道。

二

威伦蹙起眉头，目不转睛地注视着老汤姆·亨特。这是一位非常成熟稳重的男子汉。他之所以从大老远赶过来，绝非仅仅因为听说过一个年轻人的传奇故事，便勾起了好奇心，过来看他一眼。他是因为肩负使命，才千里迢迢地赶过来的。所以，事实摆在面前：为了探索这些传闻背后的真相，自己必须与乡亲们一起奋斗。果真如此的话，有汤姆·亨特这样的男子汉做自己的帮手，那是再好不过了。这个人懂得他们为什么而战，也明白威伦之所以挺身而出，纯粹是想保护自己的乡亲，而不是要害他们。恐怕汤姆早就明白这一点，因为他的目光像威伦一样坚定。而且，尽管他为了见一个男子汉而从千里之外赶来，想必他也明白，男子汉气概不是一天养成的，而威伦的成长过程只不过刚刚开始。同时，汤姆还该明白，有头脑的乡亲们不该将希望寄托在他这样的年轻人身上，也不该仅仅因为自己曾经接受过精灵们一段时间的引导，而将英雄的称号强加给他。这个称号着实太大了。

思及于此，虽然威伦的眼睛看着汤姆·亨特，但是眼前却浮现出柯因的形象。"你在那里已是大名鼎鼎，你无法收回你的称号……假如这个称号太大，那你必须尽快成长。"

"也许我会成长，"威伦思忖道，"前提是，他们要给我时间。"

"我的家乡需要你，"汤姆·亨特看着威伦，说道，"他们派我来带你过去。"

"我可帮不上忙，"威伦说道，"你们那里谁都比我懂得多。"

汤姆露出了和蔼的笑容，这是长者对年轻人的微笑。他径自往下说："我们听说有些水井不再出水，而且，当地有个山泉也在干涸。"

"尤拉拉告诉我了，"威伦答道，"但我对水井一窍不通。"

尤拉拉给自己倒了一杯饮料，没有搭茬儿。他坐回到床上，凝神看着这两个人。威伦与汤姆的目光正在对峙。

"去看一眼没有害处，"汤姆说道，他的嗓音显得低沉而浑厚，"你去现场，好好看一眼。说不定你会看到我们错过的细节。"

"我从没去过水井里面。我跟你一样，看不到地底下的情况。你比我更了解你们当地的山泉。"威伦斩钉截铁地说道，而且几乎没有意识到，脑子里突然冒出了很多疑问。为什么？为什么要派人来找他去查看水井和一个山泉的异常状况？他们还隐瞒了多少实情？

汤姆轻轻地笑了："我们也更了解宁亚族，但是当时我们根本没有注意到你发现的线索。幸亏你在场，对吗？你就是那个有眼力的人，有先见之明。"

"我只是个普通人，"威伦说道，他按捺不住了，"别的我一窍不通。我当时只是奉命行事而已，何况我有帮手。我没有神通，更不会钻到水井底下去。"

"宁亚族人有这个本事，"汤姆说道，"你怎么看？你觉得这个山泉会是他们在捣鬼吗？"

"是有这个可能——这就是他们派人来找他的原因吗？只因为他们再次对宁亚族产生了怀疑？"威伦暗自思索道。"他们告诉我一切正常，"他说道，"你可别告诉我其他的说

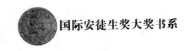

法。"他的语气俨然是在挑衅。

汤姆呆呆地看着啤酒,沉默了一会儿,也许是在期待某个答复吧。最后他再次抬起头来,继续往下说。

"还有这个山脊,"汤姆说道,"那一大片山脊下面,长着很多白色的树胶,就像一条河一样。不过不是真的河,不管有水没水都不是。但是相对来说,那块地方的颜色绿过头了。你明白吗,下面肯定有条河。就在地底下面,那儿的树都知道。那条暗河一直在地底下,我年迈的爷爷对我提起过。照他的猜测,那条河是从山脊下面流过来的。"威伦静等对方往下说。"但是现在太久没有下过雨了,"汤姆继续说道,"树叶落得很厉害,河床上全是树叶,植物都在枯萎,周围只剩下红砂……但是那片绿地反倒还在蔓延,比以往颜色更深,甚至还在开花。"他直视着威伦,在对方的目光中看到了怀疑与惊奇。"估计是地下那条古河正在泛滥,水位上涨,所以导致上面的土地变成了绿色。但是明明已经很久没下雨了。而且,今年春天旱情很严重,以前从没发生过。"

她明艳照人,只为被一双闪亮的眼睛看了一眼……"别烦了!"威伦对突然涌现在脑海里的水声说道。下面肯定有条暗河。

"你最好过来,亲眼看一下。"老汤姆说道。他们俩闷着头喝酒,尤拉拉坐在床上,观察着两人的表情。

最后,汤姆带着几分迟疑,抬起头来,继续往下说:"还有那些从前的野人。或者说,远古的野人。他们跟我们人很相似，只不过块头大很多，个头像小山一样高。过去他们祸害得很厉害，吃掉了很多乡亲。周围散布着很多他们的骨头，现在还能看到一些，只不过都变成了化石。这是好久之前的事了。自从白人来了以后，他们再也没在附近出现过。不过现在他们的踪迹又冒了出来。有一个野人在山脊上留下了脚印。"

威伦听见尤拉拉猛吸了一口冷气，很显然，他也是第一次听说。"踪迹？从哪里冒出来的？到哪里去了？"威伦问道。他来不及掩饰心中的急切。

"说不上来，"汤姆说道，"那个脚印太大了。"看到威伦难以置信的目光，他试图解释下去，"山脊顶上都是光秃秃的红砂岩。有个男人爬上一个山脊，看到上面出现了一个凹坑，像个大盘子，也许有六英尺长吧。而且找不到其他的解释。他反复看了三四次，才分辨出脚印的形状。也许再过一个月，又会有一个人爬上另一个山脊，发现另一个脚印。搞清真相需要时间。"

"这是肯定的，"威伦说道，"不过，我不知道你怎么这么有把握。"

"我们就是知道，"老汤姆答道，"到现在为止，一共在五六个山脊顶上发现了凹坑。有个野人在那里出现过，从一个山脊走到了另一个山脊。"

威伦显然难以置信："也许吧。话说回来，这是什么意思？野人与干涸的山泉根本扯不上关系，难道不是吗？"

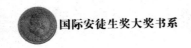

"那可说不准。我们觉得是一回事。你最好自己过来查看一下。"

尤拉拉凑上来，抓起啤酒瓶，第一次插话了："老兄，你的假期快到了。你不妨出去走走。"

威伦转向了他。"我说过多少次……"他突然收住了口。

"说得对，"老汤姆说道，"你就来吧。我们会好好照顾你的。如果你没发现异常——或者说，你解决不了，那就到此为止。试一下总不会有害处。"

威伦坐在那里，狠狠地瞪着尤拉拉。尤拉拉又在倒啤酒。他察觉到威伦凌厉的目光，抬起头来，挪动了一下身体，缩在椅子里，刻意躲开对方犀利的视线。威伦蹙着眉头，紧盯着他不放。

"你说得倒轻松，"威伦终于开口了，"也许在你看来，一个男人需要精灵时，只要出门招呼一声就行了。我不知道你是怎么想的，反正这就是事实。也罢，上一次，是我放弃了工作。这一次，轮到你放弃了。也许我会过去看看，条件是你得跟我一起去。"

尤拉拉吃惊得连手里的啤酒都洒在了床沿上。他赶紧用手抹掉，直视着威伦。"我？我去有什么用？我又不聪明。"

"那里是你的家乡。怎么样？我们俩一起去吧。"

尤拉拉那张古铜色的长脸上顿时绽开了笑容，他难以置信。"如果这是你的愿望，那好吧。我们肯定要去。"他坐在床上，摇晃着身体，乐得合不拢嘴。

威伦的双手插进头发里,把头发揉得乱七八糟。他打心眼里不想去,那干吗要说那句话? 他瞥了尤拉拉一眼。尤拉拉正在像快乐族的那帮人一样,坐在床上,快乐地喝着第三杯啤酒。他对威伦的法力深信不疑。汤姆刚才告诉他,干旱沙漠里的植被正在开花,野人从一个山脊走到另一个山脊。明明自己是对的,难道听了这个故事之后就要妥协吗?话说回来,自己决不能置身事外。这倒不是因为尤拉拉正在开心地咧嘴大笑,也不是因为老汤姆正在点头。其实汤姆心里有数,威伦一定会去的。

　　"我帮不上忙。"威伦提醒他们——同时,他发觉自己的信念正在动摇。听到老汤姆的回答,威伦感觉仿佛他所说的每一个字都来自自己大脑深处的某个地方。

　　"也许吧,也说不准。一个男子汉不能对自己的家乡不闻不问。"

　　从海的这一边到那一边,你的疆域在那个区域。这句话是柯因说的,但是住在中部的乡亲们不可能知道。

　　"明天我就通知他们,我一个星期后离职。"尤拉拉说道,他还在美滋滋地笑着。

　　三个人开始讨论旅行的具体方案。汤姆来时用了两个星期,他是按乡亲们的线路,绕了好大一圈过来的。他们一站一站地护送他。每个地方的老乡都安排好了人员接送,从安静的中部向北一路送到海边,再往东渡过海峡,然后一路护送到了南方。汤姆乘过小船,坐过卡车,徒步行走过,骑过

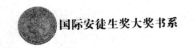

马,还坐过一两次出租车。他希望用同样的方式将威伦与尤拉拉带回去。对尤拉拉来说,这个方案显然很合适。不过,威伦沉吟一番后,摇头表示反对。

"我们最好乘飞机,这样节省时间。"

尤拉拉瞪大了眼睛。"我们三个人吗? 天哪! 那可要花很大一笔钱呢! "

"乘火车同样花钱,也差不了多少,而且更耗时间。这次旅行我要把假期全部用光。我们俩之间尽量保住一份工作——那样,我们能挣的钱要比飞机票多。"

尤拉拉一屁股坐回到了床上,兴奋得大笑起来。他从没坐过飞机,所以很羡慕威伦乘过一次飞机。"我要坐小飞机去那里吗? 那我会破产两次的——过去一次,回来一次。"

威伦忍不住开怀大笑,再次与尤拉拉一起旅行真是太好了。看到他那副迫不及待的模样,还有自愿放弃金钱与工作,威伦深感欣慰。但愿自己在有生之年能看到尤拉拉也能乘着风儿,来一次真正的大冒险。

听到他们俩提到乘飞机,汤姆·亨特的身体顿时僵住了,他的眼睛呆呆地注视着前方,一动不动。他从没像风儿一样,在空中旅行过,他也不希望这样做。但是他是奉命前来向小英雄求助的,因此他必须遵从对方的安排,这是他的使命。

当晚,汤姆是在威伦的床上过的夜。作为客人,作为长者,他没有推辞,而是接受了威伦的安排,表现得非常得体。

威伦将自己的睡袋打开，铺在地板上，听着老汤姆的呼噜声，久久无法入睡。他琢磨着汤姆究竟还隐瞒着多少秘密没有告诉他。他很清楚，这就是老乡们遇到麻烦、心里没底时惯常的应对模式。首先是透露水井与一个山泉的情况，然后告诉他沙漠里植被开花、野人足迹重新出现的消息。汤姆只交代了一部分信息，透露他该知道的情况，不多不少，能将他带去就行。尤拉拉数月前已经告诉过他，接下来还会有事情发生。他们希望他过去亲眼看一看，亲身感受一下。其实，威伦的心里很清楚，乡亲们给他的称号实在太大，他帮上忙的机会微乎其微。一想到这个，威伦不禁感到难过。但话说回来，他好歹抓住了机会，没有不闻不问。

威伦回忆起上次在那里的经历，以及当时给他带来的震撼。破旧的红色乡村笼罩在雾霭里。那天清晨，尼尼亚族前来进犯，当地被搅得底朝天。威伦被压制的斗志立刻焕发了出来——也许他不该去，但是去一趟也没错。最后，他在奔腾的水流与歌声的陪伴中进入了梦乡。

你不来吗？

……你来吗？

……来吗？

尤拉拉提出了申请，等待一星期后离职。威伦也去请假。胖墩墩的女老板抱怨一通后，勉强同意了。为威伦代班的是一位名叫查理的老人,皮肤像皮革一样粗糙。他来过一两次,嗫嚅着被胡须遮住的嘴巴,观察要干哪些活。整整一个星期里,他们一直在为这次旅行做各种准备。他们去过两三次航空公司的办事处。威伦与尤拉拉都很胆怯,不敢多说话,只是问了几个问题,然后把答复带回来,一起商议。幸亏这一年来威伦一直在攒钱,尤拉拉也还有一笔离职金可拿。尽管只是单程, 但三个人的旅费已经是一笔非常恐怖的开销。当尤拉拉终于买好机票,将三本色彩鲜艳的小册子递给威伦时,尤拉拉的神情中充满了敬畏。

"那本漂亮的小册子把我的老本都花光了。如果还需要钱的话,我一定要留在艾利斯打工。"

"我还剩下一点钱,"威伦提醒他,汤姆·亨特看着他们俩,目光中流露出了骄傲。

"你们不会再需要钱的。"汤姆说道。

威伦与尤拉拉明白这句话的意思。这次旅行是为乡亲们办事,因此,乡亲们理当照顾他们俩。不过,回程的路很长,旅行也很花钱,乡亲们手头没有那么一大笔余钱来接济他们。

忙碌了几天后,周末终于到来。威伦还有一件事必须单独完成。他带上宿营装备,再次登上火车,去柯因的大山再过一夜。无论乡亲们希望他看到什么,哪怕机会微乎其微,他都必须带上魔法石才行。

威伦没有在老地方点篝火,而是在岩架上的另一处新搭了一个营地。他不想召唤柯因——一来，他担心万一召唤失败，那将证明他的记忆只是幻觉而已；二来，在乡亲们向他求助之后，他正在尝试了解自己，他还无法面对强大而自信的柯因。此外，他还太年轻，过于腼腆，除非万不得已，否则不敢召唤那位远古的英雄。

自从威伦将魔法石放回石壁以来，他一直饱受歌声的缠扰。纵然如此，他依然畏惧将它重新拿出来的那一刻。建好营地后，威伦立刻出发了。此时已是傍晚时分，夕阳西下，沟壑里阴影重重。虽然日头越来越长，石壁依然很清凉，但是威伦分明看到那里的苔藓已经变绿。他爬上熟悉的岩架，将手伸入洞口，握住那块魔法石。他依然记得它那圆圆的形状，粗糙的绳子，还有柔软的负鼠毛……

突然，他被包围在一片奔腾的水流声中，其间夹杂着清亮的唱歌声，仿佛小鸟的歌声一般甜美。歌声一开始婉转低回，转而激情澎湃，变得高亢嘹亮，随后转弱。紧接着，合唱声戛然而止，只剩下一个声音。那个歌声仿佛月光一般柔和，野蜂蜜一般甜美。歌词有些是听到过的，也有些是从未听到过，但是在记忆中出现过。威伦大为骇然，同时又深感陶醉。他抓住魔法石，毫不迟疑地拿了出来。然后，他爬下岩架，压根儿没注意到歌声是何时停下的。其实，歌声只涌现在他的脑海里。当他像以往一样，把魔法石挂在皮带上，从沟壑处往上走，来到芬芳的金合欢树下时，梦境已然消逝。

威伦坐在火堆旁，一直待到深夜。他凝望着星光下的村

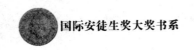

庄,手里握着魔法石,心里交织着恐惧与渴望的情绪。但是歌声没有再次出现,魔法石非常安静。歌声只在他的脑海里回荡,持续了数月之久。

"这么说来,这个声音就藏在大山里。"威伦嘟哝道,最后终于壮起胆来,拿着魔法石,钻入了睡袋。声音肯定来自于山岩,而不是这块魔法石。他不该接近这个地方,反倒该尽快动身,离开此地。他终于松了口气,同时因为失落而深感彷徨。那一夜,他像以往一样,睡得很踏实,很安稳。

第二天一大早,威伦便早早地离开,赶在太阳落山之前,回到了宿舍。尤拉拉与汤姆的目光落到威伦的皮带上。那里挂着一只用树皮纤维织成的网袋。但是谁都没有提一句。

现在离启程只剩下两天了。威伦与尤拉拉一样,迫不及待地等待着旅程的开始。该做的决定已都做完,只剩下一肚子疑问,而答案仍遥不可及。他想象古老的南方大地向西延伸,绵延不绝,那片土地拨动着他的心弦。小镇因快乐族的生活方式而陷入了癫狂的状态,像绳索一样紧紧地勒着他,令他烦躁不安,一心只想挣脱。他像小学生一样,翘首盼望着假期的到来。他告诉自己,这是属于他的假期,他需要休息一段时间。启程的日子终于到来。那天清晨,离拂晓还早得很,他便关好门,与老汤姆一同离开了。

街上非常寂静。路灯一个接一个照亮前方,显得愈发孤寂。威伦与汤姆并肩从路灯旁经过。与一年前跟踪寒冰时的装束相比,威伦还是那副打扮,穿着一条旧短裤和一双非常结实的轻便靴子,上身套了一件毛衣,以抵挡黎明前的寒意。他将宿营装备背在肩上,从外面根本看不出有那么宽。那个网袋依然挂在他的皮带上。路灯的灯光在他那张刚毅的褐色脸上投下了阴影。这本该是张少年的脸。

路灯背后的小镇显得黑乎乎的。快乐族都被关在一个个笼子里,行动受到了钳制。尤拉拉正站在街角等待他们。灯光映照出一个肩部鼓鼓囊囊的颀长身影。尤拉拉背着一个背包,比威伦的包更大更新。威伦看着幽暗的城市被一个接一个的路灯照亮,知道旅程即将开始,心情平复了下来。他淡淡地说:"我们走吧!"说着,他赶上那两个人的步伐。一行人向前走去,准备打一辆出租车。

三

机场到了。汤姆与尤拉拉顺从地跟在威伦后面,通过了玻璃门。眼前的一切让人眼花缭乱,到处都是闪烁的标识与高声的喧哗。谁能想到居然要穿过那条低矮的廊桥才能登上飞机。有个洋娃娃一样的姑娘笑嘻嘻地夺过了他们俩的双肩包。威伦记得他们俩从没乘过飞机,所以直接要了三个靠窗的座位。三人前后排挨着,汤姆居中,威伦坐在后面。由于起飞的巨大推力,飞机开始震动——尤拉拉目不转睛地观看,而汤姆则紧闭双眼。城市与大海很快在眼前消失,山峦变得平坦,宛若小猫一般蜷曲在下方。道路祖露了出来,

旅行开始了，他们终于成为旅客。

大地袒露在他们下面，呈灰褐色，显得格外辽阔。大地的尽头镶嵌着紫色的云彩。坑坑洼洼的山丘，蜿蜒曲折的河流，还有被一簇簇树林分隔开的一望无际的平地——大地将她的形象庄严地展示在他们眼前。几个人透过狭小的圆形舷窗，聚精会神地看着外面，眼神因敬畏而显得愈发乌黑发亮。每个人都在独自观察体验。

讨孩子喜欢的托盘端了上来，暂时吸引了大家的视线。三人忐忑地扭动身躯，面面相觑。但是看到上面放的是茶点，顿时喜出望外，将食物一扫而光。随后，他们恢复到独处的状态，径自沉浸在自己的思绪里。

灰褐色的陆地逐渐被红色的雾霭取代，笼罩在红赭色的砂石上面，组成了一条条沟壑。层峦叠嶂，露出了獠牙一般光秃秃的岩石。紫红色的雾霭将大地与天空融为一体。大地将她那令人敬畏而又格外美丽的心脏袒露在众人眼前。三人见识到的正是风儿所能看到的奇观，他们感受到的正是唯有大地上的精灵与原住民才能体会到的感觉。

老汤姆靠在舷窗旁，凝望着下方。他转向威伦，用大拇指指了指窗户，打了几个手势。随后，他又靠在舷窗旁，继续观察。威伦也靠在舷窗旁，俯视着下方的砂丘，试图捕捉到汤姆发现的目标。

"有足迹，"汤姆探过椅背，凑到威伦耳边说道，"是野人的脚印。"

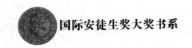

威伦仔细搜寻。就在红色砂丘即将消逝之际，他发现了一排凹坑，不深，呈细长状。只见每一个砂丘顶上都有一个凹痕，似乎有个庞然大物从一个山脊跳到了另一个山脊。

飞机开始下降，像一条鲨鱼一样，向犬牙交错的山丘俯冲而去。汤姆向威伦投来目光，询问他是否看到了脚印。威伦点点头，指了指"请系好安全带"的标志。看来，那些人的怀疑是对的。这些凹坑着实太大，又隔得太远，从地面很难看到；只有从空中才能看清那是一行脚印的形状。威伦顿时心潮澎湃，气血上涌。他也被自己的反应吓了一跳。

在这之前，威伦花了整整一年的时间，才将远古精灵驱逐到属于他们的幽暗地界。同时他努力维持凡夫俗子的庸常生活，毕竟那才是真实的。然而，此时此刻，他的心脏怦怦直跳，不断提醒他远古精灵真的存在，城市生活才是幻觉。也许当初他做出了错误的选择，失去了精灵。任何人在空中都能看到野人的踪迹。威伦既渴望见到野人，又畏惧不已。

威伦来过这块心脏地带。当时还是春天，很多征兆预示着接下来的夏天很难熬。现在，他又见到了这个地方。今年尚未下过一滴雨。蔚蓝的苍穹下，空气非常灼热。相思树、铁木树以及白树干桉树蜷曲起树叶，默默地忍受。红土地上只有稀稀拉拉的植被，只能听任烈日暴晒。唯独犬牙交错的山丘仍在勇敢地与之对抗。只有在城镇里，仰仗着园丁手中的水龙头，植物才能显得生机盎然。

街上只有英兰德族白人与土著老乡，根本看不到胸前挂着照相机的快乐族白人的身影。那些人非常讨厌这个季节,因此逃往更能享乐的地方避暑去了。威伦与尤拉拉来到商店,购买了一些日用品。老汤姆则一个劲地徘徊,显得很不自在。

"你们不要再买了,"他抗议道,"以后有的是时间。"

"那水呢?"威伦问道。

"水也有时间买。"

此时,天气实在太热,不可能在小镇外面找到宿营地,因此他们买了好几罐冰啤,坐在公园的树荫下,静待夜晚的到来。路过的英兰德族人不禁为之侧目,随后蹙着眉头移开了目光。汤姆礼貌地喝完一罐啤酒,站起身来,准备离开。"过会就回来,"话音刚落,他耷拉着肩膀走开了。

"他去传递消息了。"尤拉拉说道。

威伦点点头。他目送老人离去,目光中充满了留恋。"从我们下飞机的那一刻起,他就开始成长了。"

尤拉拉笑了,紧接着又皱起了眉头。"没用的,老兄。我明白你当初的意思了。"

威伦手支着下巴,掉过头来:"我什么意思?"

尤拉拉吼了一声,扯掉一根草茎。威伦透过树叶的缝隙,凝望天空,等他说下去。尤拉拉抖抖腿,开口了。

"老兄,我们已经到这一步了。我们花光了钱,我丢了工作,怎么办?"

"不知道,"威伦看着树叶,说道,"反正这一趟来得值。"

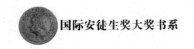

"你从没想过要来。现在他们有了指望。而我们俩就在这里,活像台球桌上的两只小蚂蚁,连找什么都不知道。根本起不了作用。"

"英雄可不是这么成长起来的,"威伦说道,"我们来了。就这样。我们不知道在找什么,不过也许……假如这里真有什么,假如那个家伙想见我们,那他肯定会找到我们的。你不用担心。"

尤拉拉瞄了威伦一眼,随即移开了目光。

"如果他们对我们抱有指望,我们没办法阻止,"威伦说道,"我们不能代替他们生活,只能用眼看,用耳听。等那个家伙有行动时,我们再随机应变。"

他们在酷暑中的公园里默默地躺着,躺了足足有五分钟。最后,威伦看着树叶,告诉尤拉拉,在山脊上发现了野人的足迹。"这件事——好像还没完。不知道接下来会发生什么,不过我正在观望。"

尤拉拉沉默了良久。之后他说道:"一定要登上飞机才能看明白。我从没想过会是这样,一切都在眼皮底下。"

随后,由于天气着实太热,啤酒发挥了作用,何况这一天起得很早,所以他们在草地上睡着了。

许久之后,两人醒了过来。原先阳光透过树叶,在地上留下斑驳的阴影。现在却显得树影婆娑,间或点缀着一些光影。他们感觉一股热浪正向空中升腾,仿佛一头怪兽就要离巢一般。汤姆·亨特站在那里,身旁还有一个男人,头发比他还要白。两人手里都拿着白色的包裹。汤姆在继续成长。他乐呵呵地看着他们,露出了白色的牙齿与粉红色的牙床。

"你们不想吃些什么吗?我和强普觉得你们也许想吃点什么。"

强普与尤拉拉打招呼,态度非常友好。而他与威伦打招呼时,却显得毕恭毕敬。威伦不由得心中一沉。他与尤拉拉拿起背包,穿过街道,离开了小镇。很多人目送他们离去。随后,人们三三两两地从公园长凳上、酒吧里以及沿街的小巷子里冒出来,有男人有女人还有孩子。他们三五成群,尾随其后,向河流的方向走去。老乡们开始汇拢了。

汤姆和强普带着威伦与尤拉拉,走过被炙烤的相思树树林,穿过满是沙子的干涸河床,向石壁走去。"这里是宿营的好地方,很清凉,"汤姆说道,"你们会需要用水。"他弯下腰,在满是沙子的河床上掀开一只铁盖子。下面有一个凹凸不平的洞,里面有一半水。"是好水。"汤姆说道。

威伦与尤拉拉跪下来,让水袋灌满甘洌的清水。这些是在干燥的沙子底下流淌的暗水。泛着微光的水……是大地隐藏在她那永不气馁的心灵深处的暗黑之水。

大山里有个山坳,道路与河流从这里经过。众人来到附近的铁木树林,树根嵌入岩石底部,树林背后有一个阴凉的洞口。两位老人站在那里等着,脸上都露出期待的笑容。

"这个地方再好不过了,"威伦欣赏着他们为他找到的宿营地,说道,"从早到晚都很凉爽,水也在旁边。尤拉拉,你

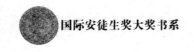

从没找到过更好的营地吧？"

"把火堆在岩石下面安全的地方，"强普乐呵呵地说道，"这里很清净，周围没有人。"

"老兄，这里正合我们的心意。"尤拉拉说道。

两人心里充满了感激。他们将背包搁在石头上，把水袋与一些日常物品挂在树枝上。随后一行人穿过河床，返回河岸边。老乡们早已聚集起来，有些人在捡柴火，有些人在堆篝火堆。

夕阳西沉，只剩西边的天空上依然映着金黄色的晚霞。大地舒展开来，恣意地呼吸着夜晚凉爽的空气。用纸包裹的食物一一摆放在草地上；小孩子在嬉戏，年轻人在大笑，女人们隔着火堆呼唤对方，老人则端坐一隅，边看边抽烟。脂肪的焦香味渐渐弥漫开来。汤姆与强普将自己的包裹递给女人保管，然后领着威伦到篝火处挨个儿打招呼。

显然，汤姆在族人心目中的形象已经变得非常高大：他不仅跋涉千里，把英雄带了回来，而且他还是带他们乘飞机回来的。他看到了大地，与风儿有相同的见识。他连比带画，向大家大致描述了飞机、放茶点的托盘，还有他当时的恐惧。众人哄堂大笑。他时而陈述，时而沉默，告诉大家大地是多么辽阔，多么神奇。众人听完不由得也陷入了沉默。威伦根本没必要开口。没有任何东西需要他解释。

尤拉拉与几位小老乡一见如故，与他们扎堆坐在一个火堆旁。暮色四合，空气变得凛冽。夜色中的树木显得黑黢黢的。在他们身后，小镇里亮起了灯；在他们前方，黑乎乎的山脉兀立在星空下。威伦注意到，尽管老乡们扎堆坐在一起，笑声很响亮，但是他们正在逐渐向篝火靠拢，并且经常回头瞄一眼身后；如果有小孩走到人堆的外围，母亲便立刻叫他回来，语气很严厉。老乡们的心里显然充满了恐惧。威伦用眼观察，用耳聆听。

终于结束了。人们的说话声逐渐变轻，最后消失。透过火光，大家不时把脸转向威伦。他们都在等待他开口说话。

"你们遇到麻烦了。"威伦说道。

一片沉默。众人别过脸去，看着篝火。年长者开始轻咳。汤姆·亨特说话了，他再次提起了那个从未干涸过的枯竭山泉，以及正在开花的沙漠。"你最好亲自去看一眼，"他说，"明天我们带你过去。"

"我不知道自己能干什么，"威伦说道，"我不想欺骗你们。上一次，我有帮手。现在我只知道要用眼看，用耳听——没准有个东西会出现，不过我不知道。"

围坐在火堆边的人们闻言窃窃私语。他们说，他们没有受到欺骗，他只能用眼看，用耳听，别的确实无能为力。

"你们比我更懂，"威伦说道，"这里是你们的家乡，是你们自己的麻烦。"

对此他们可不敢苟同。围坐在火堆旁的人们低声私语，表示反对。强普清了清嗓子，开口了。

"这次麻烦更大。在座的乡亲们来自三四个地区，他们

是特意赶过来的。我们有时斗得很厉害，不过不会在现在斗。我们谁都不了解这件事的真相，只好带你过来。这次麻烦更大。"

这是一个新发现。这也许就解释了为什么他们不愿说，而是执意让他过来，亲自查看。威伦开始试探。

"我看到了山脊上的脚印，从飞机上看得一清二楚。"

众人陷入了更深的沉默。有人走向火堆拨火，让火苗蹿得更高。只要篝火变小，四周变暗，他们就不愿意开口谈野人，也不愿提精灵，威伦寻思着。这时，坐在身后的汤姆·亨特发话了："那就明天吧。我们天亮前开车过来接你。"听到此言，威伦顿时醒悟过来。原来，这次聚会不是为了向他通报情况，而是为他接风，让乡亲们看到他来了这里。

"那我们该睡觉去了，"威伦答道，"今天忙活了一天，明天还要早起。对吗，尤拉拉？"

尤拉拉顾长的身影从一个火堆旁站了起来。强普与汤姆也同时站起身来。威伦想起了精灵，挥挥手让他们回去。"没必要白走两趟。我们认识路。"他与尤拉拉向众人大声道晚安。老乡们也高声回应，然后坐在火堆旁，目送他们离去。

"肯定是个可怕的家伙，那个野人。"威伦嘟哝道。他与尤拉拉借助星星的微光，穿过了干涸的河床。

"他们很担心，惶恐不安。"尤拉拉说道，似乎很不解，"不单单是一个野人的问题。"

"像小山一样大？吃人？绝迹了很久，然后又回来了？"

"对。不过老兄,他们对野人的事一清二楚。他们会继续守在火堆旁,但不至于害怕得连话都不敢说。肯定还有一些事是他们搞不懂的,还有别的问题。"

威伦表示赞同:"所以我们必须亲自出马。"

他们回到了山坳里的营地,在岩石丛中找到一块最平坦的地方,打开了睡袋。他们俩疲惫不堪,威伦还说,明天早上老乡们得用石头才能把他敲醒。话音未落,他已睡着了。

威伦刚睡不久,便惊醒过来。他突然心惊肉跳,意识到了什么——什么情况?他的目光扫过影影绰绰的铁木树,向远处望去。月光洒在相思树树林上,也洒在如同黑蛇一般蜿蜒的高速公路上,将金黄色的山岩染成了黄褐色。他一动不动地躺在那里,警觉地扫视着周围的阴影。威伦感觉到肩头出现一阵悸动,那是魔法石在动。他收回目光,转而巡视起营地来。

尤拉拉在睡袋里动弹了一下,继续沉睡。在他们头顶上方,有一块洒满月光的岩石。就在岩石顶上,威伦发现有两个入侵者,正肩并肩地蹲在那里,入神地看着尤拉拉。他们长着邪恶的小脸,留着三四英寸长的黑胡子,浑身长着毛,很像是邪恶的矮个族精灵。这两个家伙一个瘦得像根棍子,另一个很肥,肚子圆鼓鼓的。他们并排蹲在那里,端详着尤拉拉。

威伦冷不丁地坐起身来,握着魔法石,冷冷地喝令道:"滚开,你们俩,回到你们该待的地方去。"

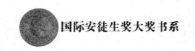

两只脑袋陡然一惊,急转过身,面对威伦。但是他们只冷冷哼了一声,轻蔑地回答:"太远了,回不去。"说着,他们缩回脑袋,挑衅地活动着双手。"你离我们太远了,抓不到我们,你这个聋子。"他们顺着岩石溜下来,消失在阴影里。

无耻的废物,威伦心想。这句话是什么意思,太远了,回不去?但是他喜出望外,浑身都是劲,心里热乎乎的。这么说来,他并没有失去那些精灵。他与这些生物有过交集,打过交道,感觉好轻松啊,就像他和米米在一起时一样。而且他们也知道那块魔法石的威力,柯因曾向他做过承诺。一想到尤拉拉也许会醒过来,看到他们蹲在他头顶上的样子,威伦不禁哑然失笑。他琢磨着尤拉拉是否能看到他们。想着想着,他慢慢睡着了。

当威伦再次醒来时,天依然很黑,但是空气闻上去有一种清冽的清晨味道。月色即将隐没,岩石下的小火堆仍在噼啪燃烧。只见尤拉拉站在那里,俯身看着他,手里拿着一罐清凉的水。威伦翻过身来,打了个哈欠。尤拉拉咧嘴笑着,后退了几步。随后,威伦一个鲤鱼打挺站起身来,将魔法石系在皮带上。

"哎,你是被什么惊醒的? 夜里有两个浑身长毛的老家伙盯着你看。你睡得真死。"

尤拉拉不由得嬉笑一声:"你在说什么,老兄?"

"听我说。有两个人,他们就坐在那块岩石上盯着你看。要不是我拿出魔法石,他们才不肯滚蛋呢。"

"你又在开玩笑了。"尤拉拉说道。他似乎有些不安。

"是一对长得很丑的小混蛋。一个饿得快死了,另一个胖得像头猪。你应该认识他们。"

"我从没有听说这个地区里有那种家伙,"尤拉拉一口咬定,"你这是在做梦。"

"决不可能。那块魔法石叫醒了我,所以我将他们赶走了。"

"老兄,下一次你先叫醒我吧。我想亲眼看一下。"

"好的,你看到过精灵吗?一次都没看到过吗?"说着,威伦将睡袋卷了起来。

尤拉拉默默地回想着。"说不定见过。"他淡淡地说道,就此结束了这个话题。

他们草草吃完早餐,将物品放在岩石丛中。这是一个静谧而清凉的清晨。远处传来了发动机突突突的轰鸣声,随后他们便看到一明一暗的两个车前灯, 从小镇的方向移动过来。待汽车的噗噗声停下时, 威伦与尤拉拉已站在路边等候。

司机是一个年轻人,名叫哈利。尤拉拉挤进车里,坐在他和一个名叫杜克的中年人中间。威伦与汤姆·亨特和强普坐在后排。汽车向北驶去。

汽车在高速公路上疾驰,穿过崎岖的山丘,驶过隆起的平地,顺着大地的曲线蜿蜒前行。似水的月夜变成了雾气缭绕的黎明。当他们从高速公路上下来,向东驶去时,天空已泛出鱼肚白，一抹灿烂的金色在天际浮现出来。刚开始的那段路非常平坦，哈利开得飞快，他在与太阳赛跑。后来，汽车驶上一条覆盖着一层盐碱的红色砂土路，开始不停地颠簸，发出嗒嗒的噪音。随着汽车在带刺灌木与相思树中间一路穿行，后面扬起了很多尘土。远处氤氲缭绕的黛色山峦仍依稀可见。大家沉默不语，只是频频地喝着瓶子里的饮用水。

大地开始使出酷热这个拿手好戏。随着她开始发光，温度不断上升。相思树的树枝不停地摇晃，一边轻蔑地嘲笑，一边向他们招手。湖泊与大海覆盖在泥沙上，诱人的水躺在那里，撩拨着他：你不来吗？我来了。威伦暗自说道，我就在这里，让我看你一眼。

暑热像一只张开的大手压在他们头上。哈利调转方向，向相思树树林驶去。旁边就是被绿荫覆盖的低凹的山脊。汤姆径直下车走入树林，想物色一些断木桩，支起轮胎。汽车尾随其后，在斑驳的树荫下停了下来。一行人从车里钻出来，舒展身体。哈利用手拧开散热器盖子，顿时有一股热气冒了出来。杜克从后备箱里拿来一台又破又旧的冷风机。大家待在树荫下休息，或坐或躺，吃些东西垫垫肚子，等待汽车散热完毕。所有人都默不作声，也没有眼神交流。威伦注意到了这一点。

尤拉拉显然也是大感不解："老兄，我大概是太娇气了……这就是你们找到的最凉快的地方吗？这个山脊有什么问题吗？"因为山脊的背阴处更暗，岩石更凉，更适合歇息。

众人像被一股电流击中一样，没有人说话，也没有人动弹。威伦看着他们，蹙起了眉头。

"走吧，尤拉拉，"威伦说道。他等着尤拉拉慢慢站起来，随后两人并肩向山脊走去。其他人没有说话，也没看他们一眼。

两人沿着破损的石子路一直向上走去，来到了一片磐石林。他们格外小心。尤拉拉用敏锐的目光审视着岩石，并不时地瞟威伦一眼。威伦的目光则从脚底下的乱石一直扫视到前方荫郁的峭壁。他发现岩石丛中有一道很大的缝隙，里面影影绰绰，夜里的寒气兴许仍未消散。威伦握住魔法石，感觉它正在悸动，他找到了目标。

两人向上爬去。脸上的汗已被吹干。快到裂缝处，两人停下察看，试图弄清里面究竟藏着什么。在暗处，有个东西悄悄地缩起身体，开始移动。威伦走上前去。黑影凶猛地咆哮起来，试图恫吓他。它的眼睛里闪着红光。

"天哪！"尤拉拉倒抽了一口气，声音里充满了惊恐。

四

原来那团黑影是一条野狗。那个家伙体形硕大，两眼通红。见到他们，它拱起身体，准备飞扑过来。它的咆哮声在磐石林中回荡。威伦摸索着把魔法石从网袋中拿出来，紧握在手里，仿佛那是一块坚硬的盾牌。威伦向前迈去，它的咆哮声愈发凶恶。威伦又迈出一步，恶狗不禁向后退缩，显得有

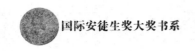

些彷徨。威伦继续跨出一步,这条狗随即遁入了缝隙深处。

"我的天哪!"尤拉拉再次低呼道。

威伦握着魔法石,转过身来,脚步略显虚浮。"我说过的吧,真要有什么,他一定会找到我们的。"

两人沿着山岩往回走,其间不时停下脚步,提醒自己,在这里千万不能掉以轻心。

"他们都知道,"尤拉拉气呼呼地说道,"但是没有提过一个字,只是随我们去。"

"必须让我们亲自去看,"威伦提醒道,"你发牢骚也没用,他们就是这样办事的。没准还有更多的异常呢。"威伦脸上的表情缓和下来,浮出了一抹笑容。"至少还有一件事——我们俩现在都知道了。你很有眼力,能看到远古的精灵。你确实看到那个家伙了。"尤拉拉悻悻地嘟哝了一句。"反正你本来也说想看的。"

两人返回了原地。那几个男人还是像原来那样,有的坐着,有的躺着。谁都没有说话。

"那里也不太凉快,"威伦说道,"看来你们早就知道了吧。话说回来,你们是怎么称呼那个家伙来着?"

几个男人面面相觑。"没有称呼,"强普肯定地说道,"我们谁都不认识他。他的地盘不在附近。"

威伦的眉头紧锁了:"肯定是在周围的哪个地方。"

那三人目光躲闪,有的看着地面,有的看着天空,就是不肯开口。最后,汤姆·亨特终于说话了:"有个人叫老耿特,是一个上了岁数的老人。他说那些家伙的栖息地是达令山，他们称之为巨奇。"

"达令山？那么这条野狗为什么会来这里？"没有人接茬。"它多久前来的？"众人的目光顿时转向了杜克。

"大约在三个月之前，我看到过这条狗。"杜克喃喃地说道，"但是大家就是不信我说的话。"

原来是这么回事。凡是他们知道的，凡是他们可以带他看的，他们都和盘托出了。至于那个奇怪的外来生物，只是一个男人的一面之词罢了。因此，他们谁都不愿妄下论断。威伦必须亲临现场，亲自判断。威伦"嗯"了一声道："这么说来，你们也不知道让它离开的哨音喽。"

"我们什么都不知道。"强普的态度很坚决。此时，日头更高了。老汤姆疲惫地钻到更茂盛的树荫下。"它躲藏的那块岩石属于地下岩。这里的地势原本很高，后来被风刮平了，所以石头陷入了地底下。"

这是他们掌握的另外一条线索。汤姆肯定觉得这条信息意义非常重大。"说到野人，他是从哪儿来的？"威伦问道。

他们都知道野人，因此可以在光天化日下进行讨论，而且不用担心陌生的远古精灵会躲在暗处偷听。

"他们从前生活在大山里，"汤姆说道，"在奥尔加山附近有很多骨头。我看到过，只是现在他们变成了一堆化石。那是好久之前的往事。"

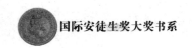

"我也看到过。"哈利说道。

"有个野人自杀了，"汤姆插了一句，"当时是阴天，他在峡谷里游荡，突然在高处一脚踏空，掉了下去，摔得粉身碎骨，骨头散了一地。那是很多年前的事。打那以后，就没人知道他们躲到哪里去了。"

"去了地底下，那是他们唯一的去处。"强普颇有把握地说道。威伦向来不喜欢提问题。既然大家已经开始讨论，他更不愿意提醒他们他是一个外人，进而扫了对方的兴。尤拉拉捕捉到了威伦的细微表情，于是翻过身来，提出了质疑。

"我不懂——这些山头很空旷。适合野人待的地方多着呢，总要比地底下宽敞。"

强普对他的说法不屑一顾。"遍地都是牛群，都是矿山，到处都有英兰德族的白人。现在又多了飞机。有人看到过那个大怪物，活像是一座小山在行走一样。所以那些野人要么离开，要么躲到了地底下——假如这个野人在外面走动，那就说明他并没有离开。不是吗？"

"地下的空间很大，"汤姆严峻地说道，"你知道的。"

尤拉拉观察了威伦的表情，不再作声。

"尤拉拉有些心烦，"威伦说道，试图为他开脱，"昨天夜里，有两个老家伙坐在他脑袋上方，他睡得像婴儿一样熟，根本没有看到。那两个家伙相貌很丑陋，留着长胡子，个头跟小孩一样，浑身都是毛，一胖一瘦。你们怎么称呼那种家伙来着？"

那几个男人显然一头雾水，他们既不敢也不愿正视威伦。"没有什么称呼，"强普咕哝道，"我们从没听说过他们。"威伦催促其他人发表看法。那几位随即附和，声称周边的几个地区从来都不是那种古代生物的栖息地。

就在他们说话的同时，威伦的脑海中浮现出一个匪夷所思的画面。威伦绞尽脑汁，仔细地思索着。"还有类似的异常吗？"最后他问道，"还有没有其他老家伙在不该出现的地方冒了出来？"

那几个人仍然保持缄默，要么看天，要么看地。但是哈利忍不住动弹了一下。

"是丹尼。"哈利开口了。

另外两人蹙起眉头，移开了视线。但是哈利执意往下说。

"当时他在两三里以外的地方露营。火熄灭了。醒来时有只手在拉他——有个女精灵想把他拽走。丹尼说，那个女精灵没有头。"尤拉拉的眼睛顿时发亮了，"没有头？"

"那天夜里有月光，"哈利说道，"丹尼说他看得一清二楚。回来的路上，他把车开得飞快，好像那个女人在后面追赶他一样。接下来整整三天不敢踏出家门口一步。"

"没有人听说过她吗？"

谁都没听说过。随后这三人再也不肯说精灵的事，无论熟不熟悉，都绝口不提。他们私下里已经说好了，只能将已经确认的情况告诉威伦，其余的则留给英雄本人来判断。没

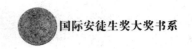

想到哈利是个年轻人,一时冲动,破坏了这个约定。一行人眼巴巴地等到太阳落山,然后将物品收拾好放入车内,往散热器里加满了水。四点钟时,他们重新上路,带他去看那口正在干涸的山泉。

对威伦而言,这波热浪太可怕了,简直无法忍受。被烈日炙烤的大地上似乎看不到任何生命的迹象。汽车不停地颠簸,威伦拉住车门把手,竭力保持平衡。同时他还在琢磨着听到的消息。阳光穿透后窗玻璃,晒在他的脖颈上。远方的山峦依然绿意盎然,显得生机勃勃,令他颇有感触。最后他们抵达了那口古老的山泉。到这时,威伦才终于感觉到,空气似乎不再那么灼热了。

山泉位于另一座低矮的石头山上。这些山丘都是狂风从陆地里硬抠出来的。一行人手脚并用,总算爬了上去,在平坦的山顶上找到了一个低凹的水潭。水潭很大,很深。经过长年的蒸发,水潭的四周堆积着一圈沉淀物,上面覆盖着一层厚厚的红砂,显然是被大风刮来的。水潭的内壁是一层干涸的黏土,已经龟裂成一块块的碎片。水面离井口足足有八英尺之远。强普用手指着一块岩石让威伦看。这块石头上积着一层厚厚的黑泥,离井口只有两三英尺的距离。

"这块石头应该在水下,"强普告诉威伦,"是古代的石头,一直在水底下,从没有露出水面过。"

对威伦而言,这个山泉不值得他如此大费周章,从千里之外赶来勘查。他没有发现任何线索。但是那几个男人却在埋头观察,用肉眼测量水位的下降值。"别的山泉也像这样干涸吗？"

"没有,"强普说道,"南部还有一些山泉,不知道它们是否也这样。在我们这里,只有这口山泉干涸了。这是上古的水,说得更具体点,这是从地底下冒出来的水。"他瞥了威伦一眼。

"这是大地自己的水,就是这样,"汤姆插了一句,"是她藏在地底下的。万物生长都需要水——太阳、人、树、蛇……所以她只能把一些水藏起来,留给自己用。是不是？"

……暗水在吟唱……

是明水,威伦思忖道,他纠正了任性的思绪。这是明水,两者之间截然不同。

……漂浮的黑发……

歌声萦绕在威伦的脑海里, 这些歌词他以前从没听到过。

一行人走下山来,返回车中。汽车在大山的东面一路颠簸,突突突地向南驶去。前方山峦隆起,似乎是在迎接他们的到来。在夕阳的照耀下,山峦显得红彤彤,金灿灿的。不远处有个黑乎乎的山脊。那片开花的沙漠就在山脊的底部。

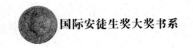
　　这里看不见凹槽,雨季时不可能有河水流淌。硕大的古桉树有着幽灵一般的白树干。此时此刻,树下绿草茵茵,合欢树正绽放着金黄色的花朵,哈克木树开满了粉白色的花。这些迹象清晰地表明,地底下肯定有水。威伦知道有些地方确实如此。可是眼下连河床都被烈日烤干了,因此这一景象实在匪夷所思。威伦、尤拉拉、汤姆与强普一起穿过树林。哈利和杜克则忙着将必需品从车上搬下来,搭建过夜用的营地。

　　"向来是这种景象吗?"威伦问道。

　　汤姆摇摇头:"枯水期不可能这样,只看得到树。你挖得再深,也挖不出水来。这条河在地底下,离地面很远,只是一个劲地吸水。不过现在她吸得更厉害了……她究竟是从哪儿弄来的水?"

　　"是泉水,"威伦提出了自己的看法,"古水找到了新河道。"

　　"她这么做有什么目的? 地底下究竟怎么了?"

　　"是尼尼亚族,没准是他们,"强普说道。两人不约而同地看向威伦。威伦摇摇头,眉头拧得更紧了。

　　"不明白他们对水能捣什么鬼。无非是让水结冰,何况他们并没这么做。总而言之,这些老家伙冒出来了。他们是外乡人,闯入了不属于他们的地界。我碰到过的所有远古精灵都不喜欢冰。假如是宁亚族人在捣鬼,那些老家伙绝对会躲得远远的。"

暮色中,汤姆飞快地扭头看了一眼身后。

一行人赶在黄昏前回到营地,他们发现杜克与哈利已经点燃了三堆火。三堆火实在太多,不过威伦完全理解,他看到过老乡们围坐在火堆中间。他们吃了炖肉,喝了浓茶。随后,他们开始仰望寒冷的星空,清澈的夜空上闪烁着很多忽隐忽现的小星星。跳动的火焰照亮了地面上的很多绿色光点,那是蹲伏在洞里的高脚蜘蛛。众人早早地歇息去了,第二天他们必须趁天没亮时上路,赶在破晓之前回到家中。火堆一直在燃烧,没有熄灭过。

威伦躺在那里,感觉周围的大地好辽阔啊。璀璨的星空下,很多生命在悄无声息地移动着。"告诉我吧,把麻烦的根源指给我看。"他乞求道。可是,脑海里只浮现出那首萦绕已久的歌。

漂动的暗水宛若她散发出的涟漪……

他想起了古水,那是大地藏在腹地留给自己的备用水。内陆白人居然往地底下钻井,偷走了古水。算了,对于这个问题,他和他的族人可管不了,只能等待,一旦时机成熟,大地会亲自收拾他们的……杜克轻轻地站起身来,往篝火里添木柴。随后威伦陷入了沉睡。

威伦是被一阵合唱声吵醒的。夜空像黑珍珠一样清澈。他听到了女人的声音,非常恣意狂野,与缠扰他的甜美歌声截然不同。魔法石正在悸动。其他人也睁大眼睛，僵硬地躺在那里，与他一起侧耳倾听。歌声飘过来，又飘走了。紧接着，很多女幽灵冒了出来，她们在月光里舞动身体，边跳边唱。威伦看到其他人举起盾牌，拿起了投矛器。随后，好多东西——四肢、胸脯、还有头发，源源不断地向他们飘过来。最后，身影与歌声倏然消失。众人躺在那里，一句话都不说。汤姆站起来，往火堆里再添些柴火。其他人相继开始动弹。

"这些家伙是你们当地的吗？"吃早餐时，威伦问道，"还是说，她们走错了地方？"

"什么？"汤姆答道，"她们呀，她们是安喜婆。"他继续吃早餐。"那是好多年前的事了，"最后他说道，"好久没在附近看到她们了，都不习惯了。"

"她们很不安分，"强普紧蹙着眉头说道，"都在外面乱晃，那些老家伙都是这样。肯定出事了。"

"最好赶在太阳升起前动身，"汤姆说道，"得赶紧回去。明天要带你去看脚印。"

"没必要，"威伦对他说道，"已经看到了。如果方便的话，明天我想去北方。有个人也许能帮上忙。"

"北方哪里？"

"正北方，去石精灵的地盘——找一个石精灵。"威伦的这一段经历所有人都有耳闻。众人陷入了沉思。

"哈利带你去。"最后强普说道。

第三章　东方的骚动

一

当天晚上，那辆老掉牙的破车沿着高速公路回到了小镇上。威伦知道老乡们希望他在岸边的篝火旁再留一夜，可是，他做不到。他需要待在一堆安静点的篝火旁边，好好睡一觉。他留下了一些口信。

"告诉他们，该看的我们都看过了，该听的也听过了。现在我们要寻找去北方的路。如果顺利的话，兴许哈利会从北方赶回来，向他们报告消息。等一切恢复正常之后，我们一定会过来看他们。"

乡亲们冷静地接受了他的决定，开车离去。哈利答应天亮前一定会赶过来。威伦与尤拉拉在山坳里的营地里又度过了一晚。

"我们得好好地琢磨一下。"威伦说道。尤拉拉开心极了。他本以为自己的角色只是打打杂，也许在必要的时候才需挺身而出，站在英雄的身边。不过，一开始，他们俩并没有

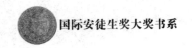

琢磨任何事。威伦只是双手抱着膝盖,坐在石头上,显得非常疲惫。不知为什么,他紧锁着眉头,什么话都没说。

尤拉拉检查完水袋,把两个睡袋铺在平坦的岩石上,在干燥的地方堆了一小堆篝火。他的目光越过食物罐头,陷入了沉思。

"那些安喜婆,"威伦终于开口了,"她们会是大麻烦吗?"

尤拉拉犹豫了。"不是。她们只是掺和进来,跳一两支舞而已。她们不是真正的大麻烦,只是有点诡异罢了。"

"那倒是。她们住在哪里?"

"在地底下。她们的山洞里有河流,而且永远有阳光。有很多家伙都住在那里。"

"又是地底下。"威伦嘟哝着。

尤拉拉挑中了一个炖肉罐头,随后吞吞吐吐地问了一个问题:"你的那个朋友米米,你能找到她吗?她们家乡的岩石可多了。"

"如果走运的话,我猜她会来找我的。"

"她离这里远得很。她会知道这里出了什么事吗?"

"大多数事情她都知道,况且,她怎么可能不知道?那么多家伙离开了老巢,正在到处游荡。"威伦狠狠地踢了石头一脚,"这一点可难倒我了,这正是我想不通的地方。这些家伙全都离开了自己的老窝,为什么?他们究竟有什么企图?还有,他们是怎么过来的?"

尤拉拉将开瓶器放回了背包里。"有些不是,"他说道,"比如那个野人,还有这些安喜婆。这些家伙也很不安分。"

"那是肯定的。不是吗,这么多陌生的精灵闯入这里,难怪他们会感觉不安了。我想知道那些入侵者到底有什么企图?"

尤拉拉将两块扁平的石头放在火堆上,把罐头放上去炖肉。他试探地问道:"上一次你说你接到了指令,是大地下达的命令。没准这一次她同样会给你一些指示。"

威伦忍不住爆了一句粗口。过了片刻,他向尤拉拉吞吞吐吐地道出了心里的苦恼,语气显得很尴尬:"还有,有个声音一直在纠缠我。已经有好几个月了——打从我回家以后就出现了。水流里夹杂着唱歌的声音,没听到别的。"威伦使劲地按着眼睛,"我摆脱不了它的纠缠。假如我真能摆脱,"他喃喃地说道,"可能同样也会被逼疯的。"

尤拉拉默默地搅着炖肉。有个声音在作祟,已经长达数月之久,而他在镇上总是沉默不语。你简直无法想象,一个人究竟要历经多少磨难,才能成长为英雄。

用餐时,尤拉拉用叉子指了指网袋里的魔法石:"纠缠你的声音有可能是从这里飘出来的吗?"

威伦摇摇头:"那个声音是从山里飘出来的,确切地说,是从山岩里冒出来的。不过也有可能是被这块石头带过来的。"

"是这样啊……那就没办法了,你还得保管这块石头。

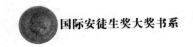
赶紧去休息吧。既要被怪声音纠缠，又要在高温下到处颠簸，你看上去都快散架了。天亮前我们还得出发呢。趁我收拾的工夫，你赶紧歇一会儿。"

"轮到我收拾了，是你做的晚餐。"

尤拉拉直摇手："听听，你在胡说些啥呀，真是疯了。我来有什么用处？我有魔法石吗？我是米米的朋友吗？谁也不会搭理我的，老兄，你才是我们大家指望的对象。赶紧进去休息。"天刚擦黑，他便将威伦赶进了睡袋。半小时后，他也钻入了自己的睡袋。

两人困乏至极，因此都睡得很熟，连身都没翻过。殊不知，当天夜里，周围出现了很多动静，还有很多窃窃私语的声音。待他们醒来时，刚好来得及吞下早餐，草草地收拾好行李。当哈利那辆破车闪着一明一暗的车灯从镇上开过来时，他们俩已在路旁等候。

"我们趁天气还没热赶紧上路，"哈利说道，"然后找个地方睡上一觉，等到天黑再说。尽量趁夜里多赶些路。"

威伦表示赞同。他记得上一次也是连夜赶路的，当时他是徒步行走，米米则紧紧地抓着魔法石的绳子，以免被狂风卷走。就在那一次，要么是通过他的双脚，要么是通过他遇到的远古精灵，大地向他下达了命令。或许，假如他再徒步旅行一次的话……话说回来，他确实有能力走完这段路程，河与河之间只隔了两百英里。在接下来的宝贵几天里，他完全能够跨越一千英里的距离。

其实,这段距离很漫长。就算是坐车去,也需要一天两夜。哈利开着车,在高速公路上向北疾驰而去。车灯一明一暗,就像是一头独眼老骆驼。哈利脱离了两个老人监督的视线,变得自在多了。有时他会提起到处游荡的精灵,有时默默开车,一口气开上好几个小时。他停过两次车,用后备箱里的汽油桶加油。还有两次,他把车开进野外的加油站里,自己用油枪加油。威伦递给他钞票,他一言不发,连看都不看一眼。最后,睡觉的时间到了,他调转方向,将汽车停在一个树荫下。

第一天清晨,他们驶过了夹在丘陵之间的相思树树林,然后在风化的砂岩平原边缘休息,度过了一个大白天。日落时分,汽车重新上路向北驶去。整个晚上,他们只能看到沿途路灯的黄色灯光,偶尔还瞥见路旁动物眼睛里闪烁的绿光。但是凭着感觉,他们知道汽车缓慢地驶过了很多山脊,两边高耸着许多黑乎乎的陡峭山峰,星光完全被遮蔽住了。天将拂晓时,月亮终于浮现出来。他们这才看清,前方原来是一条连绵的平地,两边则是断崖林立,在月光下若隐若现。初升的阳光给山峦披上了一层嫣紫色的朦胧纱衣。不久后他们在松软的砂岩平原上找到了一间快要坍塌的茅屋,作为临时歇脚处。

第二天晚上,汽车一直在一条连绵不断的道路上飞驰。沿途除了一两家接待游客的酒店外,没有任何标志性的景观。就在月亮升起的同时,这条公路开始转弯,直奔西面而

去。其实，汽车之前一直在爬坡，只是他们没有察觉到而已。月亮照亮了起伏的草地，还有银白色的桉树树干。哈利找到一条羊肠小道，于是离开了公路，向东驶去。这条路很小，威伦甚至都没有发觉。越往前开，这条道越崎岖，车速也随之减慢下来。哈利一直开到一片幽暗的树林，这才停下了车。

"下一段路一定要天亮后才能开。我们先睡上两小时，然后再尽快赶路。"

三人如释重负，从车里钻出来，舒展身体，活动了一下双腿。威伦察觉到猫头鹰、鼠貂还有其他毛茸茸的小动物正在注视着他们。树林的前方有一大片草地，还有一座城堡，里面有许多低矮而粗糙的塔状建筑物，在月光下显得阴森森的，那是一群白蚁墩。它们的顶尖参差不齐，宛如长短不一的手指尖，指向天空的方向。有些土墩有尤拉拉那么高。三人捡了些树枝，点燃一小堆篝火，开始用餐。他们背对着火光，后背烤得暖烘烘的。尽管很疲惫，但是他们的目光依然停留在不远处的白蚁墩上。那犬牙交错的顶尖传递着一个无声的信息，可惜他们看不懂。尤拉拉突然停止咀嚼，身体向前倾去，想看得更真切一些。

"那是什么东西在移动？"

"在哪里？"威伦一边问，一边循着他的目光向洒满星光的前方看去。

"就在那个土丘旁，离我们最近的这一个……现在消失了……不对，去了右面——有什么东西——"眼看话到了嘴边,他又咽了下去。

确实有身影在土墩之间移动。银色的月光下,那些影子摇摆着身体,向他们招手。他们听到了少女轻柔的欢笑声与呼唤声,好像是一群女精灵。窈窕的身影向他们靠近,转瞬又离开了。

"赶快上车。"哈利打开车门说道。

"别——再等一会儿,老兄——"尤拉拉定睛观看,"我认识那个姑娘,她来自北方,就在达令山附近!"

"那她来这里干什么?"威伦正色说道,"老兄,你赶快回来!"

尤拉拉兴奋地哈哈大笑,他非但没有回去,反而迈开腿向前走去。威伦拽住他的胳膊,握住不停悸动的魔法石,挡在他的身前。那些形如少女的身影发出尴尬的笑声,随后在月光下摇摆臀部,一个个飘走了。威伦跟随了几步,只见那些身影纷纷钻入一个土墩,霎时失去了踪影。就在她们消失前的那一刻,威伦看清了离他最近的那个精灵。他以前看到过一个外貌相仿的姑娘,不过那个人可不是从白蚁丘里钻出来的。

威伦回到车边,哈利正将气冲冲的尤拉拉塞进座位里。"她们不会再惹事的。"他劝慰尤拉拉。

"上车,"哈利说道,"反正我们正好要挪地方。"威伦钻进车内,坐到尤拉拉旁边。哈利发动了汽车。"她们离开了老窝,"他咕哝道,"这个地方再也不安全了。"

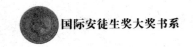

"这些家伙是什么东西？"威伦问道。

"是安喜婆。"哈利直接答道。

尤拉拉挪动一下身子，嘿嘿一笑："是她们呀。我就知道我不会害怕碰到她们的。要不是看在你们俩的份上，我才不会放她们走呢。"

"恐怕等你看到她们锋利的大爪子之后，就会打消这个念头的。"威伦反呛道，"到那时，后悔就晚了。"

尤拉拉再次放声大笑。

哈利小心地驾驶着车，沿着崎岖的羊肠小道，在山脊底下行驶了一两英里。他一直开到一块没有白蚁墩的平地，才再次停下车来。三人坐在车内闭目养神，但依旧保持着清醒。当月光隐没时，他们确实睡着了一小会儿。

威伦与尤拉拉是被汽车的马达声惊醒的。只见太阳已经升得老高，哈利正小心地驾驶着汽车，在崎岖的山路上继续行驶。看到他们俩已经醒来，哈利说道："前面没有多远了。我们到目的地后，你们再睡一会儿——白天开车会更安全。"

现在，视线之内几乎连羊肠小道都看不到了。汽车正沿着山脊在沟壑的上方行驶。哈利告诉他们，如果雨季按时来临，那不消一两个星期，沟壑里便会重新蓄满水。老掉牙的汽车碾过草丛里的石头，颠簸得着实厉害，但是哈利不予理会，兀自向前开去。威伦仔细地观察着山岩的形状。他不时瞥见一座又一座险峻挺拔的山崖，即使汽车性能再好，也只能望之兴叹。汽车爬上一道陡坡，驶上另一道漫长的山脊——突然，北面陡然冒出一大片峭壁，向东西方向延伸开来。金黄色的阳光照在这片高耸险峻的悬崖上，显得影影绰绰。大自然用她那深色的笔触勾勒出幽深的裂缝与深陷的峡谷的线条。目睹这一景象，威伦不由得亢奋起来。

哈利将车驶入树荫下，停了下来。"只能开到这么近，"他指着悬崖说道，"剩下的路程只好靠你们步行了。先吃点干粮，睡会儿觉再说。"

尤拉拉从车里钻出来，伸了个懒腰，他的目光扫向前方峥嵘险峻的峭壁。那片悬崖格外庞大，显得一望无际。"到米米的领地了，对吗？"说着，他偷瞄了威伦一眼，心里颇为疑惑。显然石精灵不可能藏在那样一片峭壁里。

哈利证实了他的疑虑，说："如果这里不行，我们只好再去其他地方试试看。"

威伦并不烦恼，他早就想通了。他正等着米米过来找他呢。于是他在一根木头上坐下来。哈利与尤拉拉拿什么给他，他就吃什么。他审视着那片高耸入云的悬崖，只要好好睡上一觉，用不了半小时，他就能爬上那座悬崖。他任由自己的思绪飘向那里。他不是在探索，而是在感应岩石的年代与峡谷的深度。他没有感受到酷热的天气，也不知道自己被蚂蚁咬了一口。但是他却分明听见了青草的低语声与鸟儿的呼唤声。在这些声音背后，他还听到了大地伸懒腰的声音。哈利递过来一条毯子，威伦随手铺在树荫下，躺在那里

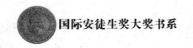

望着峭壁,迷迷糊糊地睡着了。

等威伦醒来时,已是傍晚时分。哈利与尤拉拉仍在熟睡。他站起身来,四处走动,双脚带着他随意向前走去。他绕开蜥蜴,跨过木头,站在岩石前面,等着一条蛇经过。他的心绪依然沉浸在悬崖的阴影里,那片悬崖深深地吸引着他。

威伦到达悬崖边。西斜的太阳照在峭壁上面。他在下面信步行走,时而爬上稍矮的断岩,时而把手放在岩石上,细细地品味,仿佛能听到什么深奥的音符似的。他像峭壁一样眺望远处,目光越过卷曲的草叶与林海,落在雨季时积水成河的沟壑里。他微微一笑,耐心地等待米米现身。

米米没有出现。不过威伦心里很有把握,她就在附近,而且也知道他在这里。

威伦找到一个绿荫环绕的峡谷,信步走进去,希望能在这儿找到米米。这个峡谷夹在两块对峙的巨石之间,只是一道非常狭窄的缝隙而已。他把手放在岩壁上,无声地呼唤米米出来,但是她仍没有现身。他离开此地,找到另一道更深的缝隙,索性坐下来,一动不动地等着。一只蜘蛛从他腿上爬了过去。

片刻之后,威伦站起身来,继续向前走去。他一会儿钻入石缝,一会儿又钻出来,爬上岩石。他耐心地等待着,心里很笃定。他张开嘴巴,想要呼唤她,没想到,一开口他却唱了起来。歌声忽高忽低,与此同时,一句句歌词也飘了出来。

你不来吗？
明水在吟唱，
你不来吗？

她明艳照人，
因为被一双闪亮的眼睛，
看了一眼。

没有任何回应，周围骤然鸦雀无声，
但是他没有察觉。

你不来吗？
暗水在吟唱，
你不来吗？

漂动的暗水，
宛若漂浮的黑发，
飘散出的涟漪。

啊，米米出来了。她就在他的身边，站在一道缝隙的阴影里。只见她浑身僵硬，气得直哆嗦。她那黑色的大眼睛里闪烁着一道绿光，像竹竿一样苗条的身体比他高出一大截。片刻之后，她缓过劲来，冲着威伦发出了一声愤怒的低吼。

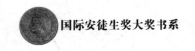

"天哪,你这个傻瓜!快闭嘴!"米米呵斥道。

二

见到米米,威伦喜出望外。只要看到她,他便心满意足,脸上乐开了花。

"我知道你一定会找到我的,"威伦说道,"我需要你。"

米米冷冷哼一声,听上去就像小猫打喷嚏似的。然后她冷不丁地坐在一块石头上,似乎她那双细长的腿再也支撑不住了。

"怎么啦?"威伦问道,"是不是我不该来?但是我遇到了麻烦。"米米依然僵持在那里,一声不吭。威伦连忙解释:"单靠我自己不行,你知道的。"

"你可害惨我了。"米米厉声说道。威伦这才注意到她多么生气。他从没看到过米米勃然大怒的样子。就连当时他将她一把从大风上面推下来,害得她纤弱的身体差点折断,她也未曾如此恼怒过。威伦站起身来,心里好伤心,好失望。

"我从没想过要害你。我是来找我的朋友的。"

"那么,你的行为很友好吗?"米米厉声说道,"在我的族人面前羞辱我?给我唱一首下流的情歌,让所有人都听到?"

威伦只能干瞪着眼。

"对于石精灵族群里的任何一员来说,男人的友谊难道不是羞辱吗?友谊确实很神圣,而我却因为你的友谊,受到了族人的讥笑。大家叫我傻瓜,说我是大风的玩偶。这些我都忍了。我独自坐在火堆旁,一想到你就回想起我们俩之间的友谊。真当我是傻瓜!现在你居然用一首情歌把我找出来,好像我就是一个傻姑娘,轻易就会坠入情网似的。"

"一首情歌!"威伦张口结舌,只好转身离开,然后再走回来,一屁股坐在了另一块石头上。

米米的黑眼睛一直看着他,心里依然憋着火。当她再次开口时,虽然很生气,但是语气中却隐含着一丝妥协:"你不了解情况。我忘记了,人类真是笨得很。我看见你还拿着那块魔法石。把绳子递给我,像以前那样,我们走远点,去石头偷听不到的地方。"看到威伦依然呆坐在那里不动,她不禁说道:"天哪,把你的脊梁挺起来,给我绳子。"

威伦解下一段绳子,穿过网眼递给了她。有了绳子的保护,米米再也不担心自己会被风刮走了。她与威伦一起离开悬崖,顺着山脊往下走去。她的膝盖像螳螂的关节那样灵活。两人在一块木头上坐了下来。

"你很诚实,"米米说道,"我认为你确实需要帮助。可你是从哪里学到那首歌的?"米米观察着他的表情,语气很严肃。

威伦心乱如麻,一时间说不清楚:"从柯因的大山里……从石头缝里飘出来的……"

米米移开了目光,说道:"在东部那么远的地方?而且是从石头里飘出来的?"

"我……我挣脱不了。这个歌声一直在纠缠我。"

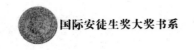

米米呵斥道:"以后也会的。这就是这首歌的用处。"

"刚才……它突然冒了出来。我从不知道——连听都没听到过。"威伦看到米米的眉头正在锁紧,"哦,米米,听我说!难道我只是为了自己的问题,便从大老远赶过来,把你召唤出来吗?我来是为了解决一个大麻烦。"

米米依然眉头紧蹙。威伦搞不懂她那负鼠一样的黑眼睛里究竟包含着什么样的心绪。最后,米米开口了。一听到她说话,威伦便明白对方已经原谅了自己。"有什么事比英雄之间的友谊更重要?"米米显得很大度。若不是刚才米米发了一通脾气,见面时给了他一顿抢白,让他心里很不是滋味,他绝对会笑出声来的。

"你干吗要在这里受气?难道他们不知道你是御冰勇士,是个大人物吗?"

"在我的家乡,大人物可不会被风卷走。"

"简直是胡说八道,"威伦激动地说道,"我去找他们,告诉他们真相,让他们清醒过来。"

米米又像小猫打喷嚏一样冷冷哼了一声。"我埋头干活,苦苦忍耐,不就是为了在族人中间获得一个容身之地,争取到在心爱的家乡生活的权利吗?难道为了友谊,你就要把我的权利夺走?告诉我,你碰到了什么麻烦。声音轻点,而且要猫着腰坐在草地上,像蜥蜴那样,不要乱动。"

威伦露出了固执的神情,不过他还是乖乖地从木头上滑下来,坐在高高的蒿草丛中,任凭蚂蚁在他身上爬来爬去。"我来是因为大地碰到了麻烦,估计你已经知道了。你肯定知道。"接着,他向米米娓娓道来。远古精灵们被一种不安的情绪所控制。有些精灵被迫离开家乡,在遥远的异乡颠沛流离。山泉的水位急剧下降,同时沙漠正在开花,古水似乎找到了一条新河道。所有的麻烦好像都来自于地底下。

"你住在石头里面,知道这些情况,对吗?最近听到过宁亚族刮出的风声没有? 有没有察觉到寒流?"

"宁亚族人待在自己的冰窟里,没有任何动静,而且他们数量很少。伙计,我家乡的地底下没有出现任何异常。"不过,她又蹙起了眉。"精灵们确实不安分,"她承认道,"他们到处乱跑,离开了自己的地界。数量不多,但确实有一些,四面八方都有。老兄,这可不是宁亚族人惹出的祸端,他们正好端端地待在家乡呢。这是你们自己的麻烦。就是这个麻烦闹得大家人心惶惶,惊恐不安。既然外人闯进来了,难道我们不需要捍卫自己的家园吗? 一个地方能养活的人屈指可数,它怎么养得起那么多外人?"

威伦蓦地折断了一根草茎,说:"这点我明白。不过他们为什么来这里? 他们有什么企图?"

"那是因为外来者霸占了他们的家园,将他们赶了出去,因此这股邪气才会扩散开来。就像一块石头落到了水里,泛起的水波不是会波及很远的地方吗? 你也许会发现,麻烦正在蔓延开来。"

"那扩散的源头在哪里?那块石头又扔在了什么地方?"

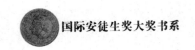

"外来者来自于西面和东面,不过以东面居多。"米米低头看着成片的野草,"也许是发生了什么冲突……可能是战争……甚至有可能是宁亚族人在寻觅的途中留下了祸根。"

"米米……他们叫我英雄时,我觉得这个称号与御冰勇士一模一样,都代表着过去,早已翻篇了。现在倒好,他们把它变成了永久性的称号,加在我的头上,并且呼吁我出面解决这个麻烦。但是我不像你,我没有钻入地底下的能耐。而且这一次,大地没有作出指示,所以我需要帮助。你跟我再走一趟吧。"

米米顿时亢奋起来,可是考虑了一下后,她还是摇了摇头:"有外乡人在附近晃荡,我怎能在这个关头离开我的族人?你是他们的英雄,他们召唤的人是你。如果大地还没有给你下达指示,那她一定会挺住,并且支持你的。我只是一个精灵,我只有一个家乡。我必须留在族人身边。"

威伦流露出颓丧的神情。不过他明白,米米说得对,她从没说错过。米米抱歉地看了他一眼。

"不过,如果能来的话,我一定会来的。我不仅想再次乘风旅行,而且假如你本人遇到了麻烦——比如说,你没提到的这首情歌——我一定会来帮你解围。"

威伦摸着蒿草的茎秆。他习惯了默默忍受这首歌带来的烦恼,却不习惯米米给它起的新名字。"你还是忘了吧。"他嘟囔道。

"你忘不了的。你说过你挣脱不了,我心里很清楚。不过我还能说什么？也许大地出于某种考虑，需要让你陷入麻烦，更何况，我怎么会知道你究竟需要什么呢？我没有能力代替一个男人或者是一个英雄来思考。不过你要记住……"她不禁迟疑了，"记住白茅草。"

威伦一脸渺茫："白茅草？"

"这种草生长在西部，像小树那么高，有细长的叶片。白茅草焚烧时发出的烟雾拥有神奇的功效。如果将来你必须解决自己的麻烦，那你可以借助这种高草烟雾的魔力。"话音刚落，米米便站起身来，弯下腰，紧紧抓住魔法石的绳子。"来吧，伙计。我得回去了。"

威伦站起身，和她一起往回走。那片布满缝隙的悬崖仍然俯视着大地。"见到你我很开心，真的很开心。米米，我想你想得好苦，那种感觉比乘在风上还难受。"

米米松开手里的绳子，走到悬崖边。"我也想念你，伙计。短暂的分别不会让英雄之间的友情破裂的。"她对着那块岩石吹了一口气，趁没有风时，闪入了黑暗的山岩里。

威伦也离开悬崖往回走。他加快步伐，同时放轻脚步，免得那块山岩捕捉到他的脚步声，发现他的身影。他顺着山脊向下走去，满脑子都是米米的影子。他先是想到米米结束了奔波，回到家乡，却要忍受族人的羞辱与讥讽，才能在家乡获得一席容身之地。多么勇敢，多么坚强啊。倘若这种事落在自己的身上，这绝对是天大的委屈，但是不知怎么搞的，在米米看来，这种待遇再正常不过了。他又想到米米为

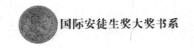

他送行，让他以英雄的身份独自走上征途。最后，他想到自己必须到东部去一趟，追溯麻烦的根源。这个麻烦降落到精灵们身上，就像一块石头扔进了水里。就这样，威伦终于联想起自己的麻烦。这个麻烦一直在折磨他，困扰着他的思绪。

她被那首歌触怒得多厉害啊。那样一首情歌，而且很下流。为什么这首歌会从山洞里向他扑过来，一直缠着他不放？他张开嘴巴，明明是想呼唤米米，为什么从嘴巴里冒出来的会是这首歌——而且居然是完整的歌曲，连听都没有听到过？这首完整的歌曲在他的脑海中循环播放了一遍又一遍。最后他只好咬紧牙关，将思绪转向高草的烟雾。假如有人知道歌手是谁，也许他就能抵抗一首情歌的诱惑……可是他又怎能抵御大山的情歌呢？

"哦，米米！"威伦呢喃道。夕阳西下，他迈着大步，顺着山脊往回走去。看来只有尤拉拉能陪着他了。此时此刻，尤拉拉就在前面，他在哈利的汽车旁，架着两根树枝煮食物。尤拉拉看着威伦从山脊上一步步走下来。

尤拉拉也在用朋友的眼神看着他。

"你来得正好，老兄！"尤拉拉招呼道。他将烤好的甜豆倒入盘子里。"要是再晚来半小时，就会发现我们已经离开，扔下你不管了。快过来，赶紧吃完，哈利急着赶路呢。"

哈利纠结地看着甜豆。他心里没底，不知道自己是否真想在一条根本看不见的羊肠小道上摸黑开车。但是与其在异乡露宿，置身在一群躁动不安、根本不靠谱的精灵中间，倒不如连夜赶路更安全一些。威伦知道他的担忧，于是三步并作两步，来到篝火旁。尤拉拉递给他一个盘子，焦急地问道："你找到她了，对吗？"看到威伦点点头，他惊喜得吹了一声口哨。

"要是我对这个地区像你一样熟悉就好了。"威伦对哈利说道，委婉地表达了谢意。听到他的称赞，哈利显得更纠结了。

三人草草吃完，将东西收拾好放回车内。尤拉拉的戏言不幸言中了。不出半个小时，汽车便沿着山脊往回开去。哈利以最快的速度驾驶着汽车，希望趁傍晚天色未暗时尽量多赶一段路。威伦与尤拉拉紧紧抓着车门把手，谁都没空说话，也没力气说话。不过，威伦还是不时扭过头去，希望多看几眼那片雾霭缭绕的悬崖。那里毕竟是米米的家乡。

暮色苍茫，随后夜幕便笼罩下来。哈利不敢大意，愈发小心地驾驶着汽车，一直开到下一个宿营地。这里是他熟悉的地方，非常安全。抵达这里后，哈利这才放下心来，停下了车。"我们要等月亮升起来。"说着，他把头伸到窗外去看天色。

"还要再等上几小时。"尤拉拉说道，一边揉着胳膊肘。汽车最后一次颠簸时，他的胳膊肘不小心撞到了把手上。其实，哈利并不是在捕捉月亮的影子，他是听到了树林里的风声。

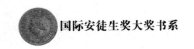

"是西风，"他嘟哝道，"没有云。如果不想在雨里淋太久，从现在开始，我们得留意天气的变化。"

三人特意从车里钻出来，感受风的强度。风一阵阵地拂过他们，消失在东面的山脊后。哈利用树皮为一小堆篝火搭建了防风墙。他点篝火不是要取暖，而是出于安全需要，同时也是给自己壮胆。他与尤拉拉并肩坐在火堆旁，不知是在等睡意来袭，还是等肚子饿时煮些吃的，或者是在等月亮升起来。威伦也同样心神不宁，他在火堆旁来回踱步，抬头仰望星空，随后靠在车上，感受着风的力度。尤拉拉目不转睛地看着他。

"老兄，接下来我们去哪儿？"

威伦挠了挠脑袋。"向东走哪条路最好？"

"向东？"哈利问道，"那个方向的路很难走。向东走多远？"

"假如说，要一直往东走呢？"

"车开不过去——对我来说太远了。我往北开，带你们到海边，离这里不远。然后你们搭小船或者是搭卡车。这样，你们才能到海的那一边去。"

威伦"嗯"了一声："但那样很耗时间。"他的身体被风吹得不停晃动。

尤拉拉摸着自己的耳垂，说道："要不然回去，回到我们来的地方？你朋友是这么说的吗？"

"她知道的也不多。"威伦说道，随后尴尬地加了一句，

"她来不了……我只能自己想办法……"他抬起头,凝望着星空。繁星低垂,仿佛在向他招手。又有一阵狂风像潮水一般向他涌来,扫过树梢,随即扬长而去。哈利再放上一张树皮,防止篝火被大风吹灭。

"哦,"尤拉拉说道,"那么,最好从现在开始考虑。你还剩下多少钱?"

威伦摇摇头,一只手习惯性地伸入口袋,不料却摸到了那块石头。魔法石在颤动。狂风向他扑来,要把他带走。他的身体向上飘了一点。他立刻大喊起来。

"尤拉拉,快来拿背包——"他拧开车门,伸手去拽自己的背包,"快过来,赶快拿!哈利——"就在他手忙脚乱地背上背包的那一瞬间,他踟蹰了。此时此刻,他怎能抛下哈利,把他一个人扔在精灵的地盘上?可是,难道自己不是英雄,不是在为大地奔走吗?"哈利,你帮了我们这么多忙,我不想抛下你不管。但这个风没事。我们离开后,你还有足够的电,可以坚持到早上,确保你的平安。尤拉拉,快抓紧这根绳子,不要扔掉——千万别松手——我一跑,你立刻开始跑。哈利,多谢你了!尤拉拉,听着——赶快跑!"

威伦与尤拉拉在黑暗的石子路上跌跌撞撞,就这样一起跑入风中,身体旋即上升,顺势被卷入了气流中。他们俩偶然瞥到哈利被火光照亮的脸,他正张着嘴巴,看得目瞪口呆。威伦紧握魔法石,傲然迎接狂风,宛若冲浪者一般。他感觉气流正载着他们俩,自如地狂飘着。他大声呼唤尤拉拉,

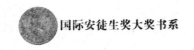

让他别再挣扎,赶紧把绳子绕在手腕上。

脚下的山脊迅速消失在视线中。在风中,黑色的天空将他们融为一体。威伦记得那一晚他曾经希望尤拉拉在有生之年也学会乘风旅行。那一夜似乎好遥远啊。

三

就在大风最后向威伦发出信息时,威伦也突然灵光乍现,茅塞顿开。柯因与米米称他为英雄,但他对精灵的法则一无所知。老乡们视他为英雄,前来向他求助。他一直在探索自己的身份,内心充满了焦虑与怀疑。可是当风儿向他发出呼唤,让他骑上来,乘在风上前进时,威伦顿时悟出了自己的真实身份。他就是精灵之王,这是他知道的唯一信息,不过已经够了。从现在开始,无论别人召唤他去哪里,他都能乘着风过去,完成自己义不容辞的职责。他终于释怀了。

刚开始,他需要使出浑身的解数来稳住尤拉拉。尤拉拉大张着嘴巴,喘着粗气,身体不断挣扎,不停地扭来扭去。他像溺水的人一样死命地拉住魔法石的绳子。当他一会儿往上蹿,一会儿向下坠时,他吓得手脚乱动,害得威伦也受到了牵连。他甚至不顾一切地按住威伦的脑袋,想找到一个支撑点。威伦不禁回想起当初柯因带着他从树梢上飞过时,他也同样挣扎得非常厉害。最后,威伦抓住了尤拉拉空着的手,放在自己的肩上。尤拉拉这才稳住了身形,威伦趁机对着他的耳朵大声吩咐,让他安下心来。

"不要抗拒,老兄!放弃抵抗,骑着它,就当它是波浪。听着——趁你还没扔掉绳子之前,赶紧绕在手腕上!"

"天哪!"尤拉拉终于在风中喘出了一口气,"你应该提前提醒我的!"

"我知道。对不起了,伙计。只是当机会来临时,你得立刻抓住才行。现在你感觉好些了吗?"

尤拉拉低头往下看,黑黢黢的沟壑深不可测;然后他向前看去,星光洒在茂密的山脊上;最后,他抬起头来,深邃的天空上,星星闪烁着清冷的光辉。他突然爆发出一声欢呼,开始像巨人一样爆笑。

"乘风旅行,嗯?"尤拉拉说道,"可怜的老哈利!"

"话说回来,他回家后,至少有个故事好讲。对他来说,显然再合适不过了。"事实上,哈利绝对会把自己关在汽车里,一直待到早上。谁能想到,威伦和尤拉拉居然会飘上空中,汇入狂风中呢!一钩清月挂在天空,但威伦看到远处闪过一道闪电。

尤拉拉试图将胡乱挂在肩上的背带整理好。突然他瞪大了眼睛,陷入了新一轮的沮丧中。"喂,老兄——你在搞什么!我们去哪儿暂且不说,关键是,大部分的装备我们忘记拿了!"

威伦顿时僵住了。没错,背包里确实没放几件东西。除此之外,补给与水袋全都落在了车里。他根本不知道风什么时候会放他们下来,也不知道这次旅行还要持续多久。不

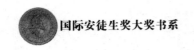

过,他随即醒悟过来,不由得像尤拉拉那样,哈哈大笑。

"大地在送我们上路呢,伙计。她决不会让我们饿死的!"

尤拉拉"嗯"了一声道:"说不定她觉得我们会带上全部家当呢。"

风儿带着他们越飞越高,很快便进入了露出曙光的高空,而下方的大地依然影影绰绰。尤拉拉在黑峻峻的大地与青白色的天空之间飞行,很快便忘记了忧虑。他的脸在发光。

"我在做梦呢,老兄,只是我从没做过这么美妙的梦。感觉像是……什么呢?好像是躺在一个大枕头上,而这个枕头还在不停地推你……可惜枕头太软了。而且,你一定要保持平衡,否则枕头会随时弄丢的。"

"什么都不像,"威伦说道,"就是在乘风。什么东西都不能与它相提并论。"看到尤拉拉喜不自禁的样子,威伦不由得倍感开心。

他们乘在风上,偶然看到了黎明。只见空中出现了万道霞光,转瞬间耀眼的太阳便赫然出现在眼前。他们正在飞越一片支离破碎的海岸。此时是黎明时分,沙滩上依然灰蒙蒙的。他们看着一抹阳光扫过沙滩,洒在大海上。在他们左边,破碎的海岸线一直向北蔓延,消失在视线的尽头。在他们右边,海岸线与一大片沙丘相连,转而向东南方向延伸。原来,他们正沿着海岸线,在岛屿林立的大海上飞行呢。

"这是海湾吗？"

"我估计是——不然还能是什么呢？"

"这么说来,哈利说对了。这段路并不远。"

"要是沿着山脊走,一会儿上坡,一会儿下坡,路会远一些。"威伦指出道。

在他们的脚下只看得到大海。海鸥在盘旋打转。海很浅,海面很宽,水清如碧,不见一丝波浪。海岸线转而折向南方,隐没在雾霭中。尤拉拉瞥了威伦一眼。

"你估计自己能找到陆地吗？"

威伦咧开嘴笑了："不能,伙计。我猜陆地一定会来找我的。除非风向改变,否则我们迟早会撞上海岬的。"

"老兄,离那儿还远得很呢。"尤拉拉答道,不过他不再多话。

几个小时过去了。视线之内,脚底下依然只有茫茫的大海,头顶上也只有深邃的蓝天。威伦的左手一直握着魔法石,手都握痛了,现在总算将它挂在了短裤口袋上。出于安全起见,尤拉拉早已将负鼠毛绳子缠在手腕上。他们俩想从威伦的背包里掏出一块巧克力和一盒橙汁,结果却失去了平衡,经过好一阵颠簸摇晃,总算达到了目的。海面上浮现出一道道粼粼的波光,明明是在跳动,却又仿佛纹丝不动。推着他们的大风变得非常结实,非常平稳。他们似乎置身在玻璃穹顶下面,陷入了静止的状态。

就在这片静止中,威伦开始说话了。他提起了米米。她

在族人中间地位非常卑微，只有一席容身之地，可是在精灵中间却是大名鼎鼎的人物，但她宁愿把这个秘密埋在心里。她是多么难过，多么坚强，多么了不起啊。至于那个像石头扔进水里一样的大麻烦，也许来自东面，也许是宁亚族人在外出途中留下的祸根。最后，威伦吞吞吐吐地提起了自己惹上的大麻烦——他被大山的一首情歌迷住了。假如他想抵制诱惑，他得借助一种高草焚烧后产生的烟雾才行。

尤拉拉知道白茅草。他置身在玻璃一般透明的静止天空中，竖起耳朵听威伦讲述。他的眉头蹙了起来，提出了自己的疑问。

"从没想到过是这座大山……在纠缠你吗？"

"不是这样的，"威伦说道，"这个解释说不通。大山就像家一样。缠住我的是那个歌声。"

"现在在这么高的风上，你听到过那个声音没有？"

威伦扭过头去，看着他。"没有。我想到过这个声音，不过那是我在为它烦恼，而不是它在烦我。"

尤拉拉"嗯"了一声道："哎，至少你来了，而且是二话不说直接赶过来的。别的你无能为力，只能等待，并且记住那个烟雾。我也会留心的——幸亏你告诉了我。"

威伦顿时明白了。原来尤拉拉也是一个勇敢的小伙伴。虽说他与米米的表现方式各有不同，但是他们俩一样勇敢。

到了下午，大风仍推着威伦与尤拉拉继续向东前进，脚下还是那个一望无际的浅海。两人疲惫至极，谁都不说话。

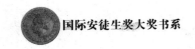

威伦注意到前方出现了雾霭,觉得那儿没准是块陆地。他瞥见尤拉拉也在观察,不过谁也来不及看清楚,更来不及提醒对方。因为风儿就像打桌球那样,一杆将他们俩捅进网袋里,等他们俩下坠时,再把他们捞上来。风儿就这样继续折腾他们,把他们抛来抛去,吓得两人连大气都不敢出。大风将他们继续向偏南的方向推去。

"天哪!你从没告诉我这种状况。我们现在去哪儿?"尤拉拉倒抽了一口气。他终于恢复了说话的能力。

"不知道,不过希望快到了吧。我估计这阵风正在准备让我们降落。我可不愿意在大半夜降落到一个黑咕隆咚的陌生地方。"

"我也是,老兄。"

此时,太阳即将西沉。他们注意到雾霭开始在海岸线上弥漫开来。太阳下山后不久,他们便清晰地看到了神奇的一幕。"我从没看到过这样的景象!"威伦不禁喊了起来,"灌木丛出来迎接我们了。那是红树林,肯定是的。"

海水温柔地冲刷着一大片树林。他们俩正在飞越一片兀立在水中的森林。

尤拉拉曾经乘坐小船渡过海湾。他认识红树林,看到它们他也很开心,但是这片树林不会如威伦所愿,告诉他们现在穿越的究竟是哪一片海岸。"这个海湾——你知道的,老兄,大海的沿岸全都长着红树林,一直延伸到海里呢。"

红树林的后面是一片绵延起伏的低矮山丘,横亘在他们与微波荡漾的湿地之间。在夕阳的映照下，山丘显得很荒凉。山不高，山顶很平坦，是晚上诱捕飞鸟的好去处。暮色像井水一样向他涌来。威伦打量着下方，心里很着急。

"还有吃的吗，伙计？"他问尤拉拉。

"光靠一点巧克力和橙汁维持不了体力，"尤拉拉坦承道，"不过我看只要你能行，我也能撑下去。下面这个地方，我一看就不太喜欢。你呢？"

"我也是——不过至少现在你能看见它，再过一两分钟，天就黑了。不过……我想我们不妨再信任风儿一段时间，如果它愿意继续带我们的话……"

他们俩继续向南飞行。在他们的头顶上，星星开始闪烁，而脚底下，依然是漆黑的一片。他们看不到一串串明亮的灯光，提示他们下面有个小镇，就连零零星星的英兰德族人家中那昏黄的灯光也没有见到。不过威伦忘记将星星的微光考虑在内了。事实上，他的眼睛正在自动调节，设法再次利用星光。此时此刻，他起码已能分辨出沙丘的平坦山顶。沙丘越来越频繁地出现，赫然耸立在他们的视线中，与人在暗处看到一个物体时的感受一模一样。现在单凭视觉，他已能看清楚这些山的轮廓。

威伦瞥见尤拉拉在打呵欠。他琢磨着是否要在沙丘上降落。他甚至开始放松紧握着魔法石的僵硬手指，尝试着下降了几英尺。不过那么一来，他们俩便要忍饥挨渴，在一个光秃秃的山上过夜，醒来时会发现自己在沼泽地中，迷失了

方向,这可不是他想看到的结果。何况顺路的大风也许不会再来。众所周知,宁亚族的活动范围在南面与东面,离此地还远得很。要是能找到有小溪的丘陵就好了,这样,或许他们会少走一些弯路。

威伦终于发现了一处有小溪的丘陵地。此时,他已精疲力竭,浑身仅剩下最后一点力气,只够握住魔法石,强睁着眼睛。身旁的尤拉拉在打盹,脑袋耷拉着,身体开始下滑。随后尤拉拉猛地一个激灵,惊醒过来,勉强张开眼睛看一眼前方与下方;接着脑袋又耷拉下来,继续打盹。威伦就像睡意蒙眬的司机突然看到了另一辆车那样,他瞬间陷入了恐慌。就在这一刹那,他察觉到两大变化。一个是,黑暗中赫然出现了一股巨大的威力——大地正在站起身来迎接他。另一个是风力——风儿突然失衡,下坠了六英尺,随即立刻拉升,将他们俩托到更高的地方。威伦一把抓住尤拉拉的肩膀,使劲地摇晃他。

"快醒醒,伙计,赶快醒过来! 前面有小山,我们要撞上去了!当心——别把腿撞断!"在他视线的两侧,有个灰蒙蒙的山脊绵延开来。

"啊? 万能的神啊!"尤拉拉喃喃地答道,立刻清醒了过来。他凝视着灰蒙蒙的山脊,显得手足无措。

威伦活动着紧握魔法石的手指,一会儿放松,一会儿捏紧,希望他们能慢慢降落。但是眼下没有选择的余地,他们俩就要从风上摔下来了,说不定会摔落在一个深不可测的峡谷里,要不然就是撞到山岩上。只要看到山坡,必须立刻行动。他预感到这个山坡就在不远处。

树叶抽打着他们,散发出桉树叶的浓烈芳香。有棵树——威伦一边抓住这棵树,一边狠狠地踢了尤拉拉一脚,将他推到树枝上。他一只手拉住树,同时使劲松开了另一只僵直的手,这才放开了魔法石。

"啊!"尤拉拉喊了一声。他在树丛中胡乱挣扎,身体陡然变沉,再也撑不住了。于是他滑落下来,砰的一声摔倒在地。威伦也掉了下来,压在他的身上。

桉树底下暗得很。威伦翻到一边。两人坐起身来,仔细地打量着对方。谁都没有受伤,就连拉着两人的那根负鼠毛绳子也没有断裂。尤拉拉将绳子从手腕上解了下来。

"老兄,我都快饿死了。"尤拉拉嘟哝了一句,仰天倒在背包上,立刻睡着了。威伦扯下背上的背包,放在地上,枕着它也睡着了。一团团黑影悄无声息地来到他们身边,发出了低低的惊叹声,多么惊险的乘风之旅啊!

待他们俩醒来时,发现自己正躺在桉树的树荫下面,艳阳高照。原来他们正躺在一个山坡上,西面就是之前飞越的沼泽地与风化的山丘。但是他们根本顾不上欣赏眼前的景色,而是立刻打开背包,看看里面还剩下什么食物。

"有鸡肉和蘑菇!"威伦拿出一个罐头,忍不住松了一口气。

"这里有肉圆——我还找到了开瓶器——哇!"

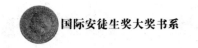

　　他们急吼吼地撬开罐头，拿着刀吃了起来。两人不时地扭动身体。背后没有风的推力，感觉空荡荡的，很不习惯。尤拉拉仔细地舔着刀背。

　　"不管怎么说，这算是早餐了。至于午餐吃什么，我心里可没底。"

　　"吃兔子，要不然，小袋鼠也行。"威伦提议道。不过他也不太有把握。

　　"还有蜥蜴，"尤拉拉说道，"木蠹蛾的幼虫——那些家伙跑不快。那么一来，我们一天到晚都要忙着寻找食物，干不了多少正经事。

　　"先找水去，找到水后，我们可以生火泡茶——我找到了茶叶。"威伦说道。他将罐头里的肉汁舔得一滴不剩。

　　"泡茶？放在哪儿泡？"

　　威伦的脑子飞快地转动着。"就用这两个罐头……幸亏我们俩都带着刀。"

　　他们俩用石头将撬坏的罐头边缘敲平，把扯开一半的盖子卷起来，做成把手，小心地放入背包里。随后，他俩爬上陡峭的山脊，寻找沟渠与溪水。

　　山脊平坦的顶部在他们眼前展露无遗。这是一片宽广的荒地，向东西方向延伸开来，消逝在洒满阳光的蓝色水雾与紫色阴影中。这里遍地都是砂岩，山脊两侧并不高，但是下面沟壑纵横，怪石林立，不由得激发人们的好奇心与敬畏心。深红色峡谷的顶端却又窄又尖。随着他们一路向下走去,兀立的石壁底部渐渐变得宽敞起来。威伦默默地凝望着眼前的景观,不禁肃然起敬。尤拉拉吹了一声口哨。

"谢谢你,老兄。"

"谢我什么?"威伦说道。他看得很出神。如果能走到峡谷底下,应该找得到水。可惜,山脊向东延伸,一眼望不到尽头。顺着这些山脊走,估计能找到分水岭,最终来到海边。

"谢谢你没有把我扔在那个黑咕隆咚的地方。"

威伦的脸上露出了笑容。不过他依然在思考:"我敢打赌,这里曾经受到过寒冰的攻击。我们第一次听说寒冰,是从涂武巴那里了解到的,不过那些只是报纸的报道而已。假如我们想要追踪宁亚族人,不妨从这里开始,只是不知道该从哪里下手才好……算了,还是先找到水再说。这个问题更容易解决。"

两人沿着山脊向西走去,看看山顶上是否有中古代的沟壑。终于被他们发现了一个。这道沟壑深深地嵌入山岩中,沿着山脊往下插去,到了他们俩所站之处,正好可以容他们钻进去。但是,沟壑的底部只是略微有些潮湿而已。于是他们转而向上爬去,寻找可能有积水的坑洞。他们越往上走,沟壑两侧的石壁越高,最后,这两块巨石合拢起来,悬挂在沟壑的顶端。沟壑的上方长着高大的灌木丛,使得沟壑愈发蓊郁,愈发清凉。

他们找到了一些有少量积水的小坑,里面有好多孑孓在游动。他们俩好渴啊,倘若不是看到附近有好水源的迹象,他们肯定会去喝坑里的脏水。两人继续往上走。最后,在伞状羊齿苋、森林薄荷草与密密麻麻的乌鸦巢中间,在悬石下方的阴凉处,他们终于找到了一个理想的水坑,立即畅快地喝了起来。水好清澈,好凉爽啊,喜鹊的叫声也是那么清脆,那么悦耳。

"天哪!"尤拉拉长舒了一口气。他仰天躺倒在石窟窿里,让水慢慢地流入身体内。"假如这里的水不再涌上来,我绝对可以把它一口气喝干。用这么好的水泡茶,你不觉得可惜吗?"威伦没有作答。他也坐在石窟窿里,不过他的脸是紧绷着的,双眉也紧锁着。尤拉拉看着他,重复了一遍问题。

"啊?我看还是泡茶吧,喝完茶后再喝水。"威伦说道,紧绷着的脸瞬间松了下来。

"有道理。你最好把罐头清洗干净。我去看看周围有没有干柴火。"

附近大多是潮湿的烂木头。尤拉拉总算找到一根从上面掉下来的半枯树枝,在平坦的岩石上架起一个火堆。

威伦洗净罐头,装满了水。尤拉拉把罐头架在火堆上,点上了火。一缕青烟从燃烧的枯叶中袅袅地升腾起来。

"跟上次的营地相比,这儿有点不一样——这里可以生火,不过得看着才行。"他瞄了威伦一眼,"要是可以煮些东西吃就好了。"威伦又没有答话。只见他紧闭双唇,紧绷着脸,显得很急切。尤拉拉审视着他的表情,说道:"除了茶以外,我们用火煮什么好呢?"

威伦腾地站了起来,似乎有些过意不去,紧张的表情随即舒展开来。"老兄,别纠结了,去捉个兔子回来。"

"又是那个歌声对吗?又在纠缠你。"威伦移开了目光。他满脸不悦,显得很不满。尤拉拉用力折断了一根树枝,说:"真没脑子,居然把火生在乱石堆里。你看着水烧开,脑子里只要想着兔子就行了。"

头顶上空的树丛里传出一阵窸窸窣窣的声音,随后有个东西从空中跌落,砰的一声砸在地上,离篝火只有几步之遥。原来是一只刚被杀死的兔子,兔子倒在地上,一只眼睛呆滞地瞪着天空。

四

威伦与尤拉拉吓得跳了起来。他们俩呆呆地看着兔子,面面相觑,随后赶紧抬起头来,向上方看去。只见沟壑的边缘探出一张脸来。那张黑黝黝的面孔正咧嘴笑着,露出了洁白的牙齿。此人头戴一顶旧毡帽,穿着一件卷着袖子的衬衫,正在向他们挥手。

尤拉拉发出一声惊喜交加的呼喊,用手捅了捅兔子。上方的黑脸大汉又笑了起来。他举起一个麻袋,里面装着好多兔子。就在他将袋子往下放时,头上的旧毡帽掉落下来,飘到了沟壑里,差点儿落在火堆上。威伦一个箭步冲过去,接住了帽子。

男子收起笑容,伸出一只胳膊。"把它扔上来。"他大声

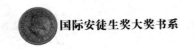

喊道。但是威伦没有放手。

"这个帽子飞不起来，太轻了。你下来吧。"

"我拿上去，"尤拉拉自告奋勇道，"我们欠他一只兔子的人情。"

"让他下来。比起兔子，我们更需要他本人，这里不是外乡人熟悉的地方。"

男子已然消失。他们听到他咕哝了几句，随后便传来了一连串咚咚的脚步声。那个人并没有走多久。很快，他们便听到靴子踩在岩石上的声音。原来，对方是抄近路从陡峭的石壁上爬下来的，这条路威伦与尤拉拉根本不敢走。几分钟后，男子从沟壑里冒了出来，出现在他们俩的视线中。

"我看到你们点的烟了。"男子与他们俩打招呼。他的目光有意扫过两人的背包，还有架在火堆上烧水的那两只小罐头。谁都看得出来，这个眼神是无声的批评。老乡们经常用这种眼神来表达复杂的情绪。"外乡人带着空背包和空肚子，但是没带脑子。也许还得教他们怎么收拾兔子。"

尤拉拉不得不站出来，为他们俩辩解："老兄，如果你能把这个兔子留给我们，我们非常感谢。昨天走得太匆忙，把干粮落在艾利斯了。"

男子又仔细地打量了尤拉拉一眼，他的回应只有一个词——昨天。尤拉拉顿时慌了神。

威伦将帽子递过去。男子再次用他那审慎的眼神打量着威伦——目光落到挂在威伦腰间的网袋上。"是昨天啊，"

他微微点了下头，拿回了帽子，"我叫默傅·博拉，欢迎你们来到这里。我们需要你们的帮助。"

"我们也需要你。"威伦对他说道，"你已经听说我们要来了吗？"

默傅·博拉将麻袋扔在地上，拿出一只瓦罐，用帽子将罐头从火上端下来，把水倒入瓦罐中，再把瓦罐小心地放在火上。接着他从挂在皮带上的刀鞘里拔出一把小刀，开始收拾起兔子来。尤拉拉走过去，想把破膛开肚的杂活接过来，但是默傅·博拉不予理会。尤拉拉只得退到一边，继续烧水，准备泡茶。

"正盼着你来呢，"默傅一边干活，一边咕哝道，"我看到汤姆·亨特从东部赶回来了……确实是昨天吗？"

哈利亲眼看到他们飞入了空中，这件事终究会传扬开来。于是威伦索性告诉他："我们是乘着风过来的，我和尤拉拉两人，来得挺突然的。"

"是这样啊。"默傅答道。他在剥兔子皮。

"我们急需水，而这个地方离水最近，我们眼下离不开这里。不过我们需要一个熟悉这个地方的人，就像你这样的。你和你的兔子突然冒了出来，对我们来说，就像久旱遇甘露一样。"

"或者也可以说，就像我们需要御冰勇士一样。"默傅说道。他利落地卷好兔子皮，把它塞入麻袋里。随后他拿出一个小平底锅，开始切兔子。

"这么说来，你们这里也遇到麻烦了吗？"

"麻烦到处都有。不是一个晚上可以解决的。"

"是四处游荡的陌生动物吗？"

"以前从没碰到过这种事情。"默傅拿出一只过时的搪瓷杯，放在两只罐头旁边，等尤拉拉倒茶。尤拉拉在两只背包里找到盐和一只洋葱，一起递给了默傅。"啊哈，"默傅说道，"来得正好。"

"从目前的情形来看，"威伦说道，"可以说你们上一次也遇到了麻烦。东面的道路上有一片石林，很可能被寒冰攻击过。但报纸从没报道过，也不会报道。"

"嗯，"正在品茶的默傅停了下来，"他们不会知道的。除我之外，没有人看到过。我只告诉过有关人员。"

"这么说来，寒冰确实来过了？离这里有多远？"

"从这里看不到那个地方。"默傅再次蹲了下来，接着喝茶。等茶杯空了之后，他用水冲干净，往平底锅里倒入一些水，然后将锅子放在尤拉拉照看着的篝火上。他从一棵很小的藤蔓植物上摘下几片叶子，与兔肉一同扔进了锅里。"要烧一会儿才能煮出味道来。"他嘱咐道。尤拉拉的脸上露出了不满的表情。炖兔子本来就是他的拿手好戏。默傅站起身来，将麻袋扛在肩上，说道："我去晒兔子皮，去去就来。那个地方我待会儿会指给你们看的。"他将旧毡帽扣在脑袋上，大步流星地走下了山脊。威伦与尤拉拉听到他在岩石上攀爬，靴子发出了吱吱的声音。片刻之后，他们看到他从沟壑上方又一次探出头来往下看,用笑容与他们俩告别。他们坐在那里继续听了一会儿,感觉默傅·博拉的耳朵比别人更尖。随后,尤拉拉气呼呼地将平底锅挪开了两英寸。

"打从我那么一丁点儿高开始,我就自个儿炖兔子了。他放的那些叶子是啥玩意啊?"

"得了,"威伦说道,他咧开嘴笑了,"你确实懂得怎么炖兔子,但是你不了解当地的树叶。那个人很有本事,能得到他的帮助,也算是我们走运了。与其说我们帮他,倒更像是他在帮助我们。"

尤拉拉勉强认同了他的说法:"他也是唯一见到岩石结冰的证人。你觉得过去看一眼有用吗?你究竟在找什么?"

"我告诉过你的——我没在找,只是在等待。如果我的目标在这里,那它一定会出来找我们的。"

两人默默地坐在那里休息。篝火需要添柴了。尤拉拉站起身来,爬上山脊去找柴火。回来后,他发现威伦又是黑着脸,支起耳朵听着什么。尤拉拉成心将手里的柴火重重地扔在地上,然后往火堆里添柴。他招呼威伦过来闻一闻炖肉的香味,同时摸着自己的肚子,颇为夸张地嗅着香味。威伦打起精神,告诉尤拉拉,不用他帮忙,他能解决掉自己的麻烦。随后他又陷入了黑暗的思绪中。尤拉拉蹲在火边,一筹莫展地看着威伦,显得很无奈。

"老兄,但愿我能代替你苦恼就好了。"

威伦耸了耸肩。当他开口时,他似乎在自言自语,像苦

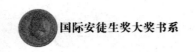

恼的孩子一样。"我摆脱得了吗?"

尤拉拉粗暴地折断了一根树枝,说:"一旦发现那种高草,我一定要把你熏得乌黑。"没想到,听到此言后,那位眉头紧锁的英雄的眼睛里居然闪过了一丝愠色。尤拉拉不禁心头一震。看来这件事很棘手,你怎么能帮助别人摆脱一首情歌的纠缠?别看对方痛苦不堪,其实他根本不愿意挣脱。

正午过后,阳光透过树叶的间隙照进了沟壑里。两人用手和小刀享用炖好的兔肉,用多功能的罐头喝着肉汁。威伦目光中的阴影已然消失,不过他似乎又憔悴了一些。两人的肚子早已饿得咕咕叫,因此这顿饭不啻一顿丰盛的美味。饭后,他们俩又泡了茶,收拾了营地,让火慢慢熄灭。

"等得够久了,不用我们帮忙火也会灭的。"尤拉拉断言道。但出于安全起见,他还是将瓦罐清空,压在即将熄灭的篝火上。

随后威伦与尤拉拉开始歇息,看着阳光一点点倾斜,看都看厌了。最后他们的耳边终于传来了默傅·博拉的靴子踏在岩石上的声音,随即便看到他从沟壑上面爬了下来。虽然默傅已经处理掉早上的猎物,但是依然带着麻袋。那只麻袋卷成一团,用绳子捆着,挂在肩上。默傅望着熄灭的篝火与收拾好的背包,点了点头。

"这是我吃过的最美味的炖肉。"威伦感激地告诉他。他和尤拉拉背上了背包。

默傅乐了。"你们也从没这么饿过。"他提醒道。

默傅进出沟壑的那条路其实并不难爬。这条路位于悬空的岩石下方，由于风化的作用，形成了很多小孔，只有从下面才能看到。与清凉的沟壑相比，山脊上似乎酷热难当，连灌木丛中也热得够呛。

"当心兔子窝，"默傅说道，"我设了陷阱。"他带着他们沿着山脊向东走去，一路上不时地指着兔子窝给他们俩看。

"我可不想踩到陷阱。"尤拉拉附和道，他尽量避开那些地方。不过，默傅关注的可不是尤拉拉的脚。

"不会伤到你的，只不过白搭了一只兔子罢了。我设陷阱有自己的原则。兔子像其他动物一样，也有自己的权利。"

两人点头称是。想当初，有只兔子掉入了英兰德人设下的陷阱里。那只兔子发出凄厉的惨叫，叫了整整一晚。他们对此依然记忆犹新。

一行人走出灌木丛，来到峡谷的边缘。这个峡谷像锋利的刀笔直地插入山脊里。他们的目光顺着对面险峻的峭壁，扫过悬空的岩石与扎根其间的灌木丛，再越过一片蓝色的水域，落到远处郁郁葱葱的树林上。峡谷内充盈着一汪蓝莹莹的溪水，宛若清粼粼的海水一般。他们好想潜入水底，或者在水面上扬帆远航。

"爬到底下要用一个小时，"默傅看了一眼天空说道，"我们要到下面去过夜。"

"一个小时？"尤拉拉抓住背包带，"我看只有几步路远，用不了那么久。"

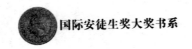

默傅乐呵呵地笑了。他转过身去,顺着峡谷的走向来到了一条坑道前。"幸亏天很干燥,我们按照水流的方向走。"他带头走了进去。

这里不像河道,倒像是陡峭的岩壁上被剥蚀出来的一道浅坑而已。看得出来,这条河道是雨季时被水流在峭壁上冲刷出来的。威伦的脑海中浮现出一个画面:一道长长的飞瀑倾泻下来,顺着底部被侵蚀一空的岩壁,汇入氤氲缭绕的峡谷里。他盼望这时候能刮来一阵风,可惜没有如愿。他和尤拉拉不敢看彼此的眼睛。他们别无选择,只能乖乖地跟在默傅·博拉的后面,从那个恐怖的缺口处爬下去。

其实,他们并不知道自己究竟是怎样爬下来的。默傅带着绳子,但是他们没有用上。他们俩只是跟着默傅踩过一个个风化的小洞,走过盘根错节的平地,绕过一簇簇低矮的灌木丛。他们行进得非常慢,非常谨慎。哪怕遇到稍宽一些的小道时也是如此。因为那片蓝色水流的哗哗声一直回荡在他们的耳边。他们仔细地看着默傅的每一只脚踩在什么地方,观察他在哪里坐下来,在哪里滑下去,又在哪里悬空身体,让身体自然向下滑去。狭窄的河道在洞穴的穹顶下弯弯曲曲地延伸着。通风口引导着他们从悬空的洞穴钻入下面的另一个洞穴里。最危险的一段行程莫过于离开峭壁,向下面那块近乎垂直的山岩爬去。当然,他们是穿过一个溶洞,顺着一棵大树爬下来的。不过事后回想起来,威伦的脑子里只留下了一个清晰的念头——假如他们摔下去,至少可以一路翻滚下去。

三个人用了一个多小时，才到达峡谷的底部。他们坐下来，边休息边四处张望。峡谷里那一汪深不可测的蓝色洞水已然消失，取而代之的是一大片长满野草和灌木的草地。除一条蜿蜒的小溪之外，目光所及之处都是斜坡纵谷，地理构造非常复杂。在他们的上空，烟云缥缈，峭壁兀立。

"本来是可以绕过去的，"默傅说道，"但那要用三天的时间。"

"那你干吗不早说。"尤拉拉呛了他一句。威伦忍不住笑了。

"结冰的地方在哪里？"威伦问道。

"在小溪上面，"默傅说道，"等你休息好后再说。"

这条小溪充其量只是一连串滴水的小水坑而已。最后三人终于辗转来到了水的源头，那里有一条插入断岩中的沟壑。在沟壑里那片悬空的磐石下方，有一个幽深的大水潭，掩映在一片高大的水曲柳树林中间，水潭里的水溢出来，汇入小溪里。看到这一景象，尤拉拉不禁联想起自己的红土家乡也有很多神秘水源。这个地方仿佛是一块磁石，令威伦心驰神往。他站在那里，沉醉在美景之中。

"我们有多久没泡澡了？"他问尤拉拉，目光聚焦在水面上，"我们这一个星期最多只算是沾了几次水而已。"

"现在可别想泡澡，老兄。太阳已经下山了，水很凉。默傅正要带我们看结冰的地方。"

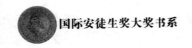

"就在这里。"默傅说道。

威伦将目光从水潭处收了回来，问："你是指那块凌空的巨石吗？"

"不是，是在底下，就在这里，"默傅说道，"这里的水全部结冰了。"

威伦大惑不解："我本以为结冰的地方是在上面，是那块凌空的巉岩。"

"就在这里，在下面，"默傅冷峻地说道，随后又加了一句，"那些家伙没准是从溶洞里钻出来的。"

"什么溶洞？"

默傅带着他们穿过水曲柳树林，到达水潭的另一头。只见沟壑的底端深深地嵌入断岩底下，形成了一个溶洞。洞口很低很宽，隐没在黑黢黢的峭壁下面。

"不妨进去看一眼。"威伦说道。

"你们去吧。我去设几个陷阱，准备明天的早餐。"默傅从肩头扯下松松垮垮的麻袋，解开绳子。尤拉拉跟在威伦身后，进入溶洞。

在峡谷里，灿烂的阳光被峭壁遮挡，漫长的黑夜来得非常早。进入洞内走了不过十来英尺后，光线便开始变暗。不过他们依然清晰地看到，洞穴陡然变得狭窄起来，而且突然升高，坡度非常陡。他们踩在一层松软的尘土上，感觉头顶上与前面黑幽幽的，吸引他们俩向深处走去。

在明暗的交界处，有什么东西在移动。两位年轻人霎时

132

屏息顿住。笑声突然冒了出来，声音很柔和，很调皮。与此同时，一个身影出现在暮光中。

原来是一位迷人的姑娘。她有着宽宽的脸颊，圆圆的小下巴，前额上垂着乌黑的刘海，乌黑的眼睛里闪烁着狡黠的光芒。她伸出一双细嫩的小手，欢迎他们俩到来。那是一双属于精灵的手。威伦紧握着魔法石，发觉它在悸动。不过就连威伦也看不出她有长着爪子的迹象。那位姑娘看着威伦，仿佛认识他似的。不过她却朝尤拉拉嫣然一笑，将年轻而结实的身体转了过来，显然是在向他炫耀。尤拉拉的眼睛顿时亮了起来，不由得哈哈一笑。对方也笑了一下，予以回应。

"过来吧，老大。"她放肆地说道。

尤拉拉恍惚地向前走去，威伦赶紧拉住他的胳膊。突然，两人呆住了，一动也不敢动。谁都没想到，幽暗的山洞居然突然活了过来，发出齐声的尖叫。姑娘退缩了一下，猛地转过身去，迎接挑战。黑暗中可以瞥见她受到了一群女幽灵的围攻，那帮家伙用尾巴攻击她，显得非常凶猛。

"滚出去！"又是一阵呵斥。"抓住她！""把她赶出去！""难道她们那帮人给我们惹的麻烦还不够多吗？""你，赶紧走！带上你的笑容，带上你的戏弄，带上你的亲吻，赶紧离开！"她们的怒气像一股黑色的浪潮，从山洞里源源不断地涌了出来。威伦不禁深感骇然。

那伙人用指甲挠她。她毫不示弱，立刻予以反击，可惜寡不敌众。于是她跳出包围圈，拔腿就跑，从他们身旁擦身

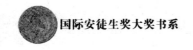

而过，逃出了山洞。威伦本想尾随着长尾女精灵，进入洞中。不料尤拉拉居然低吼一声，突然转过身直奔姑娘而去。威伦赶紧追过去，试图截住他。尤拉拉使劲想要挣脱。

"放开我，老兄，我不是小孩子！她逃到那块峭壁上了，钻进洞里去了。走开！我知道自己在干什么。"他非常气愤，简直像变了一个人似的。他的力气太大了，威伦根本制伏不了。于是，他只好一边紧紧地抓住尤拉拉不放，一边高声喊叫默傅·博拉，让他前来增援。

默傅立马出现了。他一边跑，一边注视着尤拉拉那张扭曲的脸庞，并且顺着他的目光，向悬崖上的洞穴望去。随后，默傅抓住尤拉拉的另一只胳膊，与威伦一左一右，将他夹在中间，带到了水塘边。默傅扯下头上的帽子，装满水，兜头浇在尤拉拉的脑袋上。尤拉拉发出一声暴吼，身体不停地战栗，最后终于冷静下来。默傅与威伦带着他默默地向小溪的下游走去。

"那帮人在追她。"尤拉拉说道，神情很恍惚。

"这不关我们的事，伙计，"威伦安慰他，"让他们自己决出胜负。"

"那帮家伙有尾巴……她根本招架不住。"

"对你来说，那两伙人都不是好东西，伙计，让他们去。"

三人沿着小溪向下游走去，在水曲柳树下发现了另一个水潭。威伦挨着尤拉拉，在他身边坐了下来。默傅则忙着搭建营地，点燃篝火，用平底锅煎香肠。尤拉拉使着性子，压根儿不搭理他们。"笨蛋。"他嘟哝了一声,连看都不看威伦一眼。

"老兄,赶紧吃掉默傅煎的香肠,忘了那一幕吧。我也差点儿因此摔过一个大跟头,幸亏我有魔法石,还有米米帮我解围。"

"哎呀,"默傅说道,"犯不着为她摔跟头。那种家伙对男人没好处。"

威伦用敏锐的目光看着他,问道:"这么说来,你认识她了?"

"只知道她从前的地界,"默傅说道,"应该是在更偏北的地方吧。当地人叫她们阿布巴。"他似乎不愿多说,威伦只得作罢。明天尤拉拉就会恢复正常,又要开始嘟瑟了。到时候,他要好好地打探一下阿布巴的情况,还要追问一下关于长尾女精灵的问题,麻烦似乎就是从她们那里源源不断地涌出来的。但是眼下他只能干坐在一边,看着默傅在篝火旁忙活。这个人很沉稳,很坚强。他明明知道精灵们在附近晃荡,但是好像并不害怕。真幸运,大地给他派来了这么一个好帮手。威伦不由得再次感慨道。

"该睡了。"默傅说道。夜幕已经降临。威伦表示赞同。他记得昨晚是在石头上过的一夜。经过漫长的飞行,夜里睡在粗糙的石头上,白天又从悬崖上爬下来,他感觉浑身上下酸痛不已。默傅钻进火堆旁的毯子里,尤拉拉晕头偏脑地钻进了自己的睡袋里。威伦躺在睡袋里,离尤拉拉只有几步之遥。但是他累过头了,一时居然无法入睡。

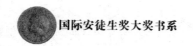

威伦躺在那里，凝望着两块石壁中间的星星，想到了尤拉拉。尤拉拉迈着坚定的步伐与他共同面对野狗，乘在风上开怀大笑，看到他苦恼而担忧得蹙起了眉头，跟着他一起进入了长尾女精灵的洞穴。本该看好尤拉拉的……等这件事结束后，一定要好好地关心他……想着想着，威伦渐渐地睡着了。这一次，水中的歌声没有纠缠他，只有风儿躲在水曲柳树细长的树叶中歌唱。

不知过了多久，威伦突然惊醒过来。怎么回事？他把手放在魔法石上，石头很安静，没有发出任何信号。举目望去，树林下面一片漆黑，头顶上方只有微弱的星光。篝火的灰烬散发着零星的火星，不远处可见默傅蜷曲的身影。营地一片寂静，实在太安静了。他伸出手，摸向尤拉拉的睡袋。

睡袋空空如也。尤拉拉失踪了。

五

威伦从睡袋里钻出来，寻找星星，想知道现在大概是几点。可是，他们正待在毗邻大海的悬崖下面，这里黑漆漆的，很难弄清楚时间。不过，他知道此时正介于午夜与黎明之间。他希望尤拉拉是睡糊涂了，正在营地附近转悠，千万别出现别的状况。他惊慌失措地冲进黑幕中，寻觅那个四肢灵活的颀长身影。那个家伙应该在某个地方活动。然而他没有发现目标。

威伦蹚着水来到水潭下方的小溪对面，沿着河岸向前跑去。还是一无所获。尤拉拉肯定是摔到下面去了。那个家伙困得不行,脑子又笨,肯定是摔下去后躺在那里睡着了。威伦开始大声呼喊。

"尤拉拉！快醒醒,老兄！尤拉拉,你在哪儿？"

威伦站在那里,支起耳朵听着。他听不到迷迷糊糊的咕哝声,也没有听到跌跌撞撞的脚步声。他呼喊了一次又一次。

黑暗中,有个身影突然冒了出来,威伦立刻冲了过去。来人是默傅·博拉。默傅抓住威伦的肩膀,试图将他拉回到小溪边。威伦用力甩掉了他的手。

"是尤拉拉,他不见了,我们必须找到他。觉还没睡醒就到处乱跑——"

默傅紧紧地抓住他的双肩,说:"没用的,御冰勇士。回到火堆旁,等天亮再说。"

"我不去。"威伦喊道,"尤拉拉！你在哪儿,老兄？"

默傅毫不手软,语气也同样坚决:"回到火堆旁去,我们慢慢等。"

但是威伦根本不听。难道不是他将尤拉拉从安逸的工作和奶品吧里带出来,害得他落入了危险的境地?难道不是因为他一心一意只想着精灵,所以尽管掌握着魔法石,但仍然没有保护好朋友?他再一次挣扎起来。"你去火堆旁坐等天亮好了。我不需要。"

"是吗?"默傅回应道,"我看你真的需要。你要有火一样

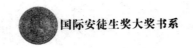

的敏锐感觉,要去做事,不要发抖,这样才行。你要用脑子。而且,你还需要我跟你一起动脑筋。我们有很多事要做。"

威伦这才意识到自己在发抖。他确实需要动脑子,也需要默傅的智慧。他顺从地跟着默傅穿过小溪,回到了宿营地。

火堆里新添了柴火,烧得正旺。默傅又添了一些柴火,然后放上一只瓦罐。"泡茶吧。"他说道。

威伦正色道:"好,别的都不要。你快说吧。"

"那个阿布巴,"默傅说道,"他去找她了。"

"这我知道。"

"那是肯定的。峭壁上有个洞穴,就是那个山洞里面。他就在那里。"

"也许还没到。他得摸黑找到那个山洞才行。"

"御冰勇士,你抬头看一眼峭壁。看到阿布巴的篝火了吗? 那个篝火是她特意为尤拉拉点的。"

威伦记得看到过一个红色的火光。当时他忽略了。

"他的睡袋是冷的,"默傅加了一句,"他早就离开了。"

"在黑夜里爬到上面去? 他可没那个能耐。"

"啊哈,"默傅说道,"你说对了。不是吗? 阿布巴宁愿帮他,也不肯帮你。所以他能爬上去,而你必须等到天亮才行。"他泡好了茶,"而且你需要的东西还多着呢。"

威伦立刻恢复了思维能力,理解了默傅话中的含义。他是英雄,更是御冰勇士;他要保卫自己的族人,捍卫自己的家乡，也要保护自己的朋友尤拉拉。他蹙着眉头看着默傅倒茶，然后定下心来，拿起了茶杯。"这个阿布巴是什么家伙？"

"这就对了，"默傅说道，"要用脑子。"不过这个问题他似乎很难回答。他看着火堆。"阿布巴脸皮很厚，"他最后说道，"这个家伙会哄男人娶她，你明白吗？然后她会……改变那个男人。"

"改变？"

"她会让他变形，让他失去人形，幻化成其他的形状。你一定要抓住尤拉拉，将他变回来。"

"怎么做？"威伦再次正色问道。

"这个很费时间，很费工夫，你在夜里冲出去根本不管用。你必须把他变回来，让他恢复成原来的模样。"

威伦紧握着魔法石。如果这是义不容辞的事，那么，无论它有多难，他都非做不可。"一个人怎么让另一个人恢复人形？"

默傅把火拨旺，似乎陷入了沉思。"一点一点来，"最后他答道，"我也很想知道，但是说真的，我也不懂，只是听说过而已。自古以来就是这样，我们一点一点来。首先要抓住他，接下来要做什么，我们自然会知道的。眼下我们要去找铁木。"

"铁木？"

"这种树拥有我们需要的魔力，至少要一两捆。"

"夜里找得到吗？"

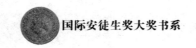

"我知道到哪里去找。"默傅封好篝火,用木灰与木炭盖住火苗,防止篝火熄灭。他从背包里掏出一个棉布包裹,解开来,取出一把短柄小斧头。随后他拿在手中,站在那里等他。

黑漆漆的夜里只有一抹火光,星星已然隐没。虽然沟壑里永远是黑魆魆的,但是威伦的视线却很清晰。显然,他已甩掉了城市人特有的夜盲症。默傅不时停下脚步,判断该走哪条道,不过他对自己信心十足。从他那从容不迫的步伐来看,他心里似乎没有一丝惧怕。只有这样的男子汉才能将威伦从悬崖边带回来,强迫他坐在火堆旁听他说话。只有从默傅那里,威伦才能够接受"一点一点来"的规矩。

他们俩一连爬过几道山坡,来到黑乎乎的树林下面。默傅的手在树皮上移动。他在辨别。

"这一棵,还有那两棵,都是铁木。树很小,不过够用了。"

默傅捉起威伦的手,放在一片光滑的薄树皮上。树皮呈鳞片状斑驳脱落。威伦摸着树叶上的细条棱,依稀察觉到它的光泽。默傅的双手在树丛中移动,一边摸索,一边物色。最后,他举起斧头,砍下一根细长的树杈,将它从树上抽了出来。他把斧头递给威伦。

"砍下的树枝越多越好——你完全可以把整棵树砍下来,可惜斧头太小了。你会发现这棵树硬得很,跟它的名字完全吻合。我还有其他的活要干。"说罢,他拖着那根细长的树杈,走下山坡,消失在黑暗中。

威伦开始动手干活,他从能见度最高的外层枝杈下手。第一斧劈下去,树枝立马弹起来,震到了他的虎口。他试着用巧劲,从树皮往里砍,直到看到木头的微弱光泽,这才知道自己找准了目标,于是抡起斧头砍了下去。这个活很棘手,他不知道为什么要砍树,只是一个劲地砍着,砍得很痛快。压抑在心底的焦躁与恐惧总算释放了出来。他知道有些事必须等到天亮后才能弄明白、才能动手去做。他想除掉的正是对此的畏惧。他将砍下的树杈一根接一根扔到一边,终于看到了夹杂着暗褐色的绿色树皮,还看到了斧头一点一点砍出来的银白色树干。他一鼓作气,对准树干砍了下去。第一棵小树发出了嘎吱的断裂声。威伦再加了一把劲,小树应声而断。随后,威伦一只手抓住三根树杈,另一只手抓着树干,一路拖着走下山坡,向水曲柳树下的营地走去。

默傅也在篝火边忙活。篝火的一边架着一只平底锅,正在煮兔肉。默傅将另一边烧得正旺的木炭扒拉了出来,坐在旁边拿着小刀在干活。他放下刀,把正在制作的物件放在木炭上慢慢转动,来回移动,再放在膝盖上,用粗糙的硬树皮打磨,然后重新拿起了小刀。威伦看着他干活,内心恢复了平静。默傅好像正在制作长矛。这是一件细长的利器,大约有六英尺长。用火烤过后,长矛变坚硬了;经过打磨,变得光滑些了。矛头呈扁平状,很尖利。这是仓促间赶出来的活,做工很粗糙,看上去很原始,也很有杀伤力。看到威伦站在一

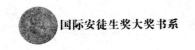

旁看他干活,默傅什么话都没说,只是把手伸进背包里,拿出了一团细绳子。

威伦放下小树,拿起绳子,转身走开了。他不会过问长矛的事。他要按照默傅所说的去做——接手最棘手的活时,一点一点来,顺其自然,一点一点解决。

威伦砍倒了第二棵树,把一大堆树杈捆在一起,拖着它迅速返回营地。悬崖顶上露出了第一抹曙光。他的目光不由得转向阿布巴藏身的洞穴,凝神看着那个方向。

"先吃饭。"默傅说道。

威伦转过身来看着他:"老兄——"

"吃饭,"默傅不容置疑地说道,"空着肚子爬上悬崖,根本解决不了问题。"他将几大块兔肉放在铁盘里,威伦胡乱扯下一些送进嘴里。细长的长矛靠在一棵水曲柳树的树干上,银白色的木柄被火燎成了黑色,矛尖上面绑着一根弦用来加固,手柄处也缠着一根弦。默傅没有多余的时间,也没有那么好的手艺,能够将长矛打造得非常精致。威伦一边用餐一边看着长矛。默傅将小刀擦拭干净,放入刀鞘内,随后卷好了绳子,放在手边,旁边再放上一根不算长的铁木,然后再次封好了火。

一切准备全部就绪。默傅拿起长矛掂量了一下,递给威伦:"以前用过吗?"威伦接过长矛,答道:"试过,但也仅此而已。"

"我也是,"默傅说道,"我原本可以做得再短一些,不过没准你需要这么长的矛。别看它不起眼，但是木料用得对。你记住这一点。我们在山洞里不管发现什么，如果你希望你的朋友回来，就一定要用铁木来对付它。明白吗？"

威伦紧蹙着眉头看着默傅，默傅回视着他，眼神格外坚毅。

"记住了，别可怜它。这不是真正的同情，御冰勇士，你一定要记得，你的伙伴想要恢复人形。我们出发吧。"他拿起绳子和铁木手杖。

两人沿着小溪，向上游走去。西面最高的那些峭壁已经沐浴在阳光里，但是阿布巴所在的洞穴位于南面的石壁底部，永远掩映在阴影中。他们准备像阿布巴一样，从水潭上方沟壑的东侧巨石那里爬上去。倾斜的石壁插入悬崖底下，尽管如此，威伦知道默傅一定能够想出办法爬上去的。之前默傅就是带着他们俩，顺着那条令人眩晕的小路，从顶上爬下来的，而且根本没有用到他手上的这根绳子。威伦手里只拿着那根铁木长矛。刚开始，拿着长矛的手感觉很别扭，很没有底气。但是，走着走着，他越来越习惯了，仿佛那个利器是他身体的一部分似的。默傅的目光异常敏锐，威伦神态上的变化当然没有逃过他的眼睛，不过他一句话都没说。他很警觉，神情很凝重。威伦也是如此。

两人默默地向前走去，中途停下脚步，仰望着悬崖，想看清上面的岩架、河道，以及风化的山洞。与其他山洞相比，那个洞口显得圆乎乎的，更加深邃，更加幽暗。那里正是阿

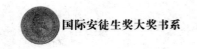
布巴的藏身之处。威伦像一根紧绷的弦被触动了似的，不由得心头一震。他终于开口了。

"如果不是人的话，那会是什么东西？"

"嗯，"默傅说道，"大概是某种野兽吧。"

两人继续向东走去，从幽暗的山洞前走了过去。在这个地方，怜悯之心并不等于真正的同情。

在悬空的峭壁下面，默傅找到一棵树，还有掉落的大石块，接着他发现了一个向西突出的岩架，顺着岩架看到了一条河道。那团绳子套在他的肩上。威伦若想找到这条近路肯定要花上半天的工夫……但是尤拉拉居然在黑夜里找到了……显然是有精灵在帮他……

默傅停下脚步，在前面等着他。待威伦走近，他压低声音说话了。

"这条道很好走，那个家伙是不会让这条道难走的。不过接下来我们得加快步伐，保持安静，所以要当心点。我们脚下的这条道通向一个小洞穴，你看到了吗，就在上面那个地方。那里有个孔洞，直接通向阿布巴的山洞。动作快点，跳起来。记住，长矛不能离手，还有不要被对方咬到，我来做你的后援。"

默傅让到了一边。威伦径自向前走去。他握住了魔法石。在过去的恐怖的那几个小时里，这块石头一直很安静。此时此刻，它却在悸动。威伦右手紧握长矛，似乎那就是他身体的一部分。他循着河道向上走去，来到一块拱起的岩石面前,这块岩石与一个山洞相连。他终于来到了洞口附近。这是一个长方形的洞口,原本是岩石最薄弱的地方,经过风沙长年累月的侵蚀,最终形成了一个幽暗的山洞。有个声音从里面传了出来。威伦竖起耳朵,仔细地听着。那是边抽泣边呜咽的声音,是动物发出的声响。威伦体内的血液顿时化为一团愤怒的火苗。他怒火中烧,抓住长矛,悄无声息地摸到洞口旁,猛地跳了进去。

山洞里愈发深邃,愈发幽暗。威伦听到暗处传来了笑声,目光捕捉到阿布巴的身影。她背靠在远处的洞壁上,乌黑的眼睛里闪烁着锐利的光芒,显得非常迷人,非常放肆。她嘲弄地摆动臀部,消失在黑暗中。

就在阿布巴刚才驻足的地方,有个黑影蜷缩在墙根处。那个东西长相怪异,毛发蓬乱,趴在地上,活像是一条被打败的狗。它从喉咙里发出一声刺耳的低吼,随即用四肢站了起来,与人蹲伏的姿势很相似。但是,它的四肢上面分明覆盖着一层粗毛,手和脚上也长出了老鹰一样的爪子。这个怪物又发出一声低吼,然后瞪着威伦,咧开嘴,露出了白森森的长獠牙。就在这个瞬间,威伦看到了它的眼睛。那是人的眼睛,是尤拉拉的眼睛,目光里流露出深深的悲哀,乞求威伦的怜悯。威伦顿时怒不可遏,不由得挥舞起了长矛。

怪物背部的粗毛全都竖了起来。低吼声逐渐增强,变成野兽攻击时的咆哮。它龇着獠牙,带着乞求的目光,向威伦猛扑过来。这个怪物就是尤拉拉。

第四章　尤拉拉的重生

一

当那头凶猛的野兽扑过来时,威伦做出了本能的反应。他一只手摸向魔法石,另一只手举起铁木长矛,拉开架势,准备一跃而起。然而,就在这紧要关头,他却迟疑了,手里的矛尖也随之垂了下来。因为怪兽的眼睛里流露出乞求的神情——那可是他朋友的眼睛啊。猛扑过来的野兽似乎也在观望等待——别看它毛发竖立,张牙舞爪,不住地狂吠,但是却引而不发,像一条狗一样,将发怒的权利交给主人定夺。它没有权利乱咬。

"尤拉拉,老兄!"威伦喊道。声音中既有痛苦,也有威慑力。

怪物的喉咙里再次发出咆哮,同时猛扑过来,撞在了矛尖上。长矛扎入它的肩头,威伦感觉到手上的分量陡然加重了。怪物不由得发出一声狂噪,痛苦地扭动着身体。虽然它龇着牙,挥动着爪子,但是它的眼睛却在流泪。

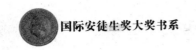

"快稳住！"

默傅从威伦身后冒了出来。他拿着绳子与铁木手杖，目光聚焦在挣扎着的野兽身上，神情非常严峻。他扑上前去，将手杖猛地插入对方张开的嘴巴里，然后立刻离开向后退去。怪物下意识地咬住木杖，随即立刻松开，发出了一阵暴吼。木杖从它的嘴里掉下来，它的几颗獠牙被打断了，怪物气得咬紧了残牙。

默傅趁野兽被矛尖顶住不停挣扎之际，抛出一个绳圈，套在怪物的脖子上。他把绳子的一端递给威伦，用力拉紧，随后继续扔绳圈。他一会儿逼近，一会儿后撤，不停地扔出一个个绳圈，再不断地抽紧。就这样，野兽终于被拖倒在地上，不停地抽搐着。它咬紧断牙，躺在那里，露出了被绳子缠住的四肢，但是它的眼睛却在流泪。那可是尤拉拉的眼睛啊。威伦拔出长矛，用力扔了出去。长矛落到地上，发出咔哒的响声。他和默傅抓住绳子，每人攥着一端，用力拉紧，终于控制并制伏了这头野兽。随后，他们靠在墙上，想歇一口气，眼睛却始终紧盯着野兽不放。野兽躺在地上，不停地挣扎，不停地流血，不停地流泪。

"应该带杆子来的。"默傅嘟囔了一句。下面的山坡上长着很多竹竿，随时可以砍伐，但是威伦明白他指的是铁木树干。他回答得很简短，不仅因为呼吸急促，而且因为怜悯那个怪物而说不出话来。

"两个人没法砍，还要提防这个洞，先弄回去再说。"

威伦将手中的那端绳子递给默傅,让他拿着。随后威伦从魔法石上解下一段绳子,慢慢地走过去,试图接近正在挣扎与抽搐的野兽。

"尤拉拉,老兄,"威伦说道,"我们带你回家。"

威伦弯下腰,伸出了双手。野兽扭动身体,张开嘴巴,但无意攻击他。威伦将魔法石绳子套在它毛茸茸的脖子上,打了个结。当威伦的手靠近对方受伤的肩膀时,野兽发出一声吼叫,龇起了牙齿。威伦强迫自己集中注意力,解开缠住它那毛茸茸四肢的绳子,好让它自由行走。束缚刚解除,怪物便立刻伸出一个爪子,向他发起了攻击。威伦看到那个邪恶的小爪子向他挥过来,赶紧后退。默傅皱着眉头,凝神看着这一幕。

"你的伙伴还没有完全变形。幸亏你醒来了,御冰勇士,也许她还没有时间下手。"

威伦一边向后退去,一边继续放出魔法石的绳子。紧接着,他与默傅同时用力,拉紧各自手中紧攥着的绳子的一端。野兽又开始咆哮,死活不肯就范。它把爪子抵在地上,被迫向前挪动几步,随后使劲向后退去,却又被强拉着继续向前移动。到了洞穴的出口处,野兽扭头避开外面的阳光,拼命往后退去,企图回到昏暗的洞穴里去。默傅从洞穴里钻出来,使出浑身的力气使劲拽它。威伦则站在那里,对它好言相劝,哄它出来,甚至不顾本能的厌恶,把手放在它毛茸茸的身体上,用力推它。那头野兽又是狂呼惨叫,又是张牙舞

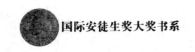

爪,不断挣扎,即便如此,它最后还是被赶到了山洞口。威伦跟在后面钻了出去,他似乎听到一个姑娘的笑声在身后回荡。笑声来自于洞穴的阴影处。

接下来是这次惊险的行程中最艰难的一段路程。野兽一进入阳光底下,情绪顿时失控了。它张牙舞爪,又是咆哮又是抵抗,反正就是赖在那里,死活不肯走。它背上的毛也竖了起来,被打断牙齿的嘴巴里不断发出呼呼的低吼声。然而,与其说它是在反抗,不如说它更想躲到洞穴和窟窿里去,哪怕是躲到树荫下也行。对此,他们俩只得好生安抚。有一次,默傅的动作慢了一步,没有及时跳开,结果他的靴子被它那锋利的爪子撕开了一条口子,鲜血顿时流了出来。尽管威伦经常离它很近,但是它的爪子从没碰到过威伦。别看那个家伙张牙舞爪,凶相毕露,其实它并没有真正地攻击过他们。看来,有一股力量在掣肘着它。这股力量要么来自于魔法石,要么出自于怜悯,要么出自于友谊。

不知过了多久,他们终于抵达了营地。对他们俩来说,这一段行程太提心吊胆了,简直像做梦一样。对野兽来说,时间停止了,这一刻显得无限漫长。最后他们俩回到营地,将绳子的两端系在两根水曲柳树上。野兽蜷曲在地上,神情颓然,显得很绝望。两人站在野兽的两侧,累得快趴下了。但是现在可不是休息的时候。

"快去生火,"默傅气喘吁吁地说道,"这里,那里,都要点上。要用铁木。"

　　两人不顾满身的汗水，在炎炎烈日下从封好的篝火里挖出木炭，另外架起两个小火堆。三个火堆同时焚烧着铁木。这么一来，无论风向如何变化，总有一些铁木的烟雾会钻入野兽的鼻子里。他们在平底锅里倒了一些水，放在它的身边，边上还放着一只默傅上次捉的兔子。可是对方只是吼了一声，身体向后退去。它不肯吃肉，也不肯喝水。

　　威伦与默傅离开火堆，一屁股坐在阴凉处，开始喝水。他们依然很担忧。但是，休息了一会儿后，两颗悬着的心终于平静了些。他们吃了一些剩下的炖肉，甚至转过身来，对视了一眼。两人目光里的内容非常复杂，一言难尽，但是彼此都心领神会。

　　威伦将魔法石的绳子收了起来。"一点一点来，"他一字一句地说，"怎么才能让它蜕变成人？"野兽的眼睛聚焦在威伦身上。鲜血从它受伤的肩头涌了出来，但是威伦太累了，无意帮它清洗。

　　默傅移开目光，回答了他的问题："我们用铁木敲掉了它的獠牙，这是第一步。接下来，要用铁木树叶烧掉它的尖耳朵，剪掉它的爪子，为它安上手和脚，把它的皮扒掉，给它换上一张新皮和一套新内脏。"

　　威伦讪笑了一声："就这么多？这是做什么，我问的是怎么做。"他从没听说过如此不可思议的法术，不过默傅是当地人，威伦信赖他。默傅再次移开了目光。

　　"我知道的只有这么多，御冰勇士。至于怎么做，那是你

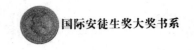

的事。"

威伦非常恼火,同时也极其失望。他站起身来,走出了营地,留下默傅独自看管那头野兽。

"一点一点来。"默傅看着威伦离开,喃喃地说道。他已经将自己的知识全部用出来了,但是他不是英雄,也没有魔法石。下一步该怎么做,全凭御冰勇士自己决定。默傅待在营地里,照看着篝火。他留意到经过这番折腾之后,那头野兽开始打瞌睡。他打来水,在自己的背包里寻找做晚餐的原料。随着夜幕的降临,那头野兽显得躁动不安,开始发狂,默傅将拴住它的绳子系得更紧了一些。在这期间,威伦一直躺在树下呼呼大睡。

这里是一片铁木树林,威伦是在山上走了很久之后才找到这里的。他心力交瘁,疲惫至极,于是索性在树下躺了下来。他仰起头,目光透过树叶,凝望着远处那片高耸的峭壁。他思忖着尤拉拉,琢磨着如何让它蜕变成人。不可能是用刀割那么简单,他肯定得借助精灵们的智慧,借助当地的神灵才行。诚然,他是英雄,是御冰勇士,但是他不了解这个地方,更不认识这里的神灵。他把手放在魔法石上,柯因说过,这块石头的法力在四海之内无人不知,无人不晓。他明白自己必须前往祖辈的故乡,寻求精灵的帮助。他根本不考虑怎么去,他只想着自己非去不可。他躺在那里,双手紧握着魔法石,慢慢地睡着了。

就在威伦睡着时,他躯体内的灵魂溜了出来。几千年来，每当他的族人要在很短的时间内赶到远方时，他们的灵魂总会这样溜出来。威伦的灵魂在他疲惫的身体上方稍作停留，随后带着魔法石的灵魂一同离开，只留下那具躯体躺在那里，继续酣睡。

威伦的灵魂感应到了当地的神灵。他们隐藏在那片高耸的险峻峭壁里，与风躲在一起，在暗中观察着他。他们不认识威伦，但是期待认识他。他想起他们的营地，默傅正在当地神灵的包围中，独自看守着那头野兽。一眨眼，他便来到了营地。他对着野兽发力，让它安静下来，随后对着默傅再次发力，好让他休息片刻，得以恢复体力。在他发力时，有一股力量从他的体内涌了出来，听凭他的差遣。随后他想起了那座大山，那座山位于遥远的南方，对他而言，就像是家一样。刹那间，连绵的山丘，奔腾的大海，明媚的平原，莽莽的森林，这些景色在他眼前一掠而过，他还听到了快乐族被风吹走的尖叫声。紧接着，他便到达了目的地，寂静的大山接纳了他。山脊上的小镇沐浴在阳光下，显得非常宁静。

威伦的灵魂来到石壁下面的老宿营地。就在这时，纠缠他的情歌从岩石里飘了出来。但是威伦的灵魂知道这个歌声其实来自于地下深处，来自一个很遥远的地方。它只能控制正在北方酣睡的那具躯体，控制它的耳朵与大脑。

威伦在老地方点燃了篝火，那是他第一次点燃篝火的地方。

"欢迎你，英雄。"柯因说道，语气很严肃。这是威伦灵魂

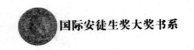

的首次旅行。灵魂在梦中旅行是一个非常严肃的事，而且格外危险。所以，柯因无暇细问，更没有工夫等待对方回答。他直截了当地回答了威伦特地跑过来问的那个问题。

"凡人是不可能让另外一个凡人恢复人形的。那需要更高的神力。凡人只能通过巧妙的招数将神灵召唤出来。假如你不知道过去的老办法，那你只能靠自己的本事，设计出一个新的招数。"

"你给了我一个众所周知的法力，"威伦提醒他，"你就不能再给我支一招，让我在任何地方遇到任何问题都能迎刃而解吗？"

"这种招数我一个都不知道，"柯因说道，"这是你的分内事，必须靠你自己想出来。不过我可以给你提供一两个思路。在野兽恢复人形之前，必须先把它毁灭，就像你听说的那样，把它的耳朵、皮肤、内脏通通去掉。面对一个野兽，我们该怎么做？我们会怎么收拾小袋鼠，把它变成晚餐呢？"

威伦慢慢领悟着柯因的话："把它放在泥里煮。"

"还有，我们怎么帮助疼痛的病人驱除他们体内的恶魔？"

办法多得是。但是，威伦的灵魂与柯因心意相通，因此立刻领会了他的意思："我们把疼痛的病人用泥土裹好，放在水和叶子里用热气蒸。"

柯因点点头："对小袋鼠来说，煮饭的火塘难道不是坟墓吗？同样，冒着蒸汽的热坑不也是邪魔的坟墓吗？难道大

154

地真的会对自己创造的生物束手无策吗?你来告诉我,坟墓
究竟是结束,还是开始?"

关于这一点,威伦从精灵那里了解得再清楚不过了。
"坟墓是一件事的终结,同时又是另一件事的开始。"他也点
了点头,"谢谢你,柯因。"

柯因沉稳地笑了:"你是聪明人,只有你才能从我说的
话里想到一个招数。等你在朋友身上发挥了神力之后,你得
为你的族人再次施展神通。祝你一路顺风,旅途平安。如果
你夜里睡觉时留一个耳朵醒着的话,我也许会派黑夜过去,
带消息给你。"

柯因一跃而起,蹿入树中,失去了踪影。威伦将土盖在
篝火上。随后,他开始飞行,掠过山川河流,回到了北方。他
的躯体仍在悬崖下酣睡,没有任何危险。灵魂钻入他的体
内,感觉到那具身体又一次压在地上,双肺又在呼吸着清凉
的空气,手里魔法石的绳子摸上去硬硬的,负鼠毛则软软
的。他一觉睡到天黑。随后,他醒转过来,返回了营地。

那头野兽被拴在一根收得更紧的绳子上,正在不停地
吼叫挣扎。但是一看到威伦从暮色中走了出来,它立刻安静
下来。

"你出去过啦!"默傅招呼道。他正在篝火上热一个罐
头。

"我去了远方,速度很快。"威伦答道,"我饿了。"他将手
放在老人的肩上。动作很轻柔——他的灵魂仍然很兴奋,他

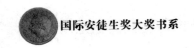

生怕默傅也会感应到。"你该休息了,伙计。今天我来守夜。我要好好地思考一下。"野兽扭头看着威伦,目光还是像原来一样,充满着绝望。威伦无法跟它对话。

威伦必须守在野兽的身边,想出一个巧妙的招数来。这是属于他本人的第一个神通。这个神通不该出自他的大脑,而是应该来自于他的灵魂,并且能与威伦不认识的当地神灵进行沟通。他必须让尤拉拉这头野兽给他带来恐惧,也给他带来爱的力量。

那一夜,他就是这么过来的。他照看着篝火,默傅则睡得很沉,显然已精疲力竭。随着夜幕的降临,野兽再次发狂,对着暗中移动的物体或者是遥远的星星不断地发出狂吼。威伦一边轻声安抚它,一边被吓得瑟瑟发抖。自从柯因将魔法石交给他以来,威伦破天荒地第一次解开绳子,将光溜溜的魔法石拿在手中。魔法石祖露在黑夜中,在火光的映照下,闪烁着清冷的微光。黑夜仿佛在此刻静止了,威伦察觉到它对魔法石的敬畏。威伦的灵魂正在向当地的神灵发出呼唤,告诉他们,他就是御冰勇士,是这块神奇的石英石水晶的拥有者。他正想方设法帮助他的朋友尤拉拉恢复人形。威伦的灵魂还告诉他们,这整块土地都是威伦的疆域,保护所有神灵正是他义不容辞的职责。他呼吁他们前来帮助自己。

黎明时分,默傅醒过来,看到威伦正在包里寻找早餐。

"没多少食物了,我们只剩下沙丁鱼和吐司,"威伦看到默傅注视他时,连忙大声说道,"你最好过来,赶紧吃完。我们要挖一个灶坑。"

默傅从毯子里钻出来，走到小溪旁，用清水泼了泼脸。很显然，下一步即将开始。

二

重塑一个人可不是一桩容易的事，理当如此。对任何人来说，这都不会是一件轻而易举的小事。纵然得到了悬崖的遮蔽，沟壑里的日照时间大大缩短，比山脊上面要凉快一些，但是这里依然很热。他们必须照看篝火，绝对不能让它熄灭。两个人忙得汗流浃背。除此之外，一日三餐也成了问题，默傅背包里原本数量惊人的食物储备眼看就要告罄。

威伦与默傅在小溪旁的沙地里挖一个火坑。

"没有铁锹。"默傅不悦地说道。他不想别人发现他装备不足。

"古代的精灵从没用过铁锹。"威伦反驳道。他非常担心那头野兽，心里很忐忑。

那头野兽依旧被拴在绳子上，受到日光与铁木烟雾的双重钳制。它不吃不喝，也不肯睡。也许它根本不需要。但是它一直在用阴沉的眼神注视着他们俩的一举一动。威伦觉得那对眼睛似乎变得更加阴郁，再也看不到尤拉拉的影子了，它不再乞求怜悯。威伦埋头挖坑，担心自己也许只能重塑朋友的身体，却不能重塑他的思维。

"它变得顺从了，"默傅说道，试图安慰威伦，"就算它已

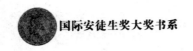

经恢复了人形,也要加以驯服,越早越好。"

两人用尖锐的铁木树干挖坑，然后用平底锅将挖出来的沙子倒掉。坑洞大概有三英尺深,其宽度和长度正好允许尤拉拉躺进去。坑边堆着一大堆挖出来的沙子,随时备用。

"与其说这是一个大坑,不如说是一个坟墓。"默傅说道。灶坑的深度令他大感意外。

"确实如此,"威伦说道,"对一个小袋鼠来说,一个灶坑就是它的坟墓。"

坑洞挖好后,他们俩去悬崖下面捡回一堆石子,挑出一些扁平的石子盖在坑洞底部,上面再架起一堆铁木,准备点火。威伦拿着小斧头去了山坡上,拖回了更多的铁木树杈。默傅从背包里掏出一些山药,准备烤来吃,然后往瓦罐里放入他在小溪里捉到的小龙虾,这样,吃饭的问题便解决了。在这个关头，他们的食物居然是用古老的方式捕捉到的古老食物。这一幕令威伦平添了很多勇气。虽然小龙虾是放在瓦罐里煮的,而不是放在石头上烤的,而且饭后的茶水里也散发着浓浓的小龙虾味道。但是这一餐是大地赠予他的礼物,也算是大地的犒劳吧,同时也帮助他恢复了体力。

"这一顿是午餐,"默傅说道,"我们最好考虑一下晚饭怎么办——缺了吃的,男人什么事都干不了。小溪下游的沼泽地里应该有鸭子。你这里应付得了的话,我去那里看看有什么可干的——为明天的食物设下一两个陷阱。"

"若不是有你,我肯定会乱得一团糟的。"威伦感激地说道。默傅心里也很清楚。他的手上拿着几根钢丝套，皮带上挂着小刀，口袋里放着一团线，全副武装地向小溪下游走去。

威伦在挖好的坑里点燃了火苗。这个坑既是灶坑，也是坟墓。他坐在那里，一边抹去脸上的汗水，一边往火里添柴。野兽注视着他的一举一动，似乎若有所思。它有时会突然发怒，不停地咆哮挣扎，直到抵抗不住铁木的烟雾，只好屈服。火越烧越旺，坑底积起了一层木炭，产生了大量的热气，迫使威伦越退越远。四周的泥土已被烧热，底层的石子因温度过高，发出了噼啪的爆裂声。威伦继续添柴，看着太阳慢慢落下。他不顾内心的惶恐，琢磨着下一步该怎么做。夕阳西下后，威伦停止添柴，任由大火慢慢熄灭。然后他拿着斧头离开，拖了很多有树叶的枝条回来。若要祛病除痛，最好用桉树的叶子，不过他要祛除的是另一种恶魔。等他将最后一捆铁木枝条拖回来，扔在灶坑旁时，默傅正好也穿过水曲柳树林，返回了原地。他的手上倒拎着一只鸭子的腿，那只鸭子的脑袋无力地垂在下面。

"你来得正好。"威伦直接说道。

默傅将鸭子挂在一根树杈上，默默地走过来，观察着现场。威伦做了该做的事。

他们俩拿出挖掘棒，拨开灶坑里的木炭，让它们尽快冷却下来。然后，两人往瓦罐、马口铁罐头和平底锅里注满了水，放在一边，随时备用。等木炭变黑后，他们抱了几大捧带

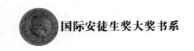

树叶的枝条过来,铺在木炭上面。这么一来,一个又厚实又有弹性的床垫便准备好了。威伦拿着一根带着绿叶的小枝条,走到离野兽最近的火苗旁。不管他对这个古老的方法了解多少,他非得试试看不可。默傅跟在他的身后。

威伦将枝条的一端放入火中,直到树叶开始冒烟,噼啪作响。随后,他疾步走到野兽身后。看到他走过来,那头野兽噌地站起来,虽然被绳子拴住,但眼睛里依然闪烁着红光,咆哮着要猛扑过来。默傅警觉地站在绳子旁边。野兽拼命地扭动身体,发出怒嚎。威伦借助手中魔法石的力量,一边躲闪避让,一边用噼啪作响的枝条轻轻地拍打它的脑袋和耳朵。被绳子套住的野兽恶狠狠地咆哮着,它龇着牙,挥动着爪子,竭力想要抵抗。空气中弥漫着毛发烧焦与树枝燃烧的混合气味。但是威伦心里很清楚,它并没有受伤。它抗拒治疗,抗拒人类,不过是在克服自己的恐惧,而且也不怕痛。威伦的任务是烧掉它的耳朵,但这股淡淡的焦味已经到了威伦恻隐之心的极限。

或许是某种法术发挥了作用吧,这头野兽终于瘫倒在地上。威伦将熄灭的枝条扔入火堆里。他和默傅解开绳子,汗流浃背的两人一边喊着号子,一边将它拖到了坑洞处。这头野兽时而站起来,缓慢地向前走几步,时而使劲向后退去。当它嗅到坑洞里散发出的热气与树叶的气味时,不禁野性大发,再次龇牙怒吼,拼死抵抗。两人利用手里的挖掘棒,对它又是捅又是推又是拉,终于将它拱到灶坑边。它被推了下去,摔倒在树枝上。

"快将恶魔从这个人的身体里赶出去!"威伦大声喝令道。他根本不知道自己在呐喊,但是他的灵魂知道。威伦的灵魂正在对着山峦峭壁、窥视的阴影,还有遥远的森林发出呐喊。"复原他的皮肤,复原他的内脏,复原他的大脑!驱除附在他体内的兽性,让他变回尤拉拉!"

野兽不停地挣扎,不停地咆哮。威伦抓起瓦罐,把水倒入坑中,倒空一个容器后,便递给默傅,让他重新装满。最后,等蒸汽开始变得稀薄时,野兽终于瘫了下来,一个劲地喘着粗气,不再挣扎了。两人将挖出的泥土推入坑中,盖住野兽的全身,只剩一个脑袋露在外面。然后他们俩便离开了。

从始至终,威伦与默傅没有说过一句话,现在也是。两人默默地回到营地,面对着篝火,背对着灶坑,疲惫地坐在地上,耳边不时地传来那头野兽的呜咽与哀鸣声。威伦曾在山洞里听到过它的哀叫。野兽时常发出呼哧呼哧的声音。看来,虽然它被绑住埋在泥土下,但是仍未放弃挣扎。不过大多数时候,它都很安静。威伦瘫坐在地上,身子很沉。尽管他睁着眼睛,但是灵魂已经出窍。

在沟壑上空,天还没黑,西面悬崖顶上洒上了一层霞光。默傅打起精神,把鸭子拿过来,开始准备晚餐。威伦的身体动弹了一下,没过多久便站起身来,离开营地,浑浑噩噩地向小溪的上游走去。

　　威伦感觉自己像风中的羽毛一般，被一个念头驱使着，走一段，歇一段，然后停下脚步，打量一块石头。走着走着，他的灵魂终于钻回他的躯体内。刹那间，他像刚生完一场大病、经历过一次绵长的哀伤一样，顿时瘫软了下来。所有的本领已经耗尽，浑身的解数也已使完，下一步必须从零开始。威伦的脑子里闪过各种念头。他想到尤拉拉，想到他居然变成了一个那么恐怖的怪兽，不由得告诉自己必须要鼓足勇气，耐心等待。他想到阿布巴，明白那个精灵其实并不是恶魔，而是大地创造出来的生灵。他想到了米米——她也是大地的子嗣。他还想到长尾女精灵，源源不断的麻烦似乎就是从她们那里涌出来的。他不由得联想起乡亲们遇到的麻烦，以及他们对他的信赖。他甚至想到，他的假期已经结束，他在城里的工作很可能已经泡汤，跟尤拉拉一样。想到自己眼下居然还惦记着这么小的一桩事情，他不禁挠着头发，露出了一丝苦笑。

　　威伦一边到处游荡，一边胡思乱想。就这样，他穿过一片寂静的水曲柳树林，来到峭壁下面那片宽广而寂静的水域。突然，他停下了脚步，似乎被眼前的一幕震惊到了。溪水宛如一块磁铁，深深地吸引着他。它在诱惑他，想勾引他。他好想脱掉衣服，跳入水中。倘若他不是精疲力竭，全身乏力，他绝对会跳下去的。他伫立在溪水边，驻足了许久。他告诉自己，等日头更高时，他一定要再来这里。这里是营地饮用水的水源，不过管它呢。而且，这里真是宁亚族人侵犯的地

点，真没想到是在幽深的峡谷底部，而不是峭壁上那块突出的岩石上面，太蹊跷了。那些家伙没准是从山洞里钻出来的。他顺势走入山洞，不过并没有走多远。他还没有想好如何对付阿布巴和长尾女精灵，正如他还没打定主意要跳入溪水中一样。他只走到明暗的交界处，倚着洞壁，一边看，一边回忆，一边思索。

就在这时，岩石中骤然传出了一声狂嗥。威伦顿时心生惶恐，忍不住打了个激灵。起初他以为是那头野兽在号叫。不过那头野兽从未狂嗥过，这应该是野狗的狂吠声，听来令人心悸。声音很轻，很遥远，是从山洞的深处发出来的。山洞里的其他精灵也捕捉到了叫声，予以了回应。狂吠声此起彼伏，在山洞里回荡，经久不散。

威伦的血液似乎停止了流动，脸上的肌肉也僵住了。野狗不是不可能在洞穴深处栖息，但是他知道这个山洞里面没有。这是一个精灵在狂吠。相对于长尾女精灵带来的麻烦，这声狂嗥给他的内心带来了更深的寒意。得了，现在还不到对付它的时候。威伦离开山洞，沿着小溪，返回了营地。

等他回到营地时，第一批星星已出现在夜空中。默傅正等他回来吃烤鸭。两人对视了一眼，点点头。即将用餐的这两个男人疲惫不堪，体力已经耗尽。他们正要开口说话，不料灶坑里又爆出了新一轮的挣扎。那头野兽又是咆哮又是惨叫，竭力想摆脱那根绳子。看到这一幕，两人只好闭口不语。

晚餐过后，他们俩收拾了营地，堆起一堆木柴，封好了火。在此期间，两人一直背对着灶坑。最后，威伦终于开口了。他把手放在默傅的肩上，片刻之后说道："你去睡吧，老兄。我——留在这里。"他知道，到了夜里，野兽会变得狂暴，黑雾也会弥漫，他必须拿着魔法石，留在附近，睁着眼睛守夜，但又不能靠得太近。默傅点点头，钻了火堆旁的毯子里。威伦穿上毛衣，背靠大树坐下，双腿伸进睡袋里取暖。正事已经办完，所以他没有再解开包裹着魔法石的负鼠毛线团。他只是把它捧在手心里，感觉它在轻轻地跳动。从它那圆圆的形状，威伦不禁想到了圆圆的天空与转动的地球。他仿佛看到这块水晶宛如粉色的云朵一般典雅，又像水珠一般晶莹剔透。这块石头的法力在这片土地上无人不知，无人不晓。

威伦睁着眼睛坐了很久。他支起耳朵听着，但是大多数时候，坑里与营地里一样安静。他不时地打瞌睡，耳边偶尔传来一些声音，有挣扎声，低嚎声，呜咽声，以及恐惧的叫声。听到这些声音，威伦便会紧张地坐直身体，他的灵魂为坑里的野兽向外界的神灵们请求帮助。破晓后的一个小时内，威伦从瞌睡中惊醒过来，立刻抓住魔法石，坐直了身体。灶坑里第一次传来了哀嚎，而且这是人的哀嚎，但是威伦没有走过去。他僵硬地坐在那里，又听了一小时。随后，他钻出睡袋，跑了过去。

"哦，老兄——哦，老兄——放我出去——"那是尤拉拉

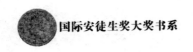

的哀叫，声音里交织着愤怒与恐惧。

威伦蹲在灶坑边，借着星光仔细察看。映入眼帘的分明是尤拉拉的那张脸，他的神情非常恼怒，非常绝望。见状，威伦差点儿落下泪来。他在泥沙中摸索着，想要看看尤拉拉的手和脚是否已经摆脱了爪子的形状。他继续摸索，想解开捆着他的绳子，挖掉他身上的沙子。还要打水来，冲掉他脸上的沙子，润湿他那干渴的嘴唇。"你不会有事的，老兄，你终于没事了。"威伦语无伦次地说道。不料，尤拉拉突然身子一挺，从沙土里面跳了出来——随后，威伦突然发出一声短促的笑声，摔倒在坑旁，陷入了沉睡。

默傅赶到坑旁，他来晚了几分钟。他发现威伦正在坑边呼呼大睡，尤拉拉则蹲在坑沿上，脑袋埋在瓦罐里，两只爪子斜捧着瓦罐，正在呼噜噜地喝水。默傅紧锁眉头，琢磨着这一幕。随后，他拿起一根铁木挖掘棒，算准角度，对着尤拉拉的脑袋狠狠地砸了下去。

三

威伦醒来时，天已大亮。他发现自己躺在睡袋里，就在灶坑附近。威伦惊愕不已，原来是默傅把他放进去的。尤拉拉也躺自己的睡袋里，脑袋下面垫着一堆树枝，脖子上依然套着绳子。默傅正在喂他吃山药和剩下的鸭肉。尤拉拉大声咒骂，用脑袋顶着，死活不吃山药，但他的爪子却贪婪地扑向了鸭肉。

"你会逼疯他的！"威伦喊道。他从睡袋里钻了出来。

默傅抬起头来，同时身体向后仰去，避开那对来抢肉的爪子。

"当务之急是要将他驯服。我告诉过你的，他的体内还残留着一些兽性。"他的回答很坚定。

威伦仔细看去，发现尤拉拉的眼睛里面闪烁着一丝红光。那是昨天愤怒的野兽的眼睛，不是困在野兽的脑袋里乞求怜悯的尤拉拉的眼睛。威伦的喜悦顿时被冲淡了，他缓缓地走向坑洞。

"还要多久？"

"嗯，"默傅说道，"大约一两天吧，不会再耽搁了。到那时，我们两个一起将他从睡袋里放出来，只要绑着他的双手就行。等他明白过来，他会感谢我们的。御冰勇士，这次蜕变很迅速，很成功，没靠任何古代的老家伙帮忙。我很自豪，我见证了这个过程。"

"放我出去，放我出去，放我出去——"尤拉拉吼道。

"我为你的自豪感到骄傲，"威伦对默傅说道，"说真的，这次蜕变确实是我完成的，没有依靠古人。而且我干得很彻底，没有留下后患，这个人经受了蜕变的考验。假如这次蜕变不完全成功，那决不是他的过错。我不喜欢用绳子套着他，让他像条狗似的，他是我的朋友尤拉拉。等他日后回忆时，随他怎么看吧。"威伦将魔法石放在尤拉拉使劲摇晃的脑袋上，松开绳子，身体向后退去。

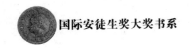

默傅立刻扔掉鸭子，身体向后跃去。

尤拉拉扭动了几下，身体猛地一挺，坐了起来。他的双手突然从睡袋里伸出来，抓起地上的鸭肉。随后，他一只胳膊抱着鸭子，另一只手伸向了瓦罐。他想把脑袋伸入瓦罐里，结果行不通。于是，他将瓦罐倾斜过来，贪婪地喝起水来，水顺着他的脸颊流了下来。之后，他一使劲，从睡袋里钻出来，站立在地上。蜕变的折腾，加上又饥又渴，使得他元气大伤，双腿只能半蹲，站也站不稳。他之所以有力气挣扎，靠的是恐惧与愤怒的力量。默傅看到他钻出来，终于松了一口气。

威伦对他说话，语气很平和。"来吧，尤拉拉老兄，回到营地去，好好吃一顿。"

尤拉拉用阴沉的眼神看着他，随后转过身去，耷拉着脑袋，摇摇晃晃地向山上走去。他时而弯下腰来，手脚并用，向前攀爬；时而摔倒在地，于是索性坐下来，休息片刻。幸好他没有像威伦担心的那样，向阿布巴所在的山洞方向走去。他一步步爬出他们的视线，隐没在树丛中。

"抱歉，"威伦对默傅说道，"我只能这么做。"

"这也是没办法的事，"默傅说道，"我们俩还得在一起再待上一段时间。"他拿起瓦罐与一只睡袋。威伦将那团绳子收了起来。

两人默默地回到了营地。正事已经办完，尤拉拉已经恢复人形。但是他们没有感受到大功告成的喜悦，反倒是平添了一种紧张的感觉。默傅之所以紧张，是因为他察觉到了危险。尤拉拉还没被驯化，现在却脱离了束缚，到处乱窜，而且消失得无影无踪，着实很危险。威伦之所以紧张，则是因为尤拉拉的目光里流露出野兽的眼神，还有他行走时摇摇晃晃的笨拙姿势。在过去的两天两夜里，威伦只睡了几小时，默傅却一刻都没有休息过。自从他发现威伦这个英雄睡在坑旁，而半人半兽的家伙趴在旁边的那一刻开始，默傅便不停地忙碌起来。刚才威伦解下绳子时，大部分的活计尚未干完。幸好篝火灰里烤着一个硬面包，早餐总算有了着落。

他们俩用瓦罐烧了些水，开始吃早餐。威伦将尤拉拉的睡袋放在原地，旁边还有一锅水。烤山药和一块硬面包则裹在尤拉拉的衬衫里。

"这是人吃的食物。"默傅看着威伦说道。他对每一个声音、每一个动静都高度警觉。他的目光密切地搜寻着尤拉拉晃动的身影，耳朵捕捉着跌跌撞撞的奔跑声。威伦注意到他的神情，试图为尤拉拉辩解："他不会闯祸的，可怜的家伙。"

默傅没有释怀。"只要开始吃喝，他很快就能恢复体力。"他密切地观察着，继续守望了两天两夜。他执意让威伦与他待在一起，而且要求至少有一人必须时刻保持清醒。

威伦也在守候，也在倾听。但是他是在等候他的朋友，等待对方完成蜕变，这是一次令人揪心的等待。他基本完成了自己的职责，但是在等待的同时，他意识到这一事件中还牵连着另一个问题，同样令他倍感头痛，他知道沟壑里还有一个山洞在等着他。此外，还有一个问题尚未解决，那就是大地与族人的麻烦。他的耳边时常回响起长尾女精灵刺耳的尖叫声与野犬孤独的狂吠声。但是，现在还不到进入那个山洞的时候。他不能丢下尤拉拉，让他恣意游荡；也不能丢下默傅，让他独自等待黑乎乎的身影。他的心绪受到牵绊，充满了纠结。在这种状态下，他决不能进山洞去。他的大脑不时地捕捉到一句歌词——或明或暗的水，还有漂浮的头发。每每听到这样的歌词，威伦就会不由得紧张起来，脾气也变得格外暴躁。倘若不是默傅老是找事给他做，让他忙个不停，他早就沦为那首情歌的牺牲品了。

对于默傅而言，他也有一件事需要操心。既然他们俩必须在这里生活，他有义务帮助御冰勇士，让对方像他一样，在异地也能生活得很自在。他向威伦展示自己做的捕兔陷阱，钢丝套上设置着精妙的机关，上面压一块石头，或者是一根棍子，一根树枝，当作压杆使用。"不要一次抓太多，需要几只就捉几只。"他教威伦设钢丝套，学会诱捕兔子或其他小猎物。他带威伦去寻找野果子和野草根，告诉他哪些可以立刻食用，哪些必须先放在溪水里浸泡，去掉它们的毒性才行。他教他分辨小溪里的哪些洞里栖息着小龙虾，哪里是钓鱼的最好去处。他带着威伦沿着小溪走到下游的湿地，教他如何在芦苇丛中诱捕鸭子。

威伦第一次见到湿地时，心头一凛，情不自禁停下脚步，锁紧了眉头。默傅也停下脚步，循着他的目光向前看去。

"是草，"他解释道，"是你见过的长得最高的草。更像是他们种的甘蔗，对吗？或者说更像竹子。不过，他们从来不种这种草。这些只不过是湿地上的野草罢了。"

威伦松了一口气。在他的记忆中，默傅压根儿不知道他受到歌声的纠缠，也不知道米米的建议。默傅带他来这里是要教他捉鸭子，而不是要让他知道湿地的尽头生长着一种高草。

有这么一两次，他们俩在峡谷里走着，听到有双脚踩在石头上，发出咯咯的响声，也曾看到树枝晃动，好像有什么东西从树丛中强行闯了过去。又有一次，他们俩向山脊的上方走去，看到一个身影从山顶上摇摇晃晃地跑了过去，随后便失去了踪影。还有一次，小溪里的一个小洞里溅起了一大片水花。当他们赶过去时，溪水正在不停地起伏晃动。一想到尤拉拉泡在水里，就是为了泡掉两天两夜烟熏火燎的气味，威伦不由得心痛不已。他们俩一句话不说，只是站在那里，等待水花的声音慢慢消失。

傍晚时分，他们俩回到营地，站在水曲柳树下，一边察看，一边皱起了眉头。营地显然已被人光顾过了。瓦罐被挪到了篝火旁边，原本封好的篝火变得黑乎乎的，散发着刚烧过的灰渣和木炭的浓重气味。另外两个熄灭的火堆被砸得稀巴烂，满地狼藉。背包被撕开，物品全都倒在地上。默傅疾步向尤拉拉的睡袋走去。随后他抬起头来，脸上洋溢着笑容。

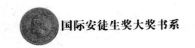

"他拿走了——是人吃的食物！今天早上他还连碰都不肯碰一下。"

威伦报以一笑，然后在营地里一边飞奔着寻找，一边高声呼叫。但是没有人回应。

"再给他一天的时间吧。"默傅说道。

他们收拾好营地，重新点燃了篝火。当天夜里，他们轮流睡觉，轮流守夜。有一次，轮到威伦时，附近的暗处中传来了窸窸窣窣的声音。他轻轻地对着那个地方说话。

"伙计，出来吃炖肉吧。"

依然没有回应。威伦只好在大半夜里拿出一只盛满炖肉的平底锅，放在离营地稍远的地方。第二天早晨，他发现锅里空空如也，但是找不到任何痕迹，来表明那锅肉是被什么动物吃掉的。

第二天，由于前天夜里时醒时睡，他们困乏得不行。两人早早回到营地，午后轮班休息。经过前天的搜索，营地里的食物得到了极大的补充——一堆山药存放在小溪的鹅卵石中，树杈上还挂着用布包好的一个鸭子和一只兔子——暂时不必再为接下来的几天吃饭发愁了。默傅这才放下心来，躺在树荫下呼呼大睡。在这个过程中，威伦也增长了很多见识。他利用值守的时间又去砍了一大堆树枝回来。

威伦拖着第二捆树枝往回走，他的目光捕捉到有个东西在山上移动。那个身影四肢灵活，正不紧不慢地向南面的峭壁行进。那是尤拉拉，他正在向阿布巴所在的洞穴走去。

威伦赶紧扔下木柴，闪入小溪岸旁的树林里。不到万不得已，他断然不会插手。但是他也决不允许尤拉拉再次回到山洞里去。威伦在树林的掩护下，向小溪的上游飞奔过去，中途不时停下脚步，眺望峭壁上的阿布巴洞穴。想象着尤拉拉开始向上爬……

但尤拉拉没有爬，他在悬崖下面站住，开始大喊。威伦听到他的声音因为愤怒和绝望而变得沙哑。峭壁嘲笑他，将他的喊声弹了回来。威伦听得心都凉了。

"姑娘！姑娘！"尤拉拉喊道，"你当时为什么叫我？"

除峭壁之外，没有任何回应。

"你究竟是谁？"尤拉拉喊道，"难道你想让一个野兽来撕咬你吗？姑娘，你现在叫我呀！再叫我一次！"

威伦听着尤拉拉的喊声，他的心也被撕碎了。他沿着小溪悄悄地离开。尤拉拉的喊声饱含着痛苦，其中隐藏了很多隐私，他不想让别人听到，哪怕那人是自己的朋友也不行。不过这确实是人类的叫喊。尤拉拉的痛苦，尤拉拉的愤懑，必须留给尤拉拉本人来解决才行。就让默傅独自在营地里踏实地睡上一觉吧。想到这里，威伦悄悄地继续向前走去，直到他的身体被沟壑的石壁挡住，这才意识到自己已来到水潭边。他索性在清凉的水潭旁坐了下来，一边休息，一边等待。这是尤拉拉必须承受的痛苦，他没有本事帮他解脱。一想到现在受苦的是尤拉拉本人，他便如释重负，欣慰不已。

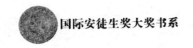

　　片刻之后,就在他略感安慰之时,威伦感觉到水在诱惑他,就像上次那样。下午天气还很暖和。他不知不觉地扯下衣服,把魔法石裹在里面,然后,滑入了水潭中。顿时,他不由得心荡神驰。

　　溪水包裹着威伦,宛如丝绸一般光滑凉爽,拉着他往水底下去。他被一阵歌声淹没,那个歌声宛如月光一样明净,又如蜂蜜一般甜美。他任由自己沉醉在水中,知道自己一定会被淹死。歌声围着他打转,一个音符接着一个音符,一个字接着一个字,就这样将他拖入水底。

我在阳光下歌唱,
乌黑的眼眸闪闪发亮。
你不来吗?

我在阴影里歌唱,
乌黑的头发在水中飘荡。
你还没来吗?

　　威伦的脚陷入松软的淤泥里,触到很多石子。他的脚下意识地移动了一下,想要站起来。这是一个反射性的动作,刚好让他从静止的水里浮上来。威伦冒出水面,大口地呼吸。歌声戛然而止。堤岸正好与他的肩膀齐平。威伦仿佛一个沉睡者拼命想醒过来一样,伸出一只胳膊,将自己的身体一寸一寸地挪出了水潭。等他终于躺在岸边,被水曲柳细长的叶子刺痛时,他才感到一阵后怕,愤怒与失落接踵而至。在恐惧的驱使下,他将手伸向魔法石,紧握在手中。

过了一会儿,威伦坐起身来。他把头抵在膝盖上,浑身都在发抖。温暖的阳光拂过他的全身,他渐渐缓过劲来,心情也得到了平复。他竖起耳朵听着,但是悬崖下面寂静无声。他精疲力竭,穿好衣服,沿着小溪往回走。走着走着,一个念头不容置疑地冒了出来。

"这是古水,是大地为自己储存的水。"

片刻之后,他突然心生疑惑。他不记得这个水含有明显的矿泉水味道,而且从这个水潭里流出的水像其他溪水一样甜,一样清爽。但是他将这个疑问搁在了一边。姑且不论这个溪水是否因为经过阳光的过滤,味道变甜了,但是威伦心里很明白,这就是古水。一想到他兴许能再次回到水潭里,探索溪水流入的通道,他便激动得绷紧了嘴唇。因为那首情歌就荡漾在古水中。与此同时,恐惧再次涌上了威伦的心头。随后他便想到,那些被古水浸没的甬道也许长达数十千米,于是只好放弃了这个念头。

威伦回到营地时,太阳已高高地挂在峭壁上。黄昏开始降临。回到营地,默傅已经醒来,正在切兔子肉。他抬起眼睛,看着威纶,至于威伦为什么扔下他,他绝口不提。也许他是被来自峭壁的喊声惊醒的。威伦将他扔在地上的那捆木柴拿了回来。他心力交瘁,躺在睡袋上,倒头睡着了。

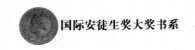

等他醒来时，已是凉爽的夜幕时分。星星从云层里探出头来，营地里弥漫着炖肉的香味。

"可不能光吃兔子，明天我们吃鱼，换一下口味。"默傅说道，他把菜端了上来。他将三份菜中的一份放入平底锅内，威伦将锅子放在昨晚的老地方。

"再给他一天的时间。"默傅说道，似乎很有把握。

两人坐在火堆旁默默地吃着自己的那份晚餐。默傅再次开口了。他若有所思："那个阿布巴，不是她的错。假如你被蛇咬了一口，你不能怪罪于那条蛇。"

"我知道。"威伦表示赞同。

"那个阿布巴就是那样，这就是她的本来面目。你的朋友将她变成了恶魔，那是他想要的结果。"

"说得对。"威伦说道。现在他明白了，默傅也听到了来自悬崖的痛苦喊声。而且默傅也明白，这个喊声不该落到其他人的耳朵里，哪怕对方是朋友也不行。

"我听到一个男人说过。"默傅说道，他正在吸一根骨头，"是快乐族的白人说的。当时是在酒吧里，他说凡人可以按照自己的意愿塑造自己的神灵。哎，没准是吧。不懂他怎么知道这是事实。其实，他倒不如说，男人可以按照自己的意愿塑造自己的女人。而且如果那个女人还是老样子，他没准还会被气疯的。"

"嗯。"威伦赞同道。他知道尤拉拉把阿布巴变成了他心目中的形象，但是他感觉阿布巴在这个事件中插了一手。

"哎，"默傅说道，"你还很年轻。看看你的脸色，你也很疲劳吧——光打个盹可补不了多少觉。第一班由我来值，等十字星转过来之后，我再跟你换班。"

　　"你不会看到十字星的。"威伦说道。天上的南十字星拐入猎户座星云之前，早已落到悬崖下面去了。威伦知道默傅会根据其他的星象变化来叫醒他，所以放心睡觉去了。

　　待威伦醒来时，已经过了子夜。默傅没有叫他，他是被身边传出的呼哧呼哧的喘气声和窸窸窣窣的移动声吵醒的。他一动不动地躺在那里，非常警觉，他的目光在营地里仔细搜索。默傅坐在火堆旁，身体一动不动。看到这个姿势，威伦知道他也在严阵以待。

　　窸窸窣窣的声音再次出现，近在咫尺。

　　"晚安，尤拉拉！"威伦睡意蒙眬地说道。

　　"晚安，老兄！"尤拉拉喃喃地答道，随后溜进了自己的睡袋。

四

　　当威伦再次醒来时，阳光涌进了峡谷里。然而，营地里却一片寂静。威伦悄悄地坐了起来，默傅正在火堆旁说梦话。这么说来，他还是放弃了。他非但没有叫醒威伦，反而放弃了警戒。尤拉拉正躺在自己的睡袋里酣睡。尤拉拉显得精疲力竭，但是他四肢很放松，似乎已经恢复了本性。疲惫！所有人都很疲惫，看来，只有阳光与等待才能让威伦振作起来

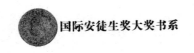

了。他不声不响地爬起来,走到小溪旁,捧些水洗了洗脸。

溪水很清冽,很有活力。真神奇,这水明明是从沟壑里的水潭里流出来的,但依然充满了活力。水中没有歌声,因此既不令他恐惧,也没有让他感到失落。他呆呆地看着,任溪水顺着他的脸颊往下流。或许是水中存在着某种力量吧,威伦仿佛看到了远在西部被淤泥包裹的山泉,在一波又一波热浪的炙烤下,闪耀着远古海洋遗迹的光辉。他仿佛看到野狗躲在洞穴里,身材高挑的米米独自为自己送行,长尾女精灵正在扭打。威伦猛然预感到,在他等待尤拉拉恢复人形的期间,麻烦正向他步步逼近。他务必等待,该等多久就等多久。但是这个麻烦正在向他逼近。就在他胡思乱想之际,他感觉有个人来到了小溪,来到他的身边。威伦看着溪水说话了。

"这个是古水。不知怎么的,这水居然变甜了。"

威伦以为对方是默傅。他抬起头来,没想到居然是尤拉拉跪在他的身边。尤拉拉显得很憔悴,脸颊在不停地抽搐。他仰望着那片峭壁。

"从始至终她就是一个精灵,"尤拉拉直愣愣地说道,"又老又刻薄。"

"水确实变甜了。"威伦对朋友说道。他任由水珠在自己的脸上被风吹干。"这是我第一次做,伙计。抱歉我没能做得更好一些,我当时很——害怕。"

尤拉拉将目光从峭壁转回到威伦的脸上。"从始至终,"

他说道，"当我不能——当我变成——那个家伙时，我只能指望你了。我身上还残留了一点人性，我只能靠你了。"

"我知道，这么一来，感觉反而更糟。我当时害怕得要命，而且我还在流血。"

尤拉拉点点头。"我看到了，老兄，我看到你流血了。"

两人陷入了沉默，之后再也没有提起过尤拉拉蜕变的话题。威伦心里很感慨，感谢在这一刻他们俩能坦诚交谈。事后回想起来，他的心里依然充满了感慨。

吃早餐时，威伦看到默傅用最后一块面团做了个硬面包，心里乐滋滋的。他注意到尤拉拉不肯像从前那样待在篝火旁用餐，反而拿着自己的那杯茶，刻意躲到很远的地方去喝。尤拉拉不敢造次，显得很克制，就像一个人担心自己喝了太多的酒，因此很不放心，特别小心翼翼，特别留心周遭人的反应一样。默傅将面包分成三等份，但是他却把尤拉拉的那份面包掰开来，只递给他半份。

"剩下的很快就能吃了。你饿坏了，孩子。"

尤拉拉的眼睛里闪过一丝愤怒的红光，他的嘴龇了起来。但是他立刻控制住了自己，表情也随即放松下来。他淡然地拿起自己的第一份面包，过了一会儿才吃到了剩余的那一半。

默傅似乎没有察觉到他的细微变化。他平静地看着两个年轻人，对着自己的茶水吹气，想让它快点变凉。"啊，今天天气不错，好像过节一样。不过我们要去弄些鱼回来，然

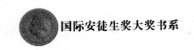
后才能继续吃兔子肉。"喝完茶,他放下空杯子,站起身来,伸了个懒腰。"去钓鱼吗?"他向尤拉拉发出了邀请。

尤拉拉瞟了他一眼,然后目光转向威伦,似乎有些为难。威伦努力抑制内心的不安情绪。

"你就去吧,"他提议道,"他会带你到这个地方到处转转的,我要留在这里考虑下一步的行动。"

尤拉拉站起身来,跟着默傅走了。活像是一条狗,接到了主人的指令一样。威伦紧蹙着眉头,看着他离去。他跟默傅不同,他从不担心尤拉拉会伤害他们,现在也是如此。能做的,他都做完了,接下来他只能拭目以待,看尤拉拉本人怎么做了。对威伦来说,那个麻烦正在耐心等待,准备伺机出击。炎炎的酷热,无声的寂静,阴郁的峭壁——这些地方都是麻烦的隐身之处,威伦能够感觉出来。高耸的峭壁背对着天空杵在那里,宛若一只巨大的石头蜂箱,正在发出愤怒的嗡嗡声。威伦知道自己必须尽快进入那个山洞,他心里很明白。他渴望去那个地方,同时心里又充满了恐惧。

威伦站起身来,心神不宁地胡乱游荡。他的双脚下意识地带着他,再次走向小溪的上游,进入了沟壑里。水潭向他招手,很甜美,却又很危险。威伦恼怒地耸了耸肩,从水潭边走了过去。他压根儿不想知道水潭将要告诉他什么样的秘密。他走入山洞,一直走到微光消失处,然后背着双手,靠在洞壁上。高耸的峭壁从高处俯视着他,峡谷夹在两块对峙的石壁之间,宛若处于大地的两根骨头之间。威伦预感到这道微光一直通向无尽的黑暗中。那是混沌初始的黑暗，是太阳与月亮永远无法突破的角落，如此纯粹的黑暗凝固在大地最古老的生命体里。就算一个人拥有法力，难道他就能进入这种黑暗中，并且还能活下来吗？他的生命真的不会终结吗？

威伦突然想起自己没有带火把，不由得恐慌起来。但是这个念头很离谱，他只能将它强压了下去。若想闯入混沌初始的黑暗，一个火把根本微不足道，完全派不上用场。他宁可带上魔法石，那块石头聚集着他全身的力量。除此之外，他也许还要按照传统的做法，带上一根打火棒。接下来就要随机应变了。假如他非进去不可，那么肯定有办法闯进去，而且不可能是靠火把照明。他想起了精灵们的旅行方式——在睡梦中灵魂出游。威伦不由得不寒而栗。一个脆弱的凡人幽灵在混沌初始的黑暗中飘荡，周围全是那样的家伙……

威伦准备离开，向明亮的洞口走去。就在这时，山岩突然振动起来。威伦领教过，那是一条野狗发出的诡异狂嚣，在山岩里得到了响应，不断激荡开来。威伦心头一震，转身离开。恐惧渗入心底里，并且沉淀下来，但是他仍不愿意面对——有条野狗在黑暗中不停地狂嚣……

威伦回到营地。尤拉拉正在剥鲶鱼的皮，篝火上炖着瓦罐。威伦警觉地扫视着四周。

"默傅在哪儿？"

"他走了。"尤拉拉说道。他眯着眼睛,用阴郁的眼神注视着威伦。威伦心中的忐忑顿时郁结了起来,但是他强自镇定,在水曲柳树下坐了下来。尤拉拉的面颊抽搐了一下,露出一个苦涩的笑容。

"永远说不准,对吗?"他问道。

"不知道。"威伦答道。此时此刻,他不愿意装蒜,假装听不懂尤拉拉说的每一句话。"那是你的问题,你必须自己解决。默傅上哪儿去了?"

"他回家了,留下一个口信。"

"说下去,什么口信?"

尤拉拉开始回想,他的双手一动不动。"他说,在你需要他的时候,他能帮你一把,他感到很骄傲,不过他从没想过要在这里待这么久。那些猎物的皮需要他去照料,他会留意我们的。需要他的时候,我们只要在一棵枯树上点起烽烟,他就会立刻赶过来。他说……好像说过……也许一个人可以为自己塑造一个神灵,也可以为自己塑造一个女人,但是如果要塑造一个朋友,那他必须一点一点来。"尤拉拉搜索着自己的记忆,眉头不禁蹙了起来。"就这些,估计就是这些了。"

威伦的心结顿时解开了。毫无疑问,这是默傅留下的告别口信。接下来,他还是要按照自己掌握的知识一步一步去做。至于他对尤拉拉的疑问,那就留给尤拉拉本人来解开好了。

尤拉拉"嗯"了一声，一边回忆，一边说道："他说他永远不会忘记这段经历。"

"当然忘不掉，我也不会忘，"威伦表示赞同，"他有没有带你到处逛一下？"

"他一直忙着塞东西给我吃，都是些零碎食物，还留下了一些装备。"尤拉拉冲着他们俩的背包示意了一下，随后走到小溪边洗鱼。威伦走过去，看看默傅留下了哪些东西。他注意到瓦罐依旧放在火上，在他们俩用马口铁罐头改造的杯子旁，放着两只平底锅。威伦在自己的背包上面发现了默傅留给他的两个钢丝套，还有一根绕在瓶子上的钓鱼线，以及一个放着备用鱼钩和铅坠的烟丝盒。

"总而言之，他考虑得很周全。"

尤拉拉洗完鱼回来，咧开嘴笑了。这是一个正常的笑容。"他就是那种人，他甚至为烤鱼准备了柠檬。"

"真的？要是他还留了点盐就更好了。"

两人像普通的年轻人一样，哈哈大笑。原本的搞笑桥段已经不好笑了，现在可以继续相互取乐，感觉真的好棒啊。威伦开心地看着尤拉拉把鱼放在滚烫的石头上，准备做烤鱼。尤拉拉似乎已经克服了对火的厌恶。

"我们再也碰不到比默傅更好的人了。"威伦肯定地说道。

尤拉拉的嘴唇顿时绷紧了，随后他点了点头。

他们俩聊了很多，谈到了钓鱼，打猎，还有在外地的生活。威伦指出，做烤鲶鱼时，本该带着皮一起烤来吃的。尤拉拉听得大为骇然，脸上不由得流露出嫌弃的表情。两人再次哈哈大笑。他们俩小心翼翼地把鱼刮到平底锅里，蘸着盐和柠檬汁，开始吃鱼。

"天哪，真好吃。"尤拉拉感叹道，他把每一根鱼骨头都舔得干干净净。与此同时，他的眼睛不时地瞟着周围，时刻保持着警惕。威伦不禁想起那头野兽当时饥饿至极的样子。

午餐后，他们俩躺在水曲柳褐色的树叶上休息。过了一会儿，威伦开始说话。他提到了那个山洞，那些长尾女精灵的怒吼，还有那个水潭，水潭里的水不仅弥漫着纠缠他的歌声，而且还想拖他下去，就像拖走一片树叶那样。他还提到了混沌初始的黑暗，以及野狗的狂噪。在他倾诉的时候，麻烦再次向他逼近。威伦不由得忘掉了尤拉拉，开始自言自语。"我一定要进洞里去，跟那些女人好好谈一谈……不管怎么说，火把没有多大的用处，我宁可带一根打火棒进去……睡梦中灵魂出窍更可怕……"

"千万别！"尤拉拉暴吼一声。他站在那里，俯身看着威伦。他的眼睛里闪烁着愤怒的红光。

威伦吓了一跳，赶紧坐直身体。"啊？我还能怎么办？我一定要去找那些长尾巴的人好好谈一谈，麻烦就是从她们那里开始的，我知道这一点。我第一眼看到她们时，心里就明白了。"

有些话在尤拉拉的喉咙里打转，但是他说不出来。他怒吼着,狞笑着,露出了白森森的牙齿。他再次克制住自己,大吼了一声:"不行!"

"你想想看吧,"威伦试图与他理论,"否则我来这里干什么?"

尤拉拉曲着腿,来回徘徊,他的嘴巴不住地抽搐。看到这一幕,威伦彻底醒悟过来。他明白尤拉拉的怒火来得非常反常,于是开始安抚他。

"得了,伙计,你放轻松些,我还有魔法石呢,是不是?只要我把它拿在手里,还有什么能伤害到我?好了,坐下来吧。你过来坐下,我们好好谈一谈。"

威伦不停地安慰他。尤拉拉终于平静下来,显得很惶然,不知如何是好。最后他坐了下来。

"我决不会在睡梦中进入到山洞里,"威伦承诺道,"我知道,那样做有很大的风险。我会带着魔法石一起去的。你看到了吧,他们都很畏惧那块魔法石,谁都不能伤害到我。"

"谅他们也不敢,"尤拉拉低吼道,眼神非常冷酷,非常迷乱,"否则我会撕了他们。"

真是一波未平,一波又起。威伦从没想过带尤拉拉一起进入那个山洞。那里有混沌初始的黑暗,一个灵魂受到折磨的人不应该去那个地方——除非万不得已,否则任何人都不该去。

威伦想跟他开几句玩笑:"那么,你的法力在哪儿呢?你把它藏起来了,是不是?我们俩究竟有多少能耐?还有,有谁

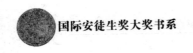
留在外面为我们望风?假如我们需要默傅,又有谁去树上点烽火,通知他赶过来？"

尤拉拉听得一头雾水。等他醒悟过来后，立刻勃然大怒,火气比刚才还要大。他跳起来,曲着腿,绕着威伦不停地打转,想说的话全都憋在喉咙里,却怎么也说不出来。他弯下腰,捡起一块石头,困惑地看了一眼,把它扔掉,随后竭力想挤出一句话来。他的挣扎中交织着愤怒与痛苦,也许还有绝望。尤拉拉像口吃患者一样,费了好大的劲,终于蹦出了几个字。"那股力量——那个纠缠你的声音——从没有停止过! 它就在附近!"他逼迫自己发出声音来,"有种草——我知道——沼泽地——高草——"他深深地吸了口气,声音突然变得清晰起来,"你要么先熏一下,要么就别去。"

威伦脸色一沉。被歌声纠缠,那是他的麻烦,是他的私事。他带着这个麻烦穿越了大半片土地,终于追溯到了它的源头。眼下,他可不愿意让它被人抢走,他压根儿不想听。他冲着尤拉拉怒吼起来。

"你死心吧,行不行? 这是我的事,我会解决的。我从没有要求你为我擦屁股。"

"你是从没求过,"尤拉拉回吼道,脸上的肌肉痛苦地抽搐着。他竭力控制住自己的情绪,"除非先用烟熏一下,否则绝对不能去!"他捡起之前丢弃的那块石头。

威伦坐在那里,纹丝不动,心里极其反感。没错,他的耳朵也许是听累了,灵魂也许不堪重负,身体也许会像一片落叶那样，被拖到水里去。但是那个歌声是他的隐私，他断然不会允许尤拉拉插手。尤拉拉俯身站在他的身边，眼睛里闪烁着红光，手里拿着石头，显然是在威胁他。威伦从不害怕那头野兽发怒。不过，此时此刻，他终于醒悟过来，一定要提防——怕那头野兽对他实施自以为是的保护。这个想法令威伦大为惊骇。震惊之余，真正的恐惧突然浮现在他的脑海中——原来，他害怕自己会溺死在甘甜的古水里，害怕躲在黑暗中的那条野狗。

"好吧，"威伦喃喃地说道，"我说，那就好吧！"他大吼着。紧接着，他开始像尤拉拉那样，试图控制住自己的情绪，"假如我用草熏的话，你肯不肯留在外面，让我自己动手？"

尤拉拉扔掉石头，站在那里，显然很不解，也很失落。他尽量克制自己，喘着粗气，走到小溪边，用水泼了泼后，突然用双手捂住了脸。片刻之后，他又耷拉着脑袋，缓缓地走了回来，显得非常难过，非常颓丧，威伦还以为自己看到了希望。不料神色黯然的尤拉拉却开口问道："就现在吗？"

看来，若想把尤拉拉阻挡在山洞之外，只剩这一招了。威伦黑着脸站起身来，他也颓丧不已。他嘟哝道："记住，你也有自己的事要做。"

尤拉拉点点头，显然很失望。

两人顺着小溪，向沼泽地的方向走去。尤拉拉垂头丧气地走在前面，威伦跟在他的身后。威伦的脑子里急切地呼唤着冷得刺骨的古水，呼唤它那甜美的歌声。紧接着，又有一个声音冒了出来，威伦硬是将它压了下去。但是那个声音再次冒了出来："我觉得你确实需要帮助……你可以借助一种高草烟雾的魔力来与之对抗。"在他的心灵深处，他知道米米预言的那一天已经到来。尤拉拉说得对，没有烟雾的防护，直接进入那个山洞，简直是在发疯。

两人穿过小溪，来到沼泽地，沿着它的边缘，艰难地向前走去，直到他们的身影隐没在伫立的高草中。他们折下很多绿色的枝条准备灭火，然后选中了一丛高草。这片草比他们还高，一直延伸到沼泽地里。他们俩在草地里到处拍打，驱赶飞禽走兽。随后，尤拉拉将一根火柴放在高草底部的枯叶上。

两人都被高草的烟雾熏到了。火苗遇到沼泽地面，立刻冒出滋滋的白烟，火星飞溅，然后就熄灭了。但是遇到高草那细长的叶子，火苗却使劲往上蹿，蹿过他们的头顶，眼看要扩散到炙热的空气里或者别处的气体中。两个人拼命扑火，忙得满头大汗，满脸都是泪水，肺也被浓烟呛得生疼。威伦没有工夫为白茅草失传的神效唏嘘不已，他唯恐默傅会看到烟雾赶过来。最后，焦黑的草茎上只剩下几缕零星的黑烟。他们知道接下来沼泽自会处理，于是扔下树枝，跌跌撞撞地冲向小溪，赶紧喝水去了。

两人默默地回到营地，准备下一餐。威伦的肺痛得很厉害。不过他看到尤拉拉疑问的目光一直跟随着自己，似乎有什么心事。同时他也看到尤拉拉依然深陷在那种不同寻常的失望情绪中，不能自拔。他不能任由尤拉拉沉沦下去，于是打起精神，故作热情地跟他说话，调侃了几句，聊起第二天的安排。当他提到要进山洞时，他发现自己的内心里居然涌起了一丝邪恶的欣喜之情。

威伦顿时恍然大悟。原来，草熏并没有驱除他体内的魔咒。他不禁暗自窃喜，同时又因此自责不已。

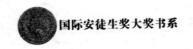
第五章　混沌初始的黑暗

一

　　当天夜里,柯因派遣黑夜过来,向威伦传递消息。

　　威伦将自己的窃喜与自责藏在心里,并未在营地里流露出来,唯恐被心事重重的尤拉拉发现。自责渐渐变成了自我嫌弃,如同一条鼻涕虫爬过后留下一道黏滑的痕迹一样,他之前的所有努力、所有尝试全都蒙上了一层失败的阴影。尤拉拉是在他的怂恿下,离开了安逸的城市,落入了眼下的困境;自己又受到歌声的蛊惑,欲罢不能,身心受到了戕害;同时潜伏在暗处的野狗也令他不寒而栗。所有这些烦恼不由得使他相信,接下来自己必将遭遇更大的失败。他抬头望去,看到那片山丘通向高耸的峭壁。在绿色的苍穹中,有几颗星星若隐若现,迫不及待地探出头来。他需要从山丘中获得力量。于是,他离开营地,向那里走去,留下尤拉拉一人在沙沙作响的水曲柳树下呼呼大睡。

　　威伦将他那饱受煎熬的灵魂释放出来,召唤神灵现身。

他要呼唤他们站出来,保护自己的朋友。诚然,尤拉拉已恢复人形,但是他的灵魂中依然残留着野兽的印记,他还要召唤他们保护自己。即便神灵不能让他获得自由,至少能赐予他摆脱纠缠的愿望。就在这时,有个神灵不知从哪儿冒了出来。这不是他想要召唤的神灵,但是却赋予他力量,让他克服重重困难,完成自己义不容辞的职责。假如他必须拖着腿跛行,那么,他必须靠自己的力量,靠自己的勇气,一瘸一拐地坚持到最后。威伦的灵魂寻觅着若隐若现的孤星,钻回了体内。此时,夜幕已然拉开,周围的幽暗愈发浓郁。他发现有个家伙正在等他。

"你是谁?"威伦对着那团黑雾问道。

对方回应了,听上去好像是一个女精灵的声音:"你认识我,你是从我手里逃走的,我给你带来了一个你不认识的人。"

黑雾凝聚成一个女精灵的身影,她的肩上长着两根锋利的大犄角。威伦确实认识她,她是长角女精灵,来自于柯因的大山。当初威伦在那里等待寒冰来犯时,这个精灵曾用犄角顶过他。

"你为什么离开你的地界,从大老远的地方来到这里?"威伦问道。对方狡黠地笑了。

"黑夜都在四处奔走,我这个幽灵算得上什么?眼下,只有英雄才会待在自己的地盘上。柯因留在家里,防御外敌入侵。他派我带他妻子过来,向你传递消息。"

　　威伦大吃一惊。他不知道柯因有妻子。他从未听说过有哪个女精灵像那个英雄一样伟大，一样善良；他也从不知道，有哪个女精灵如此柔弱，居然需要长角精灵的护卫，才能外出行走。他肃立在一旁，准备恭敬地招呼对方。

　　柯因的妻子从女精灵身后闪了出来。居然是个母夜叉，面目可憎，看上去相当狡诈。她的手里拿着一根长矛和一只大网兜。一股怒气顿时涌上威伦的心头，他知道那两件工具的用途。柯因还真明智，派他熟悉的幽灵护送对方前来。否则威伦打死都不会相信，堂堂的英雄居然会娶一头怪物做老婆。

　　两个精灵观察着威伦的神情，不禁笑了起来。长角精灵说话了："她叫槟波音，是真正配得上英雄的妻子，所有的精灵都是靠她养活的。她给你带来了消息。"

　　威伦压制着怒火。他倒不是冲着这两个远古幽灵生气，她们是大地哺育的生灵。何况他尊敬柯因，根本没有权利对他生气。他淡淡地问道："什么消息？"

　　槟波音立刻回答了。她的声音与她的外表一样，也显得非常狡诈，非常无情。"柯因向你致意，你追踪的麻烦在他的领地上也出现了。但是柯因神通广大，他从点点滴滴的踪迹中发现了麻烦的根源。"

　　威伦相信对方说的是实话。他记得柯因追问过米米的情况。当时，作为外乡人的米米正在他的领地上游荡。他点了点头："说下去。"

"起因是一件不起眼的小事，"槟波音说道。两个幽灵会意地点点头，笑了起来，"有个外乡人在地下深处迷路了，那个家伙惹恼了库林的婆娘。库林有很多婆娘，一大堆孩子，他们都长着尾巴。所以，不管是谁，只要没长尾巴，他们一律都非常鄙视。没想到，库林居然要娶这个外乡人做老婆。那个家伙长得黏糊糊的，根本没有尾巴！"两个幽灵靠在一起，咯咯地笑了起来，"那帮婆娘们感觉受到了羞辱，气愤难当。她们将那个外乡人关在一个山洞里，严加看守，决不允许库林踏进去一步。"

两个幽灵笑得很开心。威伦早就知道，源源不断的麻烦就是从长尾女精灵那里涌出来的，但是他尚未完全理解。他向手持长矛的槟波音提出了疑问："那么，别的精灵也很生气吗？麻烦为什么会扩散开来？长尾女人为什么又离开自己的地盘，还把别人赶了出去？"

槟波音摇了摇手中的网兜。"你没长耳朵吗？库林的地盘在遥远的南方，而且他不是有一大堆婆娘，一大堆孩子吗？他的婆娘咽不下这口气，跟他决裂了。有些婆娘带着孩子，留在家乡，有些则去了北方的山洞。所以，他们霸占了别人的家乡，使那些人无家可归。你傻啊，难道听不懂吗？"

威伦蹙起眉头，站在那里苦苦地思索着："那么古水为什么会在新的河道里流淌？这也是库林和他的婆娘们捣的鬼吗？还是那些宁亚族人？"

槟波音发出一声嗤笑："这位英雄，你已经把宁亚族人

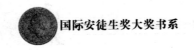

赶回老窝去了。大地留给自己的水，就让大地自己去操心好了。"

"但这是我的事，"威伦斩钉截铁地答道，"只要魔法石还在我的手里，你一定要给我一个答案。"

槟波音摇晃着网兜，显然失去了耐心。"什么答案？宁亚族人用寒冰冻裂了一块石头，外乡人是水精灵。这两拨人中，肯定有一个为古水开挖了一条新河道，但对我来说无所谓，我只知道这些。"

水精灵被困在山洞里，就在那条野狗狂吠的地方……水潭里飘荡着歌声，将他拖到水底下，就当他是一片树叶那样。他不想知道真相，但是他的内心开始动摇。眼下，他所能做的，就是向柯因致谢，然后打发掉那两个家伙。随后，两个精灵飘忽着隐没在黑暗中。

威伦在星空下游荡了很久。他的脑子里琢磨着两个大麻烦——他本人与大地的麻烦，还有地下深处的麻烦，那里是日月星辰的亮光无法突破的地方。与此同时，尤拉拉睁着眼睛躺在水曲柳树下，神情中饱含着失望。

第二天早上，他们俩结伴向山洞走去。威伦拿着一根打火棒，棒头扎着阴燃的火绒。看到打火棒，尤拉拉的眼睛里闪过一丝愤怒的火光。他带着一件衬衫，里面包着一些吃剩的冷鸭肉，威伦看得直皱眉头。他不知说过多少遍，第一次进洞只是为了探明情况，他不会在里面待太久。他不顾内心的恐惧与不祥的预感，尽力宽慰尤拉拉，想让他放轻松些。

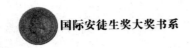

但是尤拉拉显然不相信他。尤拉拉不仅做好了准备,并且还在暗中监视着自己的一举一动。他的目光里依然流露着失望的情绪,间或夹杂着些许害怕。

自从上次目睹阿布巴被赶出去以后,这是尤拉拉第一次踏入洞中。他飞快地往里扫了一眼,僵硬地站在那里,目光聚焦在威伦身上。

"你去树荫下等我,那里比较凉快,"威伦很干脆地说道,"我不会去太久的。"尤拉拉点点头。其实,威伦好想不顾一切,转身逃离那个鬼地方。他知道草熏没有起到效果,但是,他无法将这个秘密一直隐瞒下去,也无法掩饰自己既恐惧又迫切的心情。于是,他鼓足勇气,强迫自己像以往那样,故作轻松地离开了尤拉拉。"放轻松些,伙计,没什么可担心的,你不会有事的。"他拍拍挂在皮带上的网袋,"我也决不会有事,再见。"说着,他转过身去,迈着大步,走入了山洞。

威伦边走边琢磨。说到底,今晚也许只是一个无足轻重的夜晚而已。这里不过是一个寻常山洞,只是不知道通向哪里罢了。假如长尾女精灵是通过她们的专用通道钻进来的,那他可没有本事跟踪,只能留在山洞里,等待她们再次出现。果真如此的话,内心的渴望固然无法得到满足,但是恐惧兴许会逐渐平息,紧绷的神经也可以放松下来。他走到一面满是窟窿的岩壁旁,觉得肯定就是这回事。他站在幽暗的山洞里,寻觅着更黑暗的角落。最后,他终于在身体的右侧发现一块乌黑的地方,摸索着向那里走了过去。这里是进入暗黑世界的狭窄缝隙。威伦走了进去。

此时此刻,那根打火棒变成威伦的一只红眼睛,让他看清几英尺之内的物体。威伦利用这只红眼睛仔细勘察着周围的洞壁和地面,借助它的红色微光,小心地向前挪动,总算没有跌落到坑洞里,也没有撞到凸起的岩石上。不过,这道光过于微弱,不足以帮他找到一条通道。威伦只好一路摸索,就这样绕过巨石,穿过窟窿,但是无法确定自己究竟身在何处。

威伦转过身来。之前还是漆黑的入口现在已经变成一道灰色的缝隙,通向外面的山洞。一定要沿着洞壁向前走才行,这样才能大致判断自己的位置。威伦找到一面洞壁,靠着打火棒摸索着向前移动。就在这时,他听到身后传来了一丝动静。究竟是从洞外吹入了空气,还是蝙蝠的翅膀在振动,抑或是灰尘掉了下来?威伦下意识地将手放在魔法石上,心里充满了疑虑。但魔法石没有悸动,于是威伦继续向前走去。

突然,威伦察觉到有双眼睛在看着他,他立刻屏息顿住,魔法石没有动。他举起了打火棒。原来,那双眼睛来自于壁画,是用木炭和白土画出来的。这是一双圆圆的眼睛,眼神很庄严,充满了悲悯。随着威伦的打火棒在壁画前移动,画中的人物对着那道红光,抬起胳膊,张开了手指,似乎是在嘱咐他。威伦从未进入过混沌初始的暗黑世界。想当初,族人点燃的篝火曾经照亮过山洞,他们的歌声曾在这里回

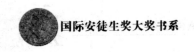

荡。倘若现在他在这里生火,他肯定会看到祖先的手指也是那样张开着,与画中人如出一辙。这个壁画上的人物是用褐石勾勒出来的。他从过去的时光中穿越过来,跨过被湮没的记忆,向他伸出手来。威伦继续沿着洞壁,摸索着向前走去。他感觉那只手一直罩在他的头上。

打火棒的火光陡然消失。这里是进入大地腹地的入口,是打火棒无法照亮的黑暗角落。威伦不禁踟蹰了,内心的恐惧紧紧攫住他,催促他赶快逃走。同时心底的渴望又强烈地敦促着他,让他不顾危险,继续向前走去。这里是第二个洞穴。尽管打火棒已经燃尽,但是他依然知道自己的位置。只要沿着洞壁慢慢向前挪动,慢慢摸索,他肯定能找到那道灰色的缝隙,返回到外面的山洞去。但是接下来该怎么办?继续向前走,还是站在祖先的手指下面,一直等到有东西现身?魔法石没有发出任何提示。威伦觉得,只要还能走,与其等待,不如先到洞穴深处看看再说。

威伦在黑暗中摸索,找到一块散落的石头。他解开魔法石的线团,从网袋里拿出来,放开一段绳子,系在它的上面。随后,威伦将这块石头嵌入一块圆石风化的底部,一边放绳子,一边踏入了暗黑世界。等那团绳子放完之前,他至少能走上很长一段距离。

威伦静静地站在那里,伸出双臂,每一只胳膊都碰触到一堵墙壁。原来他正置身在甬道内。他用一个胳膊肘挨着墙壁,缓缓地向前移动。打火棒被黑暗紧紧裹住,威伦的心里越来越忐忑。这里黑沉沉的,想必有远古的精灵在这里栖息吧。他一直在放绳子,但是魔法石却没有发出一丝动静,简直就是一块普通的石头,死气沉沉的。那么为什么刚才空气会动? 他停下脚步,支起耳朵听着。 难道有东西在呼吸吗?会不会是有条盲眼洞蛇窸窸窣窣地爬过, 导致一块石头动了一下?会不会是有块尘土滑落了下来?还是有只蜘蛛匆忙地跑过去了? 还有,手里的绳子为什么在颤动? 大概是碰到了圆石,要不就是空气与灰尘被惊动了吧。不过,这里应该栖息着一些远古的精灵。

威伦继续向前探索。

前方豁然宽敞起来,变成了一个很大的洞穴。只有他的皮肤才察觉到这一变化。这么说来,他终于抵达了混沌初始的暗黑世界。威伦感觉她像一头巨大的怪物,历尽沧桑,无所不知。她不热情,不冷淡,也不动弹,只是等待他迈出最危险的一步,但是威伦没有迈出那一步。

威伦小心地放下打火棒。眼下,这个装备确实派不上用场,但是至少还保留着光明的记忆。他又放开一段绳子,希望自己能再往前挪上几步。不料,黑暗突然转淡,亮光骤然从他的手中冒了出来。原来被线团包裹的魔法石正在暗黑地界中发出光芒,他赶紧拉出最后一段绳子。这下,他又见到光明了。这道光像星光一样微弱,一样神奇。威伦发现自己正站在一块宽阔的岩架上。从这里看去,他发现混沌初始的暗黑世界原来是一座穹隆,上下两端都是弧线的形状。由于手里有光，威伦终于壮起胆子，喊了一声："哈！"随后，他听到喊叫声震荡开来，在穹隆里不停地回荡。即便威伦胆子再大，他也知道，单凭魔法石的微光，想要找到进入穹隆的通道，那是万万不可能的。想到这里，手中的魔法石突然悸动了一下，随后便静止不动了。

威伦连忙大喊："回来！你是谁？"但是那个东西已然离开。它来去如闪电，那是精灵们迅疾的速度。他蹙起眉头，不安的感觉再次涌上心头。在如此漆黑的地方应该有远古的生灵存在吧？会不会是他们察觉到他来了，感应到了那块魔法石，所以逃之夭夭，避免受制于它呢？他从没考虑过这个可能性，但是米米警告过他，必须服从并不等于愿意服从。话说回来，没有他们的帮助，他必将寸步难行。那就按兵不动，陪着他们玩，等他们下一次出来窥探时再逮住他们好了。于是他索性坐了下来。

幸亏威伦坐了下来，眼下正是他一直心存恐惧又极度渴望的那一刻，他的四肢和大脑都快虚脱了。倘若他一直站着，没准会立刻拔腿逃跑。在寂静的山洞里，岩石开始振动，像一口大钟一样，发出了轰鸣声。歌声突然冒了出来，上上下下，前后左右，将他包围得严严实实。

你不来吗……来吗……来吗……
明水在吟唱……吟唱……吟唱……

威伦抠住岩石,竭力抵御歌声的诱惑。他瑟瑟发抖,浑身直冒冷汗,岩石的共鸣声逐渐消失。威伦用袖子擦了擦脸,坐下来,努力恢复体力与抵御力。

威伦尚未缓过劲来,魔法石却又悸动了一下,随后又停止了。他顿时怒火中烧,同时也恢复了理智。

"出来,不管你是谁!"威伦喝令道。他的吼声在穹隆里回荡了一遍又一遍,但是魔法石依然没有任何动静。他只听到石头发出咔哒的响声,也许是被他的喊声惊动的吧。还有一些小爪子在他手上飞快地爬了过去。

威伦忍不住低声咒骂,沮丧之时立刻回想起另一个神灵说过的话。在这片土地上,没有一个精灵不愿帮助御冰勇士,这是岩层战役之后亚本说过的话。威伦非常郁闷,他想亚本肯定搞错了。为了证明这一点,他面对混沌初始的黑暗地界,再次发出了号令。

"出来吧,所有愿意帮助御冰勇士的精灵们!我在等着呢,是我将寒冰赶走的。我需要帮助,有谁肯出来吗?"

一片寂静,魔法石还是没动。威伦忍不住再次咒骂起来。

魔法石终于开始悸动,发出一闪一闪的亮光。

威伦等在那里,浑身绷得紧紧的。

他们终于来了,像一团黑色的烟雾,突然冒了出来。他们没有确定的轮廓,无法描述,也无法分辨。他们是生活在暗黑地界里的远古生灵,是一团模糊的影子。他们像一缕缕青烟,在威伦的身边打转,看到他手里的亮光,赶紧四散开去,试图避开。威伦不由得肃然起敬,他们也许是大地最初始的梦想。古老的大地将他们与古水一起,珍藏在内心深处,缅怀逝去的青春。他低下头,用手遮住魔法石,让那些精灵来到他的身边。

　　威伦察觉到黑色的烟雾越来越浓,呼吸也变得愈发困难。黑雾扶着他,托着他,沿着突出的岩架向前移动,随后转而往下行进,沿着一道漫长而曲折的斜坡,一直走到地下深处。垂在网袋上的负鼠毛线团拖在他的身后,等绳子全部放完,它便失去了踪影。在他走过之后,从未受到过惊扰的石头开始滚动,远古的灰尘也滑落下来。威伦踏上一块平坦的石头,脚踩入了水中,幽灵们赶紧将他拉了回来。没有他们的帮助,他将一事无成。他的躯壳已经终止,只是不可思议的初始黑暗中冒出来的一个闪念而已。

　　然而,暗黑地界也有自己的光芒。威伦看到了微弱的寒光。它们有高有低,向他的方向飘过来,冲淡了浓郁的黑暗。其他精灵也在赶来。没有轮廓的精灵们转身离开,躲了起来。威伦亮出了魔法石,魔法石陡然发出亮光,随后突然消失,紧接着再发光,再消失,随着它的悸动,不断发出一闪一闪的光亮。魔法石的亮光与其他精灵的微光倒映在脚下的黑色水潭里。威伦不知道水中的光影与在岩石上移动的光点之间究竟相隔有多远的距离。

　　就在移动的小光点快要接近时,威伦认出了他们的小眼睛。他认识这帮家伙。他们长着亮晶晶的远古眼睛,当地人称他们为诺尔斯,是灰色的矮个精灵。看到他们,威伦深感欣慰。

"您发出了召唤,"他们用含混的声音轻声说道,"所以,我们来了。"威伦认得他们的声音。

他们聚集在威伦的脚下和他头顶上方的岩石上,用亮晶晶的远古眼睛注视着威伦。他们身后还冒出了其他的身影。对于威伦而言,大部分精灵都很陌生,有些精灵的外表还很狰狞。他们是听到他的召唤后才汇拢过来的。有些精灵个头矮小,浑身长着毛,外形跟人类很相似;有些精灵是一团跳动的影子;还有一些精灵在胡乱摸索,好像是无头女精灵。威伦真希望亚本也在他们中间,但是他的地盘在地面上,而周围的这些精灵却居住在暗黑地界里。威伦在他们中间搜寻愤怒的长尾女精灵的身影,但是那伙人没有来。

威伦对着亮眼精灵发话了:"那些长尾女人,就是库林的那帮婆娘,她们在哪里?我有话要对她们说。"

众精灵面面相觑,开始嘀咕起来。他们像萤火虫一样不停地摇曳着,微光倒映在黑色的水潭里。好几个声音同时回答了他。"她们没来。""她们逃走了。""她们躲起来了。""她们很生气,不肯过来。"

"她们不愿意来,是不是?那好,我去找她们。你们可以带我过去吗?"

灰色的小脑袋点了一下:"我们带你去。另外一个人也

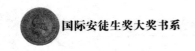

一起去吗？"

威伦听糊涂了："另外一个人？谁呀？"

"你身后的那个人，他一直在跟踪你。"

威伦的眉头紧蹙在一起，他立刻转过身来。自从离开第一个洞穴之后，他一直听到身后有移动声与呼吸声。他还以为背后有一块尘土滑落，一条蛇爬过，或者是一块石头滚落呢。

"尤拉拉！"威伦大吼道，"你出来！"

除空气外，没有一丝动静。威伦转过身去，看着亮眼精灵。别看这些家伙个头矮小，但力气可大了，他们用亮晶晶的眼睛注视着威伦。"你们去把那个人带过来，我倒要瞧瞧。"威伦吩咐道。

那群精灵如潮水一般，从威伦的身边涌了出去。瞧他们那灰色的小身板，四肢倒是爬得挺快的。片刻之后，他们抬着不停挣扎的尤拉拉，回到了威伦的面前。尤拉拉的手中依然拿着那包冷鸭肉。

二

威伦与尤拉拉对峙着。这里是混沌初始的暗黑地界，除亮眼精灵发出的寒光与魔法石闪烁的微光之外，一片漆黑。两人之间的空气陡然紧张起来，发出了微微的颤动。远古的精灵不禁害怕得向后退去。威伦紧锁着眉头，愤怒地瞪着尤拉拉。尤拉拉抑制住内心的畏惧，显得异常坚定，显然他心意已决。威伦深吸一口气,刚想说话,不料却被尤拉拉抢了先。

"没用的,老兄,我别无选择。草熏没起作用——你就像从没被熏过一样。"

这么说来,他早已察觉到了。威伦不由得软了下来,垂下眼睛。他压低声音问道:"你是怎么进来的?"

"我们走的是同一条道,"尤拉拉张开大手。原本被他紧捏着的一团绳子松了开来。原来是魔法石的线团带着他悄无声息地尾随着威伦。"我就跟在你后面,"他眼睛一亮,随即又眯了起来,"是那些远古精灵带着我跟踪你,走到这里来的。"

威伦爆出了一句粗口,甩掉了那团绳子:"塞进你的口袋里去,没准你会派上用场的。居然是那些远古精灵!好吧,那就看他们一眼。来吧,你看看周围。那些无头的家伙,看到没有?还有那些跳来跳去的家伙?伙计,凡人不可以进入这里。"

尤拉拉尴尬地笑了一下:"也许,凡人确实不行,可我行。如果你能做到,那我也能做到。"

"什么?"威伦急吼道,"你以为你能做什么?"尤拉拉嘟囔了一句。"担心!是怜悯,那是怜悯!担心!你说,我该怎么办?"

"我从没说过担心,"尤拉拉怒目而视,"我说的是担当!"但是威伦情绪非常激动,压根儿没有听到。

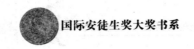

"你还嫌我手头的麻烦不够多吗,居然没有准备好就偷偷溜进来?而且让自己陷入麻烦中,到那时,你该怎么办?恐怕你只会拿着魔法石站在那里,什么事也干不了吧?担心?!是我先把你从干活的地方硬拖过来的。这又怎么说?"

尤拉拉的神情非常严肃,他低着头,仿佛他支起耳朵听的,并不是威伦的怒吼似的。"老兄,那城里的生活又该怎么说?"他平静地说道,"还有风呢?"

威伦猛然转过身去,陷入了沉默。远古的精灵开始窃窃私语。看到两个男人停止了争吵,他们再次向威伦凑了过来。

"也罢——"最后,威伦说道。他寻找着亮眼精灵。他们正聚集在他的周围,等待他发话。"你们能找到库林的那帮婆娘吗?能不能帮我带一条口信给她们,然后再把她们的答复转告给我?"

精灵们纷纷点头。

"那就好。告诉她们,我知道她们将一个陌生人扣押在这里,而且我也知道她们为什么这么做。但是这么做只会到处惹麻烦,对任何人都没有好处。假如说我来这里,把那个陌生人带走,让她回到自己的地界去,怎么样?这么一来,她们便不用再为此烦心,可以回到老家去。所以告诉她们把那个陌生人带到我这里来。"

"她们不会来的。"有个亮眼精灵嘟囔道。但是他们中的一些人已经离开,消失在黑暗中。还有一些人留在了原地。

"哎——"威伦再次嘟哝道。尤拉拉得意地注视着威伦。他知道计划的改变是由他造成的。尽管如此,他对这个变动非常满意。威伦用手挠着头发:"哎……我们还是边等边吃午餐吧。"

尤拉拉点点头,解开手里的包袱。

他们俩坐在同一块岩石上,就在幽暗的水潭旁边。这里是大地储存的河水与雨水,是她对年轻时的回忆。他们俩开始吃鸭肉。暗黑世界里的远古精灵顿时涌了过来,好奇地围观着。在龙卷风面孔中央的那只眼睛看来,这两位就是真正的男子汉。别看他们俩没有说话,但是他们执著地维护着两人之间的友谊。

就在这时,那首歌再次向威伦发起了袭击。岩石发出了轻微的鸣响,尤拉拉几乎没有察觉到。但是在威伦的耳朵里,这个声音仿佛是一口大钟,在寂静的山洞里发出了巨大的轰鸣声。精灵们顿时停止了一切动静,竖起耳朵倾听。威伦直挺挺地坐在那里,忍受着折磨。尤拉拉忧心忡忡地看着威伦,目光中充满着恐惧。轰鸣声终于消逝。

亮眼精灵们注意到威伦知道他们也在听,于是会心地点了点头。"那个家伙在唱歌,"他们大声说道,向威伦揭穿了他一直拒绝接受的真相,"那个家伙就是库林想要的婆娘。"

威伦很想反驳他们。其实,自从上次水潭里的古水将他拖到水底下,自从柯因派黑夜送消息给他以来,他的心里早

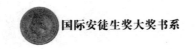

就明白了。他知道他的麻烦与大地的麻烦出自于同一源头，倘若他要消除大地的麻烦，他必须先正视自己的问题，一劳永逸地解决掉才行。他也明白，库林的婆娘们肯定会将纠缠他的那个家伙带到这个无垠的暗黑世界来。他的身体尚未停止颤抖，不料山洞里又爆发出一阵轰鸣。那野狗般的孤嗥令威伦的心顿时凉了半截。

"还有这个吼声，"他喃喃地说道，"那是怎么回事？"

亮眼精灵再次点了点头："那个家伙在吼叫，是那个水精灵。"

其实，威伦早就心知肚明，歌声与狂嗥，希望与恐惧，其实就是一回事。威伦呆呆地看着一边，尤拉拉的目光则瞥向了另一边。他们不愿正视对方，彼此的眼神里都充满了畏惧。

精灵们又在侧耳倾听，威伦不知道他们在听什么。亮眼精灵们坐不住了，开始嘀咕起来。他们全都掉转头，向黑漆漆的水潭望去。威伦很快发现水里闪烁着星星一般的微光，原来是搜寻小分队回来了。留守的亮眼精灵们迅速迎上前去，嘴里发出了兴奋的咕噜声。

那群精灵像潮水一般蜂拥过来，他们的手上托着一个身影。那个人个子更高，火气更大，尾巴在不停地甩动着。原来，亮眼精灵们捉了库林的一个婆娘，将她带到了威伦的面前，活像是一股洪水卷走一个挣扎的小袋鼠一样。威伦与尤拉拉腾地站起身来。

"挣扎可没用，"威伦握着魔法石警告对方，"你现在是在这里。"

那个婆娘气呼呼地瞪着威伦："小子，我跟你没话好说。"

"我可不这么想，"威伦斩钉截铁地说道。既然他已确定了麻烦的根源，就决不能随便放过她，"这个水精灵。你们不想要她，只想让她离开。你把她带到这里来，我来带走她，把她带回到她的地界。然后，你们可以回到自己的地盘去，再也别惹是生非。"

对方冷哼了一声："小子，我算老几？我只有一己之力。库林有一大堆婆娘，她们的火气全都大着呢，这些没尾巴的小矮子加在一起都制伏不了她们。难道我就能把那个陌生人从她们手里带走，带到你的面前来吗?说的全是些不动脑子的废话。"

尤拉拉气得浑身发抖，忍不住发出了咆哮。长尾女精灵让他联想起自己难以忘怀的经历。威伦把手放在尤拉拉的胳膊上，让他镇定下来。但是刚才的咆哮确实是人类发出的吼声。

"那只是你说的，"威伦喝令道，"接下来听我说。"他举起闪烁的魔法石。"把我的话转告给库林的其他婆娘，让她们带着水精灵，到我面前来，动作要快。"

长尾女人二话没说，甩动着尾巴隐没在黑暗中。围成两排的亮眼精灵赶紧分开，让出一条路来。尤拉拉还在哆嗦。

"放轻松些。"威伦对尤拉拉说道。他对尤拉拉非常恼火,他恼火不仅是因为尤拉拉尚在灵魂受到折磨时,便强行闯入了这片被精灵骚扰的暗黑地界, 更是因为尤拉拉不愿意在安全的地方等他,反而实施了强硬的保护,从而拖了他的后腿。但是尤拉拉是他的朋友,他生气纯粹是因为他非常在乎尤拉拉的安危。他坚定地说道:"他们只是精灵而已,你是人。"

尤拉拉坐了下来,脑袋垂在膝盖上。

威伦坐在他的身旁,两人再次陷入了等待……漂动的暗水……宛若漂浮的黑发……岩石里发出了悦耳的唱歌声。威伦坐在那里,承受着巨大的折磨。最后他疲惫不堪,也将脑袋垂在膝盖上。眼下,他决不能失去理智——刚才他险些扔下尤拉拉,一跃而起,冲入黑暗中。

"很难受吗?"尤拉拉轻声地问道。

威伦的嘴巴抽搐了几下。"我真希望你能乖乖地待在我说的地方。"他没好气地嘟囔道。

远古的精灵开始晃动。他们交头接耳,躲到安全的区域去了, 好像是受到了什么东西的惊扰。亮眼精灵们爬上高处,待在上方窥视。黑漆漆的平静水面被打破,也开始在晃动。威伦发现水里有倒影在移动,那些影子沿着洞壁飞快地向前滑行,随后闪入了岩石背后。原来是长尾女精灵。她们鬼鬼祟祟,偷偷摸摸地躲了起来。威伦看清是她们之后,立刻腾地站了起来,亮出了魔法石。

"得了,你们这些女人!立刻出来,我们谈一谈。"

她们只好服从。只见她们一个接一个,从黑暗中、从窟窿里、从孔洞里、从巨石上面,冒了出来。她们围在一起,脸上挂着狡黠的微笑,走上前来,想看看其他精灵藏在哪儿。看着看着,她们忍不住嗤笑起来,爆发出一阵刺耳的哄笑。她们指着威伦与尤拉拉,翻了个白眼,然后彼此点点头,再次哈哈大笑。笑声在穹隆里聚拢起来,不停地来回振荡。暗黑地界里充斥着她那放肆的笑声。

"看看这些没有尾巴的家伙!"长尾精灵不住地尖叫。她们笑得倒在了一起。"都没躲严实!看看他们是怎么隐藏自己屁股的——连他们自己都感到害臊!没有尾巴的家伙,没有尾巴的家伙!"她们一边高声尖叫,一边捧着肚子哈哈大笑。

威伦脸上挂着冷笑,等她们笑完。他把手放在尤拉拉的肩上,感觉到对方的身体很僵硬。他担心尤拉拉体内的兽性会再次发作,害怕他会目光如炬,爆吼一声,纵身向那些女精灵扑过去。

"别笑了!"威伦喝令道,"够了!"

对方继续嗤笑着,随后笑声逐渐降低,陷入了沉默。山岩里的笑声终于停歇。

"我们没空陪你们玩,"威伦说道,"你们认识我,否则决不会躲起来。你们也收到了我的口信,否则决不会过来。那个水精灵在哪儿?"不过他心里很清楚,她们没有把她带

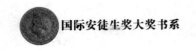

过来。

长尾精灵对视了一眼，偷偷地笑了："假如魔法石下达了命令，让我们把水精灵带过来，那我们只好照办。但是小子，那个家伙决不会出现在你的面前。"她们点点头，大笑起来，得意地摇晃着尾巴。

威伦蹙起眉头。他一言不发，只是冷冷地等待着。她们又对着彼此点了点头，笑了几声，随后无奈地开始解释。

"那个水精灵像草一样黏，像鱼一样滑，"她们对威伦说道，"假如我们将她从关押的地方带出来，她一眨眼就会溜进水里，逃到库林那里去的。她决不会出现在你的面前。"她们放肆地笑了起来。

"你们有很多人，我看到过你们打架。你们能阻挡她钻进水里。"

长尾精灵摇了摇脑袋，嗤嗤地笑了起来："御冰勇士，我们算老几呀？我们只是库林的可怜婆娘而已。我们不能钻入水里，也捉不住那个黏滑的家伙。"她们心照不宣地点了点头，"我们可不像你。我们没有神通，不能让陌生人听从我们的号令。"她们暗暗地使了个眼色，"老大，你把那块石头借给我们，我们就会把那条没尾巴的鱼带到你的面前来。"她们用手捂住脸，企图掩饰她们的窃笑。

威伦朗声大笑，像那些长尾女人那样，同样轻蔑地摇了摇头。她们瞪起眼睛，开始甩动尾巴。"等一等！"威伦喝令道，随后转向了尤拉拉。

"你还是把我绑起来吧。"尤拉拉立刻说道。虽然威伦带着默傅留下的绳子,但是他根本不可能将尤拉拉绑起来。他拿尤拉拉没辙,只能瞪了对方一眼。随后他转过身去,看着那些女精灵。

"你们把我和我的朋友带到那个家伙那里去,由我来把她带走。"听闻此言,长尾女精灵顿时目光一暗,又开始甩起了尾巴。"还有,"威伦说道,"我是在帮你们的忙,但我不想白忙活一场。等我把这个陌生人解决掉之后,你们要回到自己的地盘去,老老实实地待在那里。行吗?"对方嘟囔起来,表情开始抽搐。她们很享受与库林之间的争斗,也很享受对水精灵的控制。"这个任务就交给你们了,"威伦举起正在闪烁的魔法石,命令道,"你们把我们带过去,然后再带回来,还要给我们提供必要的帮助。在这之后,你们立刻回到自己的地盘去。"

长尾女精灵立刻跳了起来,感觉很窝火,但是她们还是接受了命令。"只要那个黏滑的家伙离开,我们肯定也会离开,不然我们留在这里干吗?"

"很好。还有一件事,古水找到了新河道,使得山泉变干,沙漠变绿。这些新河道是谁捣的鬼?"

长尾精灵耸了耸肩:"我们算老几,怎么可能知道河道的事?你要问躲在那边的老家伙去。"她们突然想到了什么,相互对视了一下,笑了几声,"别看那个家伙长得黏糊糊的,她的指甲可长了。她不停地刮擦,不停地抓挠,想要挖出一

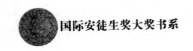

条溜出去的通道,但是她终究没能逃出去。我们听到过她的号叫。"

威伦思忖了片刻。到底是宁亚族,还是水精灵?他们之间有什么区别?亮眼精灵住在大地幽暗的心脏里,他们肯定知道。但是他不愿意让他们从藏身处钻出来,进入微光之下。于是他对着暗处大声发话了。

"远古的精灵们,我交给你们一项任务。等陌生人离开后,你们去找到古水的新河道,把它们全都堵上。"这些精灵也许是大地本身最初始的梦想。威伦不太确定自己是否真有神通,能够号令他们。但是,刚才听到他的召唤后,他们立刻现身了。因此威伦确信他们愿意帮忙。

威伦转过身去,看着长尾女精灵。任务已经下达完毕。下一步他必须正视自己的困扰,除掉那个令自己既渴望又恐惧的麻烦。尤拉拉是在懵懂无知的状态下贸然闯入山洞里的。而自己必须在明知真相的情况下再次走进去,并且无论如何都要控制住自己的情绪。倘若他也失控了,附近不可能再冒出来一位英雄,也不可能出现一位拥有法术的聪明人,将自己安全地带出去。他无法掩饰嗓音中的嘶哑:"走吧,带我们去那个地方。"

数月的等待与寻找像一条小河,载着他进入了无垠的初始黑暗中。暗黑世界在等着他的到来。她无所不知,既不冷淡也不热情。威伦因为心怀渴望而浑身发热,同时又因为恐惧而浑身发冷。他害怕冷冰冰的水精灵,害怕那个黏糊糊的东西。她的歌声像野蜂蜜一样甜美,吼声却像野狗一样凄厉。他看都不想看尤拉拉一眼,但是尤拉拉却在看他,眼神格外阴郁,充满了不祥的预感。

三

古老的南方大地躺在阳光下,宛若一只张开的手。她的心里隐藏着许多秘密,并且用亘古不变的方式将它们保存在他人无法洞察的心底里。那里有蕴藏着年轻记忆的古水、早被遗忘的远古生物的遗骨、转瞬即逝的美丽的秘密幻想,还有已被淡忘的远古精灵那令人恐惧的飘忽身影。现在她还拥有了一首令人痴迷的情歌,威伦的煎熬,以及尤拉拉的痛苦。所有这些秘密全都隐藏在大地的内心深处,无人知晓。大地将这些秘密隐藏起来,她什么都知道,但却缄默不语。

一行人摸索着向地下深处走去。远古的精灵伴随着他们,为他们俩引路。亮眼精灵的眼睛里闪烁着星星点点的微光,威伦皮带上的魔法石也发出一闪一闪的光芒。一行人在星星一般微弱的移动光芒的引导下,向前方行进。在无垠的暗黑世界里,这些微光只不过是大地从未说出口的一闪而过的幻想而已。星光只能反射暗处的一抹光泽,或者是照亮一块模糊的岩石,暴露一些飘动的影子。库林的婆娘们走在前面,时而尖叫起来,发出咯咯的笑声;时而眯着眼睛,像小猫一样翘着尾巴,观察着周围的动静。还有一些精灵也与他

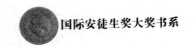

们同行，但是威伦看不见他们。他一直在渴望与恐惧的两端摇摆，既渴望歌声出现，又惧怕那个唱歌的家伙，也害怕自己失控。他努力控制着自己的情绪。

一行人蹚过很深的水流，走过砂石和尘土，翻上去，再爬下来。他们向上行走，穿过一个又一个回音很大的穹顶洞穴。遇到狭窄而曲折的地方，他们侧着身子一步一步挪过去，碰到缝隙则使劲挤过去。有一次，原本纹丝不动的暗黑世界骤然变得温暖，似乎有风吹过一般。原来是一股热水打着漩涡，在哗哗地流淌。又有一次，威伦倚靠在某个东西上面，想歇息片刻。没想到那个东西却猝然坍塌。原来那是一个骷髅，又长又窄，看上去很古怪。

歌声第一次向威伦发动袭击时，威伦正在一条崎岖的甬道上小心地往下走。听到歌声，他顿时僵住了，咬紧牙关，紧握住双手，竭力抵抗着。尤拉拉锁紧眉头，注视着威伦。精灵们好奇地驻足围观，同时支起耳朵，侧耳细听着。歌声第二次冒出来时，威伦与尤拉拉正夹在一个石缝里，用力往外挤。威伦猛抽了一口气，感觉更拥挤了。他抠住岩石，闭上了眼睛——与此同时，他听到尤拉拉也倒抽了一口气，他赶紧睁开眼睛——他们俩挨得实在太近，魔法石的微光正好照在两人的脸上。威伦看到尤拉拉惊骇的神色，突然醒悟过来。看来，长期萦绕在自己脑海里的那个声音，终于被尤拉拉亲耳听见了。嫉妒像野火一样，立刻涌上了威伦的心头。

你不来吗？

明水在吟唱，

你不来吗？

　　歌词像落叶一样飘下来。歌声像小鸟的嗓音一样清脆，犹如野蜂蜜一样甜美。尤拉拉听得目瞪口呆，他的双手也紧紧地抠住了岩石。

　　"我的天哪！"尤拉拉喃喃地说道。威伦忍不住发出了怒吼。

她明艳照人，

因为被一双闪亮的眼睛，

看了一眼。

　　尤拉拉不禁打了个寒战。"那是一条鱼，老兄。"他喃喃地说道，声音很嘶哑，"只是一条黏糊糊的鱼而已。"但是威伦注意到，阴郁已然从尤拉拉的眼神中消失。他的眼神像威伦一样，既格外坚定，又充满了恐惧。威伦不由得发怒了，他像狗一样，对着尤拉拉龇出了白森森的牙齿。

　　"这是我的私事，伙计。你躲远点。"

　　岩石里的轰鸣声逐渐归于沉寂。他们俩不敢对视，彼此的眼神中都交织着愤怒与害怕。亮眼精灵们肃立在一旁，虽然没有过来劝解，但是依然很恭敬。两人打起精神，继续向

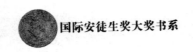

前移动。但是打这一刻开始，威伦便感觉到尤拉拉始终待在他的身边，老是在观察他，并且紧盯着他不放。

一行人绕过水潭，爬过低矮的暗道，进入一个幽暗的穹形洞穴，再次挺直了身体。从远到近，到处闪烁着亮眼精灵们发出的微光，其间还飘动着一些更黝黑的影子。就在这时，歌声再次响了起来。这一次，歌声听上去非常柔和，非常奔放，开始在洞穴里回荡。

你不来吗？
明水在吟唱，
你不来吗？

尤拉拉不禁发出了呻吟："一个男人不能——男人不能——"他的身体顿住了，内心在不断地挣扎。威伦也是如此。

"这是我的事，"威伦喘着粗气说道，"是我的私事。"

漂动的暗水，
宛若漂浮的黑发，
漂散出的涟漪。

歌声像月光一样清亮。威伦陡然撒开脚丫子，跌跌撞撞地向前跑去。尤拉拉随即纵身跃起，赶到他的前面，钳住他的双臂。"那是冰凉的水，"他冷峻地说道，"就是那股暗水。老兄，从始至终她就是一个远古精灵，又老又刻薄。"

威伦拼命挣扎。"让开！滚远点！我已经忍受了很久的折磨，这是我的——是我的私事，你只是刚听到而已。"

尤拉拉竭力拦住他："我就要留在这里，待在你的身边。"

"是谁带你过来的？"

"是你，老兄，是你带我过来的。"

精灵们退到一旁围观，竖起耳朵听着。歌声终于停歇。无垠的黑暗无所不知，却依然无动于衷。尤拉拉放松了手，威伦趁机甩掉了他。两人站在那里，一个劲地喘着粗气。

"一个男人不能——"尤拉拉再次嘟哝道。威伦笑了起来，笑声很难听，饱含着苦涩。尤拉拉的神情中不禁流露出深深的绝望。

"你们不走了吗？"亮眼精灵问道。

一行人继续向前走去，又穿过一条通道。前方出现了一道缝隙。威伦费了好大的力气才钻了过去。就在这时，歌声再次响了起来——非常甜美，非常美妙。岩石予以了回应，加入了合唱。

我在阳光下歌唱，

乌黑的眼眸闪闪发亮，

你不来吗？

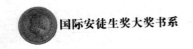

"对男人没有好处。"尤拉拉说道,他的嗓音听上去很嘶哑。威伦转身想要反驳他,不料却看到对方捡起了一块石头,威伦顿时发作了。

"你有完没完?还没玩够吗?靠我的魔法石来到这里——那是我的魔法石,像畜生一样跟着我——活像一头畜生——"

我在阴影里歌唱,
乌黑的头发在水中飘荡,
你还没来吗?

尤拉拉站在那里,浑身不停地发抖。他将手里的石头扔向暗处,传出了咔哒的声响。"永远说不准……永远说不准……不过老兄,我要告诉你一件事……即便是畜生,也有各种各样的。"他从口袋里掏出负鼠毛绳子,强行塞给威伦。绳子掉在两人中间的地上,消失在黑暗中。"你拿着吧,"尤拉拉喘着粗气说道,目光中充满了强烈的恐惧,"你需要它。"

就在威伦被歌声折磨的同时,另一种懊恼也在向他袭来。他几乎不清楚自己刚才究竟说了什么,做了什么,但是他明白自己说错了话,做错了事。他无奈地看着尤拉拉,目光里流露出恳求的神色,当初那头野兽也用相同的目光恳求过他。但是尤拉拉的眼神依然非常坚定,同时又充满了恐惧。

前面传来了叫喊声，一大群长尾女精灵正在奔跑。歌声操纵着他，驱使他追了过去。

"哇！"那帮家伙大喊道，"黏糊糊的水草！滑溜溜的鱼！没有生气、没有立足之地的蠢货！从这里滚开，没有尾巴的家伙！从哪儿来，滚回哪儿去，黏糊糊的水草！"她们一边甩动尾巴，一边扒开岩壁上的石头。不消多久，她们便扒开了三块大石头，透过这道豁口，对着下面流淌的古水发出高声的漫骂。威伦冲入人群，硬是从豁口中挤了过去。恐惧令他浑身发冷，同时，渴望又令他浑身发烫。

古水流过一块突起的岩架，汇入一个水潭里，发出了叮当的响声。流水声不断地回荡，萦绕在威伦的耳边，让他急得身体都发抖了，魔法石骤然大放光明。于是，威伦沿着岩架立刻向前爬去。岩层下面就是令他如痴如醉的古水，好清凉啊，正是他那滚烫的身体渴望已久的神奇之水。有个东西在水里不断移动，最后从水潭的另一端钻了出来，好可爱哟！威伦终于见到了她的真面目，他早已从对方的歌声中认识了她。他打量着她，与此同时，对她的了解也在他的脑海中一一浮现了出来。

那个精灵像月光一样皎洁，像花儿一样可爱、鲜艳。乌黑的头发顺着纤细的双肩，垂到她所坐的岩石上。她伸出纤纤玉手将头发往后梳。她那乌黑的眼睛里闪耀着光芒，像星光那般柔和，那般耀眼。她的笑容像蜂蜜一样甜美。银灰色的皮肤看上去黑黝黝的，宛如洒满月光的河水，又如梦境那

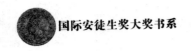

么迷人,那么朦胧。她就是在暗黑地界里唱歌的精灵,她殷切地盼望着威伦的到来。威伦再也克制不住对她的渴望,沿着岩架向下滑去。

入口处传来了摩擦声,还有粗重的呼吸声。只见尤拉拉从豁口处飞奔过来,猛地扎入水中,一口气游了一半远。他拨开水面,发出很大的声响。划水声像歌声一样,在山洞里不断回荡。

威伦大喝一声,也潜入水中,拿着魔法石在水里摸索着往前游去,但是尤拉拉离终点只有咫尺之遥了。水精灵注视着这一幕,紧张得浑身发抖。就在尤拉拉即将靠近她时,她探出身体,伸出了两根纤纤玉指。

四

米米隐没在岩石中,前来迎接她的其他精灵也一同消失。杨戈姆拉发出绝望的哀嚎,她的吼声消失在黑暗中,剩下来能做的她全都试过了。她爬入了混沌初始的暗黑地界,但压根儿不知道那是什么地方,只是在盲目地寻找出路而已。

杨戈姆拉体表的银灰色黏液重新长了出来,下面的褐色皮肤开始变淡,变成了金黄色。她那宛如月光一般清亮的眼睛也变大了。她习惯了黑暗,不仅能看到那些像冰一样晶莹剔透的钟乳石,而且能分辨出它们的形状来。日出日落,斗转星移,这一切她全都看不到了。于是她索性将它们抛在脑后,心里只剩下一个念头,那就是,不断地追寻暗水的流动方向。她逐渐适应了大地压在岩石上那沉甸甸的重量,但是有一个痛苦从未缓解过,也从未离开过。那就是孤独。此外,她还害怕蛰伏在黑暗中的其他生物。这里是他们的地盘,她终究是一个外人。

时机终于来临。她顺着一股涓涓细流,滑落到一个山洞里,这里的感觉截然不同。这儿有一个凹陷的水潭,又大又深,就在突起的岩架下面。这个水潭确实不错,但是类似的地方杨戈姆拉已经发现了好多个。她静静地躺在那里,感受它的不同之处,终于有了一个很大的发现。这里不是远古精灵的栖息地,他们也从没来过这里。她顿时如释重负,欣喜不已。这里的水是古水,岩石是古岩,跟大地一样古老。但是引导她来到这里的那道缝隙却年轻得多。没准她可以在这里安稳地休息一阵子。

不过,她没有打算留在这里,她只是暂时待了下来。

对于杨戈姆拉而言,彻底的休息与安全的环境确实发挥了作用。稀薄的黏液重新长了出来,乌黑的头发又变得滑溜溜了。杨戈姆拉甚至像海豚那样,学会了独自玩耍。她做过一次实验,在水潭里养盲鱼,在山洞里养白蜘蛛,她把这里改造成了自己的地盘。

但是孤独的感觉依然挥之不去。当杨戈姆拉唱歌时,她并不想吸引精灵之王威伦,也不想吸引长尾精灵库林,她只是在缅怀过去,她在歌声中回忆生活过的河流。那里的流水一会儿奔腾,一会儿放缓,继而又继续奔腾。她用歌声来思念自己的姐妹们。她们的眼睛亮晶晶的,笑容像野蜂蜜一样甜蜜,身材非常苗条。她从她们身上看到了自己。她还想念她们欢畅的笑声,紧拉的手,在洪水中纠成一团的黑发与四肢,还有嬉戏时又好玩又讨厌的恶作剧。只要她一歌唱,山洞便捕捉到了她的歌声,做出了回应,直到最后她的歌声汇入了合唱中。每当她的歌声响起来时,她便依稀感觉到姐妹们似乎来到了她的身边。但是她们不说话,不玩耍,也没有现出身形。由于这个缘故,她有时忍不住发出狂噪。岩石捕捉到她的歌唱声与狂噪声,将它们传递到遥远的地方。

其他人听到了,他们静静地躺在那里,竖起耳朵听着。再过一百来年, 他们也许会来到她的身边,在黑暗中陪着她,一起说些悄悄话,没准还能跟她玩一会儿。但是,只有胆大包天的长尾巴库林立刻从南方跑了过来, 想看看究竟是怎么回事。

库林一看到杨戈姆拉就乐了, 但凡看到貌似精灵但是没长尾巴的家伙,他总会发出这样的嗤笑。杨戈姆拉也回眸一笑,看到客人来了,她显得异常兴奋。为了逗他开心,她滑入水中,像海豚一样嬉戏。库林乐得眉开眼笑。

"你就是我的一个婆娘了。"他宣布道。

"是。"杨戈姆拉答道,她只是希望能与精灵们做伴而已。若是被她的姐妹们知道了,她们肯定会气得狂噪。

山岩像传递歌声一样,将两人的对话传到了远方。库林的那帮婆娘听到对话,迫不及待赶了过来,想看看究竟是怎么回事。杨戈姆拉的山洞里顿时挤满了黝黑的长尾女精灵，她又有姐妹了。她爬出水面，兴高采烈地迎接她们。

杨戈姆拉的喜悦被一阵刺耳的怒吼声所淹没。那帮家伙甩着尾巴，发出了怒吼。她还没有回过神来，库林已经逃之夭夭了。她们对她又是挠又是打，山洞也被她们用石块封堵上了。就这样，她沦为了囚徒。

起初，杨戈姆拉使出浑身的力气，想要搬开那些石块，但是石头根本推不动。于是，她恳求她们放了她，但依旧未能如愿。后来，她开始寻找其他的出路。她在水底下的岩石中发现了一个断层，使劲挖掘，但是无济于事，只不过使汇入水潭的涓涓细水开始流动而已。她的希望落空了。

库林偶尔会过来看她。他透过石块的缝隙，奚落那群婆娘们，还会对着她傻笑。每当他称她为他的小鱼儿，接下来便会立刻出现一场尖叫打斗的闹剧，随后便是杨戈姆拉孤独的哀嚎。那群婆娘们难得也会过来，透过石块的缝隙，扔下一大堆尖利的嘲讽与咒骂。这些就是她听到的全部声音。即便如此，与以前相比，眼下的处境还是有所改善。

杨戈姆拉唱歌，不是要吸引库林。他们是同类，不应该受到她的蛊惑。她没有听到其他人悄悄传播的流言，不知道御冰勇士就在附近。她不明白这是怎么回事，只是感觉到心里蓦地涌起了一股邪恶的欣喜感，知道游戏即将开始。她隐约地猜到，不知怎么回事，精灵的领袖居然进入了大地的腹地，来到了她的所在之处。

　　游戏真的就要开始了！杨戈姆拉的歌声在山洞中发出了神奇的振荡，汇入了姐妹们的大合唱中。她的眼睛像星星一样闪闪发光，漂动的黑发也闪耀着光泽。长期身处黑暗，陷入孤境，使得等待变得愈发炽烈，令她那迷人的银色身躯颤抖不已。她加入了回声的合唱，把握着停顿的节奏，以便营造出怀疑与惊叹的效果。她像舞者一样，优雅地张开手指，对着它们微笑。随后她聆听着外面的动静，耐心地等待着。

　　她听到了御冰勇士号令精灵前来帮助的声音，其他人也听到了。她是决不会拒绝的。对她而言，御冰勇士是精灵之王，她在黑暗的世界里听说过他的名号。按照游戏的规则，是他该来到她的面前，她记得大家称他为英雄。这个称号刺激了她，使她变得愈发兴奋。

　　山洞外面传来一阵不安的骚动，原来库林的那一大群婆娘又过来了。她们交头接耳，窃窃私语，随后在附近找到地方躲了起来。杨戈姆拉不禁笑了，她的笑容像野蜂蜜那样甜蜜。难道她们以为就凭她们这帮长尾巴的幽灵，真的能破坏她的游戏？对于受到情歌诱惑的男人的渴望，她们究竟了解多少？杨戈姆拉再次放声歌唱，通过歌声向岩石与暗黑世界传达她的甜美，她的孤独，还有她的等待。

　　紧接着，库林骚动的婆娘队伍骤然缩小了，大多数人已然离开，只剩少数几位留在原地看守。倘若水精灵拥有控制岩石的法力，她没准会移开几块石头，悄悄地远走高飞。但是就算她有这个能力，她也不愿意溜走，至少眼下不愿意。因为奇迹终于出现了，有个男人居然在近在咫尺的地方冒了出来，她等得太久，实在不愿离开。她用歌声表达自己的温柔与可爱，述说自己的渴望。

杨戈姆拉感觉到周围聚集着很多精灵，她不禁抱着胳膊笑了。现在，那帮家伙该知道她是谁了吧。他们真该好好地看一看，被那帮家伙单独囚禁在岩石和黑暗地牢里的自己，究竟是个什么样的人，必须让她们看完这场好戏。那个男人不是在睡梦中被人劫持来的，他是心甘情愿，迫不及待地赶来这里的。让她们睁大眼睛好好地看清楚吧。

杨戈姆拉的歌声再次停顿下来。就在这时，她听到了男人们的说话声，顿时一惊。居然来了两个！有两个男人，其中一位是英雄！而她只有一个人。倘若她需要帮手，姐妹们不可能出来帮她，害怕使等待变得愈发刺激。她早已忘却了害怕。其实，害怕是每一个游戏中必不可少的元素，在远古时代，根本算不了什么，她暗自给自己鼓气。这是她在暗黑世界里单打独斗的游戏，在以后的岁月里，肯定会成为姐妹们乐不可支的笑料——要是她能玩上这个游戏就好了。到那时，那帮家伙就该领教她是谁了。

杨戈姆拉听到男人的声音近在咫尺，她滑入水潭，等待一见钟情的那一刻。一阵莫名的惆怅猝然涌上心头，或许是因为恐惧吧，同时也使游戏变得更刺激了……在一片尖叫声中，石块被移开了，游戏就要开始了……看着吧！他们终

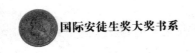

于找到她了！笑容要更温柔，眼眸要像朝露一样柔情似水。一定要看着，一定要看着，一定要睁大眼睛好好看着……

那个男人来了，他在岩架上面悄无声息地爬过来了。他的身体里燃烧着渴望，显得如此地迫不及待，与她别无二致。在他的身后，第二个男人从入口处冒了出来。杨戈姆拉飞快地在岩石上坐下来，迫不及待地探出身体，开始唱歌。她用闪亮的眼睛观察着，耐心地等待着，但是眼前的一幕却增加了她的担忧。这两个男人应该是中了魔咒，正在饱受煎熬，并且理应对此一无所知。不料他们对此事却一清二楚，而且，她原本在等待一位英雄，想不到现在却来了两位。这两人的目的都很明确，显得毅然决然，一副视死如归的模样。可惜，其中一位的目的与她迥然不同。

正当杨戈姆拉铆足了劲，准备伺机而动时，入口处的那个男人却纵身跃入水中。看到那个男人率先游过来，她不禁感到一阵恐惧，她摸不透对方的意图。在岩层上爬行的第一个男人大喝一声，一开始是妒火中烧——纯粹是合乎情理的反应。紧接着他又绝望地大喊一声，跳入了水潭中。眼看第二个男人近在咫尺，杨戈姆拉不知道自己究竟怎么了——居然按照古老的传统，伸出了两根手指，如同螃蟹伸出爪子一样，轻松地将他摁在水底下。

现在，第一个男人赶来了。他拥有强大的法术，他发出了命令，她只好遵从。她阴沉着脸，心里交织着害怕与失望，无奈地缩回了蟹爪一般的手指。被摁在水下的男人浮出水

228

面,一动不动,另外那个男人紧紧地守在他的身旁。虽然他用自己的法术挫败了杨戈姆拉的企图,但是并没有乘胜追击。杨戈姆拉的恐惧逐渐消退,同时产生了好奇,还有一丝惆怅。她睁着亮晶晶的眼睛观察着他们俩的举动。

太伤心了,没想到那个男人居然那么快就躺倒在地,不再动弹。那个男人是被她的歌声吸引过来,陪她玩有趣的游戏的。在那个瞬间,她曾爱过这个男人,但是她读不懂对方的心思,他甚至都没有挣扎过一下。

五

威伦看到水精灵在微光闪烁的暗黑地界里发出夺目的光芒,顿时便明白了。此人正是自己需要收服的对象。同时他也立刻醒悟过来——自己的力量、眼下的使命、拥有的法术、奇怪的梦境,缠绕他的歌声,还有他的渴望——全都与她有关。这个人曾经在大山里呼唤过他,在沙漠里对他耳语过,让他在大风上旅行过。因为这个人,大地惹上了麻烦,精灵们不得安宁。精灵之王威伦也许能找到这个人,将她召回来,纳为己用。他信心十足。不料就在这一刻,尤拉拉居然从他的身边一跃而过,跳入了水潭里。

威伦气愤地大喊一声——但是魔法石陡然灼痛了他的手,同时水精灵的身体动弹了一下。他看到了尤拉拉坠入水中的那张脸,顿时被恐惧攫住,再次绝望地大喊起来,想提醒尤拉拉。随后他一边摸索着魔法石,一边跃入水中。

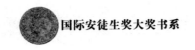

娇媚的银色身影向后退去。她用她那双满是畏惧的远古眼睛紧盯着他们。尤拉拉一浮出水面，威伦立刻拉住了他。古水拍打着尤拉拉的脸颊，那是男子汉的脸，非常决绝，非常安详。早在尤拉拉沉入水中之时，威伦便已注意到了他的决绝。尤拉拉的另一种神情——那种令人厌烦的畏惧表情——已然消失，取而代之的是一种坦然的安详神色。

"你别走！"威伦喃喃地喊道。他喘着粗气，用尽全力将尤拉拉从水里拖了出来。"别走……一个男人不可能这么快就被水淹死的。"

但这是事实。就在他将尤拉拉翻转过来时，山洞里古老的空气忽然动了一下，感觉变甜了。有个东西从山洞里跑了过去。那个东西很温暖，很有力，很和善。他在威伦的身边停留了一刹那，随即便消失了。威伦认识他，那是尤拉拉的灵魂。

威伦的灵魂追着他叫喊，求他原谅，求他赶紧回来。同时，威伦的躯体正在对尤拉拉进行急救，想让他苏醒过来，但是无济于事。他无法相信这个事实，一个人不可能这么快就被水淹死……

威伦继续急救，将空气有节奏地压入尤拉拉的肺里。亮眼精灵和矮个精灵悄悄地溜了过来，待在那里围观，目光久久地停留在水精灵身上。他们见到过尸体。"像蜥蜴一样淹死在水里了。"他们交头接耳道，会意地点了点头。

不知过了多久，浑身酸痛的威伦终于支撑不住了。他的大脑仿佛被隔离在玻璃罩后面。他再次将尤拉拉的身体轻轻地翻转过来,尤拉拉的脸格外平静,格外安详。"伙计。"威伦喃喃道,乞求对方苏醒过来。但是尤拉拉的安详不可能被威伦的一句话所打破。

威伦僵硬地站起身来,浑身都在酸痛。他的目光落在水精灵身上。对方在观察着他,目光如月光一样古老。她心知肚明,明明充满了渴望,却又毫不在乎。老兄,从始至终她就是一个远古生灵,又老又刻薄……威伦的眼睛眯了起来,目光变得异常凌厉。那个家伙已经耍完花招,她再也不是以前那个朦胧的可爱姑娘。现在,她该露出她那母夜叉的狰狞面目了。

威伦问道:"你是谁?"

她轻而易举地淹死了一个男人,但是另一个男人却不愿沉入水中。她黑着脸答道:"杨戈姆拉。"

威伦重复了这个名字。"杨戈姆拉,"老兄,那是一条鱼,只是一条黏糊糊的鱼而已,"杨戈姆拉,你留在这里,等我命令。"

杨戈姆拉漠然地瞥了一眼一览无遗的岩架。长尾女人一边看,一边得意地笑着。不过现在她已经不在乎了,她接受了命令。

威伦看到山洞被远古精灵们挤得满满当当的,他们飘来飘去,目不转睛地围观着。威伦威严地对他们说道:"躺在地上的这位是英雄。"

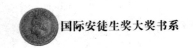

精灵们凝视着那位英雄。他的脸非常平静,非常安详。他们转过身去,开始窃窃私语。

"将他安放到英雄该去的地方。"威伦命令道。

精灵们只是再看了尤拉拉一眼,随后那些长着脑袋的家伙便别过脸去,他们不知道英雄的归宿在哪里,但是没有轮廓的幽灵精灵却呼啦啦地涌现在光影下。他们是大地最初始的一个念头,他们密密匝匝地围拢在尤拉拉的身边,抬着他离开了山洞。当他们离去时,威伦发现他根本接受不了这个事实,他显得不知所措了。亮眼精灵们将他围在中间,他像孩子一样,与他们一起,跟在幽灵精灵后面,机械地向前移动。待他们走后,库林的婆娘们将山洞重新堵上,留在原地看守,其他精灵们也跟随着亮眼精灵,进入了大地的更深处。

突然,他们的身后传来一声暴吼。吼声非常凄厉,非常悲凉,非常孤独,顺着甬道,传递开来,得到了山体的呼应,从四面八方弹了回来,最后,连黑暗的世界也不禁为之动容。威伦心头一凛,等待吼声停歇。他以为这是自己心灵深处发出的哭喊,但是亮眼精灵们只是回头看了一眼,便继续快速向前走去。于是,他明白了,那是杨戈姆拉发出的狂嗥。岩石与喊声一起共振,代威伦哭喊。现在还不到威伦痛彻心扉、痛哭失声的时候。

一个人的躯体消亡,融入黑暗后,接下来会发生什么,威伦根本不知道。他只能看到亮眼精灵们的小眼睛,以及一群在附近飘忽的身影。威伦借着微弱的光亮,故意打量着周围,尤其留意风化的岩石,灰尘与砂石,还有水。眼下,他只能看懂这一些东西,他乖乖地跟随着亮眼精灵。当他们请他止步时,他顺从地停留在那里等候。

前方的精灵开始奔跑,像萤火虫一样,飞奔着跑向一个黑乎乎的宽敞之处。转瞬之后,眼前骤然亮堂起来,冒出了金黄色的火光,威伦不禁蹙起了眉头。他们找到了什么燃料? 随着火焰的升腾,威伦看到了那个地方。

火光照亮了山洞,照亮了那些宛若冰霜的钟乳石,映照出它们那五颜六色的光泽。火焰腾空而起, 调皮地撩起黑幕,转瞬又放了下来。随着火光的跳动,四周的石头突然冒出火苗,绽放出火花,随后向空中蹿去。一堆堆晶莹的石头从幽暗的高处滚落下来,正好被一根根火柱和火舌吞进去。大地在她那古老的黑暗心灵中,始终珍藏着对美丽的幻想。如今在她哺育的最古老的精灵们帮助下,她终于得偿所愿。

他们右面是一个水潭。宛如冰霜一般晶莹剔透的钟乳石被水潭挡住,倒映在水里。水潭上方有一块突起的岩架,上面覆盖着一层流沙,像一道石帘悬挂在水潭边上。精灵们将尤拉拉的躯体安放在这道晶莹的石帘中央,周围环绕着一道道耀眼的火舌。威伦不能接近那个地方,于是,他爬上同侧的一块巨石,往下看去。

"好美啊。"亮眼精灵们簇拥过来,边低声说,边偷偷地瞟了威伦一眼。威伦察觉到他们的目光,立刻做出了回应。

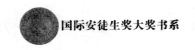

"这里确实是英雄长眠的好地方。"

"火势会变大。"他们告诉威伦。威伦点点头,移开了视线。他明白他们的意思,但是眼下,他无法想象尤拉拉会与一块亮晶晶的岩石融为一体。

尤拉拉原本灵活的双腿直挺挺地伸着,颀长的手臂安放在身体的两侧。他的脸上罩着一层阴影,火光一蹿过来,便立刻隐去了。火光偶尔会照亮尤拉拉那平静而安详的脸庞,但是大多数时候,火光不停地跳来跳去,使他的脸变得模糊不清。就在这时,威伦的脑海中突然冒出了尤拉拉痛苦的声音。永远说不准,不是吗?

威伦摩挲着自己的脸。不对,伙计。没想到会一语成谶,往后千万别说得这么准了。

在这一刻,威伦显然不可能从岩石上爬下来,离开山洞,离开尤拉拉。不料这时却出现了意外。忙碌的亮眼精灵们没有找到新的燃料,火焰熄灭了。暗黑世界再次拉上了黑色的帷幕,除魔法石的闪光与亮眼精灵那萤火虫一般的微光之外,只有石头偷偷地发出些许微弱的反光。威伦确实还活着,但是尤拉拉的生命已然终结。

威伦从巨石上爬下来,郑重地向精灵们表示感谢。他们带着他穿过一成不变的暗黑世界,返回到山洞中。杨戈姆拉安静地待在水里,长尾女人仍在等候。她们冲过来,与威伦正面对峙。

"那根黏糊糊的水草,那条没有尾巴的鱼,你现在带她走吗？"

威伦的脸颊抽搐了几下，试图走过去，但是那群人冲到他的前面拦住了他。

"交易！我们约定好的！"她们气愤地簇拥在一起，甩起了尾巴。

威伦狠狠地攥紧了拳头。"约定无效！"他怒吼起来。对方脸色一沉，陷入了沉默。威伦知道他们之间确实达成了交易，但是他的心里涌起了一股强烈的厌恶，再也不想看到那个银白色的身影，也不想听到那些零散的歌词。"也许我还会回来，"威伦强忍着怒气说道，"现在我要去悼念我的朋友。"

"朋友！"亮眼精灵们喃喃地重复道。他们早就听说过这个词，但他们不属于人类，无法理解它的含义。

众精灵带着威伦继续向前走去。长尾女精灵停留在洞穴外面，用阴鸷的眼神目不转睛地看着他渐行渐远，消失在另一个甬道中。

进入甬道后，亮眼精灵们弯下腰来，一边咕哝，一边在收拢着什么。威伦注意到他们将那个东西塞入了他的手里。那是一团膨胀开来的柔软线团，原来是魔法石的绳子。线团绕得很松，膨胀成一个大线团，背包里都放不下，威伦吃力地将它塞了进去。当初它倒是轻而易举地钻入了尤拉拉的大口袋里——倘若这团绳子一直放在尤拉拉的身边，没准他现在还活着……一想到这里，一块又大又沉的石头压上

威伦的心头，撕扯着他的心，他忍不住发出了呻吟。

亮眼精灵们带着威伦穿过了无所不知、浩瀚无边的暗黑世界。一行人挤过狭窄的缝隙，穿过洞穴和甬道，蹚过暗河，走过尘土和砂地。威伦时常忘记自己该干什么，遇到这种时候，精灵们便耐心地引导他，仿佛一群小灰羊照看牧羊犬一样。他们带着他路过穹顶洞穴里的一个水潭，水面映照出他们宛若萤火虫一般闪亮的光影。就在此处，威伦发现了尤拉拉的衬衫。他直愣愣地看了片刻，转过身去，空着手离开了。精灵们带着他爬上一个向上的斜坡，来到一块高起的平地，穿过甬道，进入了一个不再是漆黑一片的洞穴里。

"您发出了召唤，"他们说道，"所以我们来了。"

随后，精灵们转身离开。魔法石的闪光也戛然而止。

威伦独自站在那里，非常茫然。他环顾四周，打量着黑乎乎的山洞，根本不知道自己该干什么，他无法从自我封闭里解脱出来。过了一会儿，他在山洞的深处发现一道灰色的缝隙，他抬眼望去，祖先的手掌骤然浮现在他的脑海中。这个画面格外清晰，仿佛他是在用眼睛看一样。祖先的形象出现在岩壁上方，他的手掌是用赭石勾画出来的，眼睛是用木炭和白土勾勒出来的。祖先满怀悲悯，从远古中伸出手来，罩在他的头顶上，他那无所不知的眼神里充满了慈悲与宽恕。

祖先知道威伦勇敢地正视了自己的困扰，但是未能控制住自己。为了拯救他，一个英雄失去了人类的外形，并且最后牺牲了生命。威伦心里憋闷得慌，连哭都哭不出来。他双膝一软，跪在悲悯的大手下面，向有亮光的灰色缝隙爬了过去。

就这样，为了悼念自己的朋友尤拉拉，威伦独自走出了混沌初始的暗黑地界。在他离开后，山岩再次振荡起野狗的狂噪，但是威伦没有听到。杨戈姆拉也在哀嚎，她为身处幽暗、倍感孤独而哀嚎，为那两个不肯玩游戏的男人而惋惜。那些人活得太容易，死得也太轻易了些。

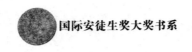

第六章　阳光下的歌者

一

　　威伦在悼念尤拉拉。只有一个男子汉才有资格接受他如此沉痛的哀悼。尤拉拉在成为英雄的崎岖道路上，一直在奋力地向前攀登。威伦回想起他在英雄之路上迈出的每一步，不由得悲从中来。对友情的缅怀未能缓解他的悲伤，反而加剧了挫败感，就像一根长矛，刺痛了他的心。对凶手的仇恨也无法令他释怀，反而依然与迷恋缠扰在一起，根本无法拆开来。意识到尤拉拉是英雄的领悟同样未能让他得到解脱，自己本该在他活着的时候便发现他的伟大之处。对尤拉拉的感激还是无法温暖威伦的心灵，他是为了拯救失去自控的朋友而牺牲生命的，在这种情形下，自己的感激纯粹是极其卑鄙的懦夫行为。威伦陷入极度的悲伤中，不能自拔。

　　威伦在峡谷里整整游荡了三天三夜，他根本不知道自己身在何处。脑海里不断有画面一闪而过——

他坐在小溪边，腿上有道伤口在出血，他低头看着那道伤口。他重新绕好魔法石的线团，把它抛出去，再无聊地收回来。

你不来吗？

威伦痛苦地扭动着身体。他恨自己听到那个声音，恨自己被回忆攫住。

他坐在那里吃切成小块的鱼，不知是谁拿给他的。他抬起头来，发现那人是默傅·博拉，于是直愣愣地说道："走开。"

默傅知道威伦的回答为什么如此短促，知道他失去了说话的能力。他把鱼放在威伦身旁，转身离开了。他赶来这里，并不是因为看到了烽烟，而恰恰是因为没有看到。他发现这里没有生火。他找到威伦时，对方正在独自晃荡，一副魂不守舍的模样。于是，默傅在悬崖下面建起了另一个营地。他密切地观察着威伦，尾随着他。他往威伦的手里塞过两次食物，那位英雄茫然不觉，下意识地吃了下去。

威伦的灵魂离开了他的躯体，向当地的神灵祈求帮助："把他带回来，把他从那里解救出来。我宁可一辈子被歌声折磨，再也不会受到它的蛊惑。"当地的神灵们纷纷退回峭壁里，躲到阴影背后，逃到远处云雾蒸腾的高山上。他们是有法力，可以破解幻术，让人恢复原形，但是他们没有起

死回生的神通。生命的活力来自于另一个源泉。

威伦认定他们之所以拒绝，是因为无论他如何承诺，如何乞求，他也决不可能永远被歌声缠绕，再也不会受到它的蛊惑，他根本做不到。暗水在吟唱……他发出一声咒骂，狠狠地捶了几下山石。

威伦的乞求已然化为满腔的怒火。他恨那些无动于衷的神灵，恨那个既会唱歌、又会狂噬的滑溜溜的家伙，恨自己是个大傻瓜。他也对大地恼火不已，那个家伙才是这世上最残忍的老怪物。

"老巫婆——老畜生——你召唤过我，是不是？我们来了——你带我们走——然后把我们俩扔进了地狱里。你究竟为什么这么做？为什么？"

"我没有召唤，"大地回应道，"你们是我的人，我提供了协助，仅此而已。"

之前威伦一直在等待大地下达指令，但却没有听到。眼下就在他气得发疯时，那个声音却骤然进入了他的脑海里，既冷峻又沉稳，仿佛远在天边，又似近在眼前。威伦开始恢复理智，满腔的愤怒顿时化为最深切的痛苦。他匍匐在不愿出手的大地面前，沉浸在痛苦之中，一动不动。最后，大地亲自为他拉上了黑幕，派来了帮手。

空气忽然开始颤动，变得甜丝丝的。树叶也在晃动，发出沙沙的响声。

老兄，那城里的生活怎么说？还有风呢？

"哦,伙计!"威伦痛苦的灵魂哭喊道,"尤拉拉,你在哪儿?"

在属于人的地方……属于人的地方……

"永远说不准,永远是这样。我好想跟你在一起。"

"嘘,老兄。听着,老兄,你听着……"

威伦沉浸在痛苦中,一动不动。尤拉拉的灵魂在他身旁飘荡。风中,草地上,流淌的溪水里,到处都有它飘忽的身影。威伦任由尤拉拉说下去,对方说的话有些是他听到过的,有些是他自己说的,还有一些则是他从未听到过的。

一个人不可能这么快就被水淹死的……除非他想死……对一个人来说,变成畜生实在无法忍受……

空气在颤动,树叶沙沙作响。

只好夺走你的烦恼……用我自己的方法……

黑夜中只听到昆虫的鸣叫声,一钩新月探出头来。

我在做梦,只是我从没做过这么美妙的梦……我乘过风,回到了属于人的地方……谢谢你,老兄……

甜丝丝的空气消逝了。在一片寂静中,小草开始窃窃私语。

一个人不可能这么快就被水淹死的……除非他想死……

威伦的痛苦终于决堤,他不禁躺在地上,放声痛哭,哭着哭着他睡着了。黎明时分,他醒过来,走到小溪边,洗了洗脸。默傅·博拉在峭壁下面看到他在洗脸,于是走下来,点了一堆篝火,准备烤硬面包。

威伦瞥了默傅一眼,算是接受了他的存在。他埋头吃喝,什么都不说。默傅什么也不问。威伦喝到第二杯茶时,终于恢复了说话的能力。由于长久没有开口,加上又饥又渴,他的嗓子变得异常干涩。

"他在那里……就在地下深处……在山洞底下……"

"彻底恢复了人形吗?"默傅平静地问道。

威伦抬起充血的眼睛,眼里闪耀着泪花:"再也找不到比他更好的人了。为了救我,他舍弃了自己的生命。"

"啊。这么说来,他别无选择。"

"……除非他想死……"威伦用干涩的声音说道:"不可能没有选择。"

默傅点点头。"那是男子汉的选择,"他更正道,"他会对此感到欣慰的。"他从背包里拿出一只兔子,切成一块块,准备做炖肉。他什么都不问,只是陪伴在他的身旁,威伦这才有勇气倾诉下去。

"还有野兽那件事,变成野兽对他来说实在无法忍受。他没有办法接受——"

"那样更糟糕,"默傅说道,语气中充满了深切的悲哀,"他非得弄清真相才肯罢休。可怜的孩子们,好可怜的孩子们。"

痛苦再次涌上威伦的心头,他把脑袋埋在膝盖里。他还没有将最可怕的秘密告诉对方。

默傅不知道威伦心里还藏着多少秘密。他只是留在他的身边，守护着他。他为新营地补充食物，把威伦的包拿过去，悄悄地将尤拉拉的遗物存放在峭壁里面。他不想再听下去，准备等待时机离开。他不喜欢看到御冰勇士听到某个根本听不见的声音时那一脸抽搐的表情，也不喜欢看到接下来笼罩在他脸上的那层黑影。

威伦尝试用痛苦来抵御歌声的诱惑。歌声频繁地撩拨他，唤醒他的渴望。由于尤拉拉的缘故，他深感羞耻与恐惧。眼下，他已经有能力将羞耻转化为仇恨，但是面对默傅，他无论如何说不出口。其实，他巴不得向对方倾诉，希望老乡们能理解他失败的原因——但是，他却发现其实自己根本接受不了失败，不仅是为尤拉拉，也是为了自己。仇恨庇护着他，使他躲开了那个唱歌的家伙的纠缠。那个精灵有着月亮一样白皙的皮肤，眼睛宛如星星一样闪亮。他再次回想起他与长尾女精灵之间达成的交易。然而，没有任何东西能够保护他，帮他抵御暗黑世界的刺骨寒意。

威伦不敢回到尤拉拉所在的暗黑世界，回到他的安息处；不敢在精灵们的带领下，再次进入他与尤拉拉抵抗过的地方；不敢再次看到尤拉拉的衬衫。这一天，从早到晚，他一直在苦苦地抵抗着内心的恐惧。夜里默傅去睡觉了，他兀自在那里挣扎。接近凌晨时，他终于想通了。为自己，也为尤拉拉，他别无选择。

能将杨戈姆拉带走的只有他与魔法石。倘若他不愿在仇恨的保护下，进入混沌初始的暗黑地带，将那个祸害带走，那么，精灵们与老乡们将永无宁日。果真如此的话，尤拉拉的死就会变成一个真正的笑话，一次毫无意义的牺牲，是对生命的戕害，所以威伦非去不可。

默傅很早便醒过来，发现威伦正将小龙虾放入瓦罐里，准备煮早餐。这是个好转的迹象，但是御冰勇士的脸上依然罩着一层黑气，两人默默地吃着早餐。过后，威伦终于开口了，默傅的脸色也随之变得凝重起来。

"我从没告诉过你，他是从什么地方把我救出来的。我受到了歌声的诱惑。"

默傅飞快地瞟了威伦一眼。没有人用木管对着他歌唱，也没有人敲打石头，或者是拨着琴弦。至少英雄的身体没有恶化，反而是在好转。默傅等他说下去。

"已经很久了，"威伦喃喃说道，"最后发现它与另一个麻烦是同一回事。这是一首，嗯——情歌——地底下有一个远古精灵——也勾引了他。所以——"威伦一时语塞，停顿了下来。

默傅的声音微微发颤："你们去的时候，知道这些情况吗？两个人都知道吗？"

威伦点点头。"我们抵抗了，"他轻声说道，"我提醒过他。我不知道怎么——"

"可怜的孩子们，好可怜的孩子们。"

他终于把最可怕的秘密吐露出来了。威伦清了清喉咙，

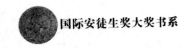

让自己不再哽咽。"问题是,我一定得再去一次,非去不可。我一定要把这个家伙带走,把她押回老家去。"

默傅移开了目光。"你需要帮手。"

"不行!"威伦大喊一声,急得连茶水都洒了出来。他克制住自己的情绪,"我不需要再找一个帮手,别担心。你待在外面,待在听不到歌声的地方,就留在悬崖上面。"他揉了揉头发。"我只希望你了解实情,仅此而已。知道真相,但不要卷进来。"

两人陷入了沉默。片刻之后,几近绝望的默傅问道:"那我能干什么?"

"假如我不出来,千万别进去,赶快离开。你只要告诉汤姆·亨特就行了,只有这些。他们有权利知道。而且他——尤拉拉——他来自汤姆的家乡,汤姆有权知道,你转告他就可以了。"

"御冰勇士,要不要通知你的家乡?"

威伦挤出了一个勉强的笑容:"从这片海到那片海都是我的家。"

"就这些?只要做这些吗?"

"听着,"威伦说道,"你不用担心。那个家伙没有危险——已经被打败了——这就是尤拉拉为我做的一切。只要我能控制住自己,我就能控制其他人。假如我做不到,那么,你只要告诉老汤姆一声就行。还有,在我们之后,千万别让任何人到那里去,行吗?"

"行。"默傅站起身来,转过身去,眺望着那片悬崖,"你们两个人……真是小傻瓜。御冰勇士,你让我感觉自愧不如。"

"不必惭愧,没有人比得上你。"威伦犹豫了,他不想把接下来的话说得很难听。"我只希望你安全离开这里。谢谢你,伙计。现在我能行,你该出发了。你不走,我就不好把这个精灵——就是那个水里的家伙带出来。"

"今天吗?"

"我感觉今天行动更安全。"

默傅开始收拾背包。

"不要留在悬崖上,"威伦敦促他,"不要留意火警,这个歌声会到处移动。"

默傅卷好背包,扛在肩上。威伦与他并肩同行,向山上走去。没走多远,默傅便停下了脚步。

"别送了,你还要恢复体力。"

威伦寻找合适的词语,跟对方道别。"有个上了年纪的精灵,"威伦说道,"他叫柯因,有点像我的爷爷。有一个朋友,叫尤拉拉,现在已经离开。除他们以外,我还有你。"威伦伸出了手。

默傅一句话没说。他用那两只饱经沧桑的大手将威伦的手握在里面,紧紧地贴在胸前。这个姿势很陌生,但是显得很古老,又很庄重,真是再合适不过了。随后,他转身离开,继续向山上走去。

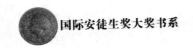

　　威伦目送他离去。过了一会儿,他转身下山,来到新营地,倒了一些茶,考虑是否该进洞里去。但是今天不行,时机尚未成熟。

　　事实上,是仇恨驱使他采取了行动。第二天凌晨,他被一阵歌声吵醒,血液顿时涌上来,灵魂开始反抗。但是他的反抗不足以抵御那魔咒般的甜美诱惑,歌声继续撩拨着他,在那一刻他还是被打动了。羞愧与恐惧便接踵而来。威伦顿时打定了主意,务必要让这个唱歌的祸害滚回老家去,务必要拉开他们之间的距离。否则,自己非发疯不可。趁现在痛苦尚未缓解,仇恨的盾牌尚未变软,他必须立刻采取行动。

　　威伦吃了一点冷山药,又给自己泡了茶。他没有带打火棒,而是将魔法石的绳子解下来,放在了睡袋里。现在,他的手里握着那块水晶石。灰白色的石头里夹杂着丝丝缕缕的粉红色,那正是天空启明时分的颜色。他久久地握着魔法石,希望从它那里汲取力量。随后,他将魔法石小心地放入网袋里,沿着小溪,再次向山洞走去。

　　威伦的身体一直在哆嗦,双腿也在发软,但他没有注意到,他有好多事情要做。他要将思绪集中在既定的目标上,要闭紧双唇,皱紧眉头,穿过昏暗的洞口,进入黯淡无光的山洞深处,再次找到那道黝黑的缝隙,然后钻入第二个洞穴,沿着有壁画的岩壁慢慢地找到目的地。威伦没有带打火棒,他全靠双手一路摸索过去,终于找到了入口。他向前迈出一两步,发出了大声的召唤。

"喂,你们在吗?出来吧,诺尔斯!御冰勇士需要你们。"

随后他靠在岩石上,开始了耐心的等待。

等待的滋味很煎熬,栖息在混沌初始里的幽灵们知道他来到了这里,正沿着通道向他拥来。当初,尤拉拉肯定是站在这儿,手指摩挲着那团绳子,等待跟踪他……威伦又一次强迫自己将思绪集中在既定的目标上,专心地等待着第一批光点的到来。他们究竟会不会出现?他的心里只琢磨着这一个念头,根本不去回想上一次的经历,也不去设想这次行程的结果。

微弱的光点开始摇曳,轻轻的咕哝声也随之传了过来。亮眼精灵们的脸长得像小孩子,皮肤呈灰褐色。他们用宛如蜥蜴一般明亮的眼睛凝视着威伦。"我们来了。"他们回答道。

"带我回到库林的婆娘那儿去。"威伦吩咐道。他像上次那样,任由他们引导着他,向前走去。魔法石开始变亮,发出一闪一闪的微光。走着走着,魔法石的光芒逐渐增强了。

这段路途似乎格外漫长。威伦的目光紧盯着身旁的岩壁与微弱的光点。其实,这段路没有他所担心的那么难走。他已经知道这段路通向何方,一路上也没有出现长相狰狞的其他精灵。这一次,与他同行的只有亮眼精灵们,感觉截然不同,压根儿没那么可怕。他们不时轻轻地捅他一下,让他回想起在那块岩石的齐肩处,有个骷髅猝然坍塌了。他还想起那道缝隙,想起当时是怎么钻过去的。威伦的脚踩在尤拉拉的衬衫上,他不忍心再一次弃之不顾,只好捡起来,塞入了自己的衣服里。他站在自己冲着尤拉拉大声咆哮的地方,忍不住浑身发抖,同时耳边回想起默傅·博拉深沉的声音:"可怜的孩子们,好可怜的孩子们。"在这之后,他总算听到了库林的婆娘们发出的犀利尖叫。现在要将思绪集中在既定的目标上,反倒是容易了一些。与此同时,他不得不考虑接下来该如何应对。

库林的婆娘们察觉到威伦正在赶来的路上。她们高声尖叫,欢迎他的到来。"他来了,那个有魔法石的家伙!""御冰勇士信守了他的承诺!""他是来找那个滑溜溜的家伙的!出来!把那个家伙放出来!"威伦走了没多远,便看到了她们的身影。在微光下,只见她们聚在一起,一边咧着嘴笑,一边甩尾巴,她们正在扒开封堵洞穴的石块。

"嘿,御冰勇士,你终于来啦!那个唱歌的家伙一直在等你,盼着你来呢!"她们咧着嘴笑着,站在那道被扒开的豁口旁边。威伦不由得恐慌起来,脑子里顿时冒出了一个好主意。他要命令亮眼精灵们,将杨戈姆拉押回老家去。只消用五分钟的时间,问清她的家乡,然后将她打发走就行,尽量别去看她。威伦一边颤抖,一边从入口处爬了进去。魔法石骤然发出了耀眼的光亮。

那个家伙就在那里,在黑暗中闪耀着银色的光芒。她用星星一般闪亮的远古眼睛注视着他。威伦的心里不由得涌起了渴望,随即又想起了水底下的尤拉拉既决绝又安详的脸庞,不禁心生厌恶,充满了仇恨。威伦的嗓音嘶哑了。

"杨戈姆拉,你的家乡在什么地方? 你是从哪里来的?"

杨戈姆拉答道:"从上面下来的。"

威伦蹙起眉头。"我要带你离开,送你回去。但是,我要知道你的家乡在什么地方。"他举起魔法石,水精灵看着魔法石,仿佛一个小孩看着蜡烛一样,"告诉我在什么地方。"

杨戈姆拉不相信威伦的话,游戏可不是这么玩的。不过她还是服从了命令,回答了他的问题。她出神地回想着,闪亮的眼神变得很恍惚。

"那里有我的姐妹们,阳光很灿烂,河水不停地流动,水流从高高的石头上奔腾下来。"

威伦听到过奔腾的流水……他意识到,这个家伙听从了他的命令,因此没必要发怒。他的思绪仍集中在既定目标上,但是无意间似乎又有一个新问题冒了出来,他不得不努力思考。他问道:"你是怎么过来的?"

亮晶晶的黑眼睛瞪圆了,好像一下子老了很多。"是从石头里钻过来的,在黑暗里爬,用了很多办法。"她又陷入了思索,"顺水而下,逆水而上。先往一个方向走,走不通后再换个方向试试。"

威伦认真地观察着对方的表情,试图抓住问题的核心。"已经很久了吗?"

"我独自待在黑暗的世界里,已经好久了。"她那小鸟一般悦耳的声音听上去很冷淡,很漠然。但是威伦分明看到那个精灵在颤抖。他不由得感受到一阵突如其来的疼痛。她很可爱,又很可恶;很柔弱,又很坚强;很勇敢,又很可怕。威伦再次锁紧眉头,陷入了沉思。

"那条河是从大山里流出来的吗?你是怎么钻进来的?"

"当时下了一场暴雨,河水到处蔓延。我被洪水冲到了大海里。我在海里发现古水在流动。"

"大海?什么大海?"

那个家伙蹙起了眉头,显然被问糊涂了。她双手抱臂,再次浮现出漠然的神情。"那里只有一个海,就是那个海。"

"我带你回到大海去,怎么样?到那里,你能找到回家的路吗?"

对方立刻摇摇头,头发飘动起来,遮住了她的脸。"那个大海冰冰凉的,到处都是火焰,会灼痛皮肤。我在那里活不下去。"

威伦静静地思忖着。亮眼精灵们像好奇的孩子一样,躲在一旁偷听偷看。长尾女人一边窃窃私语,一边暗自偷笑。这一切杨戈姆拉全都看在了眼里,但是她没做任何表示。

眼下,威伦正站在尤拉拉去世的地方。他不得不在这里正视令自己感到羞愧与畏惧的麻烦。这件事看上去不简单。水精灵原本就是生活在阳光下,生活在河水里的。她被关押在暗无天日的世界里,过了一段漫长的扭曲生活。她迷路了。倘若他派亮眼精灵押送她回去,他们不知要流浪多少年,经过多少寻觅,才能找到她的家乡。而且那个祸害始终跟在他们身旁。还有,他永远无法知道什么时候又会碰到那个家伙,也不知道什么时候她的歌声又会从小溪里或者是水潭里突然飘出来,刺痛他的心。因此,他必须亲自带她回到阳光的世界,给她时间康复,让她找回自己。他要将她当成大地的子嗣看待,对她一视同仁。

威伦说道:"你跟我走,不准蹿入水里逃到库林那里去。不准唱歌,不准号叫,跟我来吧。"

威伦没有注意到对方目光里闪过的一丝畏惧。她像潜水者一样,猛吸了一口气,滑入水里,让身体变湿。随后她乖乖地浮出了水面。

二

"哈哈!"长尾女人叫喊起来,她们摇晃着手指,摆动着尾巴,"她要走了,那个滑溜溜的家伙,没有尾巴的妖精!"她们向杨戈姆拉凑了过来,一边狞笑,一边摇着脑袋。"哈哈!黏糊糊的水草总算要离开了!你再也看不到库林了,你这条破鱼!滚,现在就滚!"

杨戈姆拉浑身湿漉漉的,泛着银白色的光泽。她跟着威伦,穿过了围观的人群。这群人是她的姐妹们,虽然她们长着尾巴,但是她原本准备兴高采烈地接受她们。即便是在现在,她们在讥笑她,讽刺她,她们依然是她的同类,是她的同伴。至于她是否看到、听到了她们的反应,她究竟是盼着离开,还是不想走,她不作任何表示。杨戈姆拉的身形像水草

253

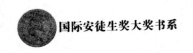

一样苗条,目光像月光一样清冷朦胧。她跟在手握魔法石的男人后面,从围观的两排人中间走了过去。游戏玩过了,而且她输了。这是一件极其罕见、极其可怕的事。接下来会发生什么,她略有预感,但不是太明白。不过,她可是水精灵。

"滚,没有尾巴的家伙!滚,黏糊糊的水草!"

"够了!"威伦暴吼一声,心里异常反感,"你们也离开,你们这群祸害,回到你们自己的地盘去,让别人回家。这是说好的交易。"

长尾女精灵哈哈大笑,摇摆着臀部,翘起了尾巴。魔法石不能永远控制她们,但是交易却有约束力。

亮眼精灵们聚集在他们的周围。一行人上路了。从始到终,水精灵一直落在后面,从未开过口。遇到狭窄的缝隙时,她轻松地滑了过去,而威伦却要费尽周折才能钻过去。有一两次,杨戈姆拉被岩石剐蹭到了,威伦听到她倒抽了一口气,连呼吸都在颤抖。还有一次,杨戈姆拉突然驻足,举起纤纤玉指,像小孩那样,摇晃了起来。威伦以为她受了伤,不禁停下脚步,没想到却看到对方的目光里闪烁着些许笑意。他皱紧眉头,感到不可思议。随后,他再次感受到一阵突如其来的特殊疼痛。其实,那个家伙是在打量着手指上的银色光泽。在暗黑世界里待了这么久之后,没想到肌肤的微弱光泽竟然显得如此明亮。

一行人来到长长的水潭。杨戈姆拉滑入水中,威伦顿时心生狐疑。不过紧接着,他便发现水中的她依然在跟随着他们。她那乌云般的头发飘荡在水中,形成了一波波涟漪。威纶爬上一道很长的石坡, 呼唤她赶紧出来。她从水里钻出来,浑身滴着水,优雅地爬上了岩石。她那双闪亮的古老眼睛里没有流露出任何情绪,没有急迫,也没有勉强,只是听从他的吩咐而已。威伦的喉咙里咕噜了一下,对水精灵嘟哝了一句, 他也不知道自己是怎么了。水精灵从没提出过要求,也从没用她那宛如野蜂蜜一样甜美的嗓音发出过声音。尽管如此,威伦还是没有放下痛苦与厌恶的盾牌。 就在这时,他的心口又被锥了一下。他没来得及反应,疼痛已然消失。

威伦被亮眼精灵们簇拥在中间, 根本没看见杨戈姆拉是如何走完那道陡坡的。要么她是自己爬过去的,要么是被精灵们抬过去的。反正最后她出现在岩架上,像一个若即若离的光影,跟着众人一起穿过通道,进入了一个山洞。一到这里,魔法石的光芒便戛然而止。亮眼精灵们咕哝着与威伦道别, 随即转身离去。威伦担心水精灵也许会混在他们里面,趁着黑暗,偷偷地逃走。不料当他狐疑地转过身来时,却发现依然能看到她那闪烁着微光的身影。这里比以前亮堂很多,峡谷里阳光很灿烂,他清晰地看到了通向洞口的那道缝隙。水精灵的眼睛也定格在相同的地方,但是,在她的目光里看不出任何情绪。

威伦依然小心翼翼,靠着摸索,向缝隙处移动。水精灵好奇地看着他,特意放缓脚步,跟在他的身后。到了缝隙处,

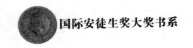

她停下不动了。

"过去。"威伦不容分说地命令道。水精灵将她那银白色的手指放在岩石上,摸索着钻了过去,威伦紧跟其后。

此时,威伦突然发现水精灵杨戈姆拉正紧闭着双眼,用胳膊遮住脸,将身体紧紧地贴在岩壁上。他惊讶地皱起眉头,寻思着引起这一变化的原因。眼前只有一条漫长的昏暗隧道,洞口的阳光非常耀眼。他想起亮眼精灵们,他们在地底下、地面上进进出出。他还想到了米米,她从漆黑的岩石里钻出来,进入了光明的世界。杨戈姆拉来自于阳光世界,长期被困围在黑暗的地底下。威伦从没想到过,她一旦回到地面,居然会受到阳光的伤害。

"我们等一会儿。"威伦生硬地说道,坐了下来。

杨戈姆拉瞬间放下了胳膊,再过一分钟,她站了起来,把脸转向了洞穴。她依然低垂着头,一副随时待命的模样。威伦的心又一次感受到那种特殊的疼痛。

"我们走近一些,再等一会儿。"

水精灵跟着威伦进入洞穴,从幽暗处一直走到微光初显的地方。他停下脚步,抬眼向她看去。只见水精灵转身背对着入口,身体又紧贴在岩壁上,试图躲起来。白天的暑热从洞口喷涌进来,仿佛是怪兽的呼吸一般。威伦只是在混沌初始的暗黑世界停留了很短的一段时间,就连他也感到艳阳与酷暑非常难熬。

"如果你想回家,你一定要习惯阳光。"威伦呢喃道。

这是威伦在阳光下与水精灵打的第一个照面。他仔细地打量着对方，水精灵的银白色光泽来自于体表的那层银灰色黏液。眼下，她有些部位的黏液被岩石带走了，露出了底下金黄色的肌肤。威伦琢磨着她是否有着褐色的肤色，阳光是否会将她的皮肤晒成古铜色。她那头乌黑亮泽的长发已被吹干，从肩头披垂下来，正在微风中摇曳。这个精灵的个头比他想象的娇小，脸被双手捂住，指甲非常长。但是任何东西都遮不住她那玲珑的曼妙身材。她的身姿体态，举手投足，处处都充满着韵味。

　　水精灵抬起头，用她那露珠一般柔情似水的眼睛看着威伦，目光里只流露出耐心的等待与漫长岁月的痕迹。威伦骤然转过身去，带着她向艳阳高照的山洞口走去。一到这里，水精灵不由得再次缩起身体，躲到一边，瑟瑟发抖。片刻之后，她终于喊出了几个字。这是他们上路之后，她蹦出的第一句话。

　　"这里肯定有水！"水精灵大喊道，显然痛苦极了。

　　"这儿有个水潭，"威伦立刻答道，"在下山的路上。"

　　"但是我不能睁着眼睛去那里。"

　　威伦不想折磨对方，他只想摆脱她。于是他说："闭上眼睛，把手给我。"对方乖乖地照办了。威伦握住那只银白色的小手，带着她向水潭走去。

　　手与手的接触没有给威伦带来神奇的美妙感觉，反倒令他产生了几分反感，而且不是因为尤拉拉。那只小手没有任何反应,也没有任何人手的迹象,反倒像青蛙的爪子一样又湿又凉,同时又软绵绵的,缺乏青蛙紧致的活力。她的手很像是淤泥里的枝条,显得滑腻腻的。当他们俩快要到达水潭时,水精灵嗅到了水的气味,立刻抽回了手,纵身跃入水中,没有发出一点水花。随后她沉入水底,消失在视野中。

威伦捡了一些水曲柳树叶,刮去手上的黏液,擦得非常干净。小溪的水是从水潭里流过来的,水很浅。这个家伙不可能在他的眼皮底下溜走。他坐在小溪旁,耐心地等她。

杨戈姆拉潜入水底下,钻入松软的淤泥里。水将她的身躯往下压,似乎想要庇护她,一直等到拿着魔法石的男人离开为止。杨戈姆拉时而蜷拢身体,时而伸展开来,感受着淤泥的柔软与甜蜜——自从暴风雨之后,她从未遇到过如此甜蜜的泥土。被岩石剐蹭的伤口舒服了很多,残留的黏液也变得柔软起来。她透过水中折射的光线,抬眼向上方树丛的阴影望去。随后,她做了一件事——她流泪了。她从不知道水精灵会流泪。

阳光洒在柔软的棕色河水上,其间夹杂着很多斑驳的树影。杨戈姆拉已经太久没有想起过它了,重见阳光真是太美好了。也许不消多久,她又能看到树,透过树梢,还能见到那片早已被忘却的广阔世界。眼下,她可以凝望,但是不可以久留,那个男人在控制着她。

杨戈姆拉没有流泪太久。她的眼睛发现那片光线很柔和,很朦胧,于是开始向上浮去,进入明亮的光线中,再次举目望去。她想自己不妨沉到水底去,一直留在那里,等地球绕太阳转动一两圈再说。到那时,那个男人肯定已经离开。这个水潭里没有任何精灵栖息,完全可以成为她的地盘。不过,游戏可不是这么玩的。她是堂堂的水精灵,这个男人是被她的歌声引诱过来的,而且还击败了她。片刻之后,她的眼睛适应了更强烈的光亮,于是继续向上浮去。

杨戈姆拉透过水面,终于看到了蓝色的天空与婆娑的树影。她被关在漆黑的世界里整整一年了。其实对精灵而言,一年只是一个短暂的瞬间而已。看到大树,她欣喜若狂,顿时忘记了过去的黑暗,开始寻找自己的姐妹们。银白色的四肢,乌云一般的长发,你们在哪儿呀?她跃出水面,四处张望。就在她不安地东张西望时,记忆突然复苏了,于是,她仰起脑袋,发出了一声轻轻的号叫。

"住嘴!"威伦大吼一声,身体立刻绷紧了。

杨戈姆拉看着他,显然也记起了他的禁令,随即停止了吼叫。

威伦在水潭边等候了好久。他不禁起了疑心,怀疑对方正在捣鬼,但是他无计可施,那个家伙确实需要水。他只能黑着脸继续观察。最后他透过棕色的溪水,看到了她那银白色的身影,这才长舒了一口气,放下心来。倘若他跟丢了她,放任她回到男人中间,祸害那些毫不知情的男人,那注定是他一生中最惨重的失败。他松了口气,耐着性子,看着她从水底下往上浮,意识到对方已经用最好的方法解决了不能见光的困扰。即便如此,看到对方突然从水里冒出来,他还是吃了一惊,立即大声发出了指令——他不能被对方吓得瑟瑟发抖,也不能受到她的魅惑,他必须控制住局面。但是,当她用那双亮晶晶的远古眼睛看着他,目光非常迷离,显然充满了渴望,并且骤然停止吼叫时,威伦又一次感受到一阵莫名其妙的心痛。她干吗要吼?自己只想将她送回老家去而已。

"你干吗要吼?"威伦生硬地问道。

"我在喊自己的姐妹。"杨戈姆拉答道。她还是像以往一样漠然,静待他的发落。但是威伦未作任何指示,于是她干脆漂浮在水面上,长发也随之漂散开来。她一直在凝望着某个方向。她没在看威伦,而是仰着脑袋,眺望着远处的大树,天空,悬崖,也许还有鸟儿。

阳光已经从峡谷里消失。威伦肚子饿了,他大声喊道:"现在可以出来了吗?下面还有一个水潭。"

对方应声而出,从水潭里游入了小溪。威伦沿着小溪,向新营地走去。杨戈姆拉跟在后面,时而滑行,时而划水,时而在小溪里行走。

他们抵达了营地旁的小水潭,威伦严厉地发话了:"我可以像对待一条鱼那样,把你关在袋子里面。只要你听话,我不会那么做。没有我的命令,你不准擅自离开这个水潭。我叫你时,你必须立刻出来。"

对方点点头,黑发在水面旋转了一圈,便沉入水里。

威伦点火煮饭,吃了晚餐。随后他躺在草地上,从暮色四合一直躺到夜色深沉,看着篝火慢慢熄灭。他疲惫不堪,心里极其悲恸,他理解其中的缘故。与此同时,他还感觉到了内疚与羞愧。对此,他压根儿想不通。自己克服了各种障碍,进入暗黑地带,最终抑制住恐惧,完成了任务。他已将长尾女精灵遣散回家,好让大地重获安宁。他已下达了命令,让古水回到原来的河道里。他克服畏惧,接管了水精灵,抵制了她的诱惑。现在那个家伙——那个杀害尤拉拉的凶手,正待在他的身边,待在那个水潭里。她之所以待在他的身边,是因为他别无选择,必须带着她。所以,为什么他会感到内疚羞愧?这一次他究竟为什么又失去了自控力?

威伦的胸口处有一块鼓出来的地方,他已经适应了。不过在这一瞬间,他又感觉到了异样——藏在胸口的正是尤拉拉的衬衫。他将它取出来,捧在手心里,悲恸与仇恨顿时涌上心头,让他忍不住瑟瑟发抖。原来是仇恨——这就是原因所在。在过去的那么多小时里,他已经忘记了仇恨。

那么,他仇恨的仅仅是歌声吗?他畏惧的仅仅是狂嗥吗?难道他并不是在哀悼尤拉拉的厄运,而只是在为自己的危险担忧?精灵之王威伦究竟是什么样的家伙?他居然又一次背叛了自己的朋友。

空气突然变得甜丝丝的,开始晃动。小草窃窃私语,但是威伦一直没有听见。他累得要死,很难受。小草继续沙沙作响。

老兄，野兽也是各种各样的……有各种各样的野兽……你应该有怜悯之心……要有怜悯……

威伦终于听到了这个声音，终于明白反复折磨他的匪夷所思的疼痛究竟是怎么回事了。怜悯……对杀害尤拉拉的凶手的怜悯……人是多么奇怪的动物啊！

三

当天夜里，威伦躺着那里睡着了。无论是黎明前的寒意，冰冷的露水，还是水潭里的杨戈姆拉凝视着他的眼神，他都毫无察觉，他是被痛醒的。在峡谷里度过一段痛苦的时光后，他疲惫至极，浑身上下都不舒服。他受了凉，肌肉酸痛，肚子饿得发慌，心里既充满仇恨与痛苦，又不堪承受怜悯的重负。

威伦快速点燃了篝火，一边等火变旺，一边从默傅挂在树杈上的包里，拿出面粉，做了一个硬面包。默傅看到炊烟，便会知道他已平安返回。他希望那位老人能遵守他的指示，不要卷进来。他已下过命令，不准杨戈姆拉唱歌。在那个唱歌的家伙留在峡谷的这段时间里，千万不能让任何男人陷入危险之中……刚想到这里，耳边却突然传来了歌声。那个甜美的声音像往常一样，依然非常清脆，非常悦耳：

你不来吗？

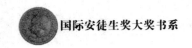

　　渴望向威伦袭来——他气得跳了起来，但是找不到那个家伙的身影。他对着水潭怒目而视，不料却见到那张被黑发遮住的银色面孔从水里冒了出来。她的大眼睛停留在篝火上，随即便沉入水中。

　　原来，她根本没有唱歌，歌声萦绕在他的脑海里。对他而言，水精灵也许只不过是一把黏糊糊的水草而已，但是那个歌声却已深深地植入在他的大脑深处。

　　威伦吃过早餐，收拾了营地，封好篝火，将尤拉拉的衬衫叠好，放入背包内，然后取出钓鱼的装备。随后，他到一堆树枝下面寻找钓鱼用的诱饵。今天他要在小溪里垂钓，准备再吃一次鱼。他捉到几只蟋蟀与几条蠕虫，回到水潭边，一边将诱饵放到鱼钩上，一边叫着水精灵。

　　"杨戈姆拉，你出来！"

　　水精灵从水潭的那一端冒了出来，没有激起一丝涟漪。她只将脑袋探出水面，后背紧贴着对面的堤岸，一副敬而远之的模样。她的视线越过了他，落到篝火上，继而转回到他的身上，目光里似乎蕴含着畏惧。威伦把鱼线扔进自己这一侧的水潭里。

　　"别害怕。"威伦对水精灵说道，但是心里很纳闷。魔法石确实约束了她，但却没有伤害她。这个家伙确实遭受了酷暑与强光的双重折磨，但是他给予了对方充足的休息时间，让她得以康复。这里不是他的领地，所以他只不过禁止她唱歌，禁止她狂噪，禁止她自由活动而已。那么，她究竟在畏惧什么？

"你想回到黑暗中去吗？"威伦问道。

对方摇摇头，用手指缠着头发，然后又放下。

"这样也好，反正你也不能去。你想回到家乡，回到姐妹们的身边去吗？"

对方点点头。

"那好吧，"威伦恼火了，忍不住呛了她一句，"你最好动动脑筋，帮我的忙，而不是老盯着我看，好像我要吃了你一样，你究竟在害怕什么？"

水精灵用她那阴郁的眼神注视着威伦，随后她的目光越过他，落到了他身后的营地上。威伦扭头看去，那里有他的背包，两个装满食物的麻袋挂在树枝上，免得招来蚂蚁，还有一小堆山药。封好的篝火里正冒着一缕青烟。威伦反复思量着。

"你怕火吗？"水精灵猛地打了个激灵。"那个只是炊烟罢了。"对方的眼神变得愈发阴沉。"我不会让它伤害到你，我会留神照看的。"

水精灵仍然一言不发，只是看着他，目光中有所保留。威伦锁紧眉头，佯装看着鱼线。水精灵怕火，这是很正常的现象，但是倘若他要送她回家，那她必须信任自己。瞧她注视自己的目光，似乎她知道某件可怕的事，而他对此却一无所知似的。威伦无法直视对方黯然的眼睛，他对着鱼线说话了。

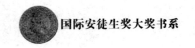

"你在外面流浪了一段时间，还找得到自己的家吗？"

水精灵摇了摇头。

"那么，告诉我吧。告诉我你家乡的情况，说不定我知道那个地方。"

水精灵回答了他的问题，她的声音像以前一样甜美，一样悦耳。"那条河不断流动，从岩石上奔腾下来，跳得好远。太阳照在水面上，我的姐妹们都住在那里。"

"是这样啊。这样的地方有很多，你尽量说得详细一些。你的家乡还有什么？"水精灵只是看着他。"得了，你在那里生活了那么久，肯定是再熟悉不过了。"

水精灵的目光里流露出憧憬的神情。"我对那里了如指掌，那条河就是我的家乡。"

"难道你从没离开过那条河，在陆地上转悠过吗？你不是长着脚吗？"这双腿可真迷人，那么白皙，那么修长。"你的腿是干吗用的？"

水精灵的目光显得很迷离。"我们在浅滩上溜达。那里有岩石，我们经常爬到岩石上面玩耍。鱼儿躲在阴影里……"

威伦满怀希望，等待她说下去。杨戈姆拉沉浸在遐想中，但是她没有再往下说。有条鱼儿咬住诱饵，分散了威伦的注意力。他钓起一条鲇鱼，小心翼翼地取下来，以免被它的背鳍扎伤，然后将它妥善地放在堤岸上。水精灵停止了遐想，她像猎人一样，注视着威伦的一举一动，显得兴致盎然。

威伦装上诱饵,再次将鱼线甩了出去。

"你住的那条河向哪个方向流动?"威伦大声问道。

"方向多得很,有好多条支流。我们闯荡过好多地方,东西南北,哪里都去。"回想起从前的经历,水精灵骄傲地说道,"我们从没有离开过那条河。"

这么说来,那是一条很庞大的水系了。威伦思忖着离他们最近的与她的描述相吻合的河流。"那里一直有水吗?那些小河中,有干涸过的吗?有下雨时才积满水的吗?"

"是有这样的小河,"水精灵淡淡地答道。威伦发现她那貌似漠然的表情里流露出掩饰不住的骄傲。"我们从不为它们烦心。我们的河道里水量很大,是条大河。"

她的骄傲也许是来自于对家乡的憧憬吧,不过这条河很可能是常年流水的河流。从西部汇入海湾的河流中,与她的描述相吻合的寥寥无几。而且有瀑布的,好像一条也没有吧?那么,海湾的东部呢?会不会是庞大的昆士兰水系的一条支流?

杨戈姆拉没有再征求他的同意,便自行沉入水中,刚好他需要时间好好思考。这条线索没有给他带来任何收获。他怎么会想到这个家伙只知道自己生活的那条河流,除此以外,居然一无所知呢?只好想其他的办法了,也许要查一下身边的几张地图才行……

杨戈姆拉突然从威伦这一侧的水潭里冒出头来,看着他,目光中闪动着异样的神采——那是调皮的表情吗?只见

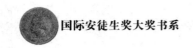

她从水里跃出来，抢起了一只胳膊。随后，一条仍在挣扎的鲶鱼从空中向他飞来，砰的一声摔在堤岸上。水精灵发出咯咯的声音，沉入到了水中。那应该是笑声吧。

威伦坐在那里，皱着眉头，看着那条鱼拼命挣扎，险些翻过堤岸，蹿入水里。威伦将它放在另一条鱼的旁边，卷好鱼线，收拢了起来。两条鲶鱼够吃了，没有必要继续钓下去。不过那个家伙为什么要把一条鱼扔给他？

威伦将那两条鱼开膛破肚，清洗干净，脑海里不由得闪过一个不安的念头。这两条鱼来自于杨戈姆拉栖身的水潭，吃下去该不会有问题吧？这就是流落异乡所面临的风险。只有当地人才清楚哪些东西、哪些做法才是安全的。威伦打定了主意，倘若有一条河道被唱情歌的鱼儿污染了，那这条河早就名闻遐迩，他绝对不会没有耳闻。于是他将鱼用一块湿布包好，带回到了营地。随后，他在背包的口袋里寻找地图。到目前为止，这些地图尚未派过用场。

但是他的思绪被水精灵搅乱了。他必须摆脱她，而且不能让她所在的水潭脱离他的视线。他带着地图向山上走去，在一块岩石背后坐了下来。从这个位置，他可以继续监视而不被对方察觉。他准备好好地研究一下河流，找到一条新的思路，继续控制住局面，决不能任由那个家伙搅乱他的心绪。

杨戈姆拉也被搞糊涂了。她躺在那里看着一束束阳光射入棕色的溪水中，心里琢磨着这个谜一样的男人。这个人拿着魔法石……他使用过两次……现在他又一次让她独自待在水里，根本不来管她。他不停地追问她家乡的事情……似乎真打算送她回家似的。好蹊跷！杨戈姆拉置身在平静的阳光与潺潺的流水中，脑子里突然冒出了一个念头，也许那个男人真的不知情。

杨戈姆拉浮上水面，再次抬眼向那个男人看去。他居然不在视线内！杨戈姆拉不敢相信他真的一无所知——果真如此的话，这种状况也同样蹊跷。现在，她离开了暗无天日的世界，没有人管她。夜里她能看到星空，白天能看到灿烂的太阳，甜蜜的溪水，鲜活的鱼儿，水中的芦苇，移动的阴影，还有岸边的野草。哪怕她不能离开这个小水潭，也无所谓吧……莫非他真的不知道？

杨戈姆拉再次沉入水中。在这个小小的水下世界，她生活得好惬意啊。她别无他求，只希望姐妹们陪在她的身边，跟她一起玩耍。可惜这个男人不愿跟她玩——不是让他玩原先的游戏，而是一起在水里玩耍。她知道他不肯玩，他太严肃了。她把鱼扔过去时，他甚至皱起了眉头。然而，他却让她独自待在洒满阳光的甜蜜溪水里……她霎时忘记了他，开始玩耍……

杨戈姆拉追逐小鱼，与阴影捉迷藏，与芦苇共舞。她像海豚那样嬉戏，乌云一般的黑发在水里飘荡，划出一道道银色的涟漪。当水流被礁石拦住时，杨戈姆拉蜷曲身体，堵住水流，直到水漫过她的肩头——随后，她放声大笑。她像吐

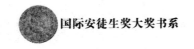

泡沫一样,噗噗地笑;又像小鸟一样,咕咕地笑。她任由自己像白色的水花一样被水冲到礁石旁,然后顺流直下,漂入水潭中。

威伦一直在监视。听到杨戈姆拉的笑声,他从岩石后面向下望去,出神地看着她在水中戏耍。她像野蜂蜜一样甜美,如水面上的阳光一样灿烂。这个女人好可爱,好欢快啊!威伦凝神看着杨戈姆拉,全然不记得地图还摊开在膝盖上。尽管他的目光里依然隐含着悲伤,脸上却浮现出一丝笑意。随后,他突然看到了她的内心。当溪水第三次将她冲到礁石上时,她突然停止欢笑,仰起脑袋,憧憬地凝望着天空,脸上写满了孤独。他说过禁止对方狂嗥,但是他明白,此时此刻,她的心里一定是在狂嗥。她是在呼喊自己的姐妹们。

威伦将地图卷在一起,站起身来,迈开大步,向山下的水潭走去。"你是被洪水冲到海里去的,"他对着水精灵大声说道,"从哪个方向?是从东面吗?"

水精灵用她那远古的眼睛看着他,刚才那会儿,她已经忘记了他,现在又记起来了。"那条河流向南面和西面,然后掉头北转,流入大海里。"

威伦对着放在堤岸上的地图,认真地比画着。那条河可能在任何地方……任何地方……在东面入海口的南岸,甚至可能是南面海岬上的一条小溪……由于记忆的差错与极度的向往,那个家伙也许会将一条小溪想象成一个庞大的水系。威伦忍不住爆了一句粗口,将地图捋平,折叠了起来。

这个方法不管用,得想其他的法子才行。他迈着沉重的步伐回到营地,点燃了篝火,准备做烤鱼吃。杨戈姆拉随即钻进了水中。

当天下午,威伦再次浏览地图,仔细地研究着每一条河流,每一条小溪,试图弄清它们之间的大概距离。汇入大海的河流有这么多条,究竟是哪一条河先向东流去,然后却调转方向,北上半英里的呢?沿海的山丘之间到底环绕着多少条河流,流向南面和西面?一个新的疑问浮现在威伦的思绪中,他将目光转向水潭,显得心不在焉,却又若有所思。太阳已然从峡谷里消失,杨戈姆拉浮出水面,坐在礁石上面,注视着威伦。她与威伦一模一样,也是心不在焉,却又若有所思。

威伦的心口突然被刺了一下——怜悯会带来多大的伤害啊!要是那个家伙摸上去不像淤泥,没有那么黏,而是非常热情,非常活泼,那该有多好啊……威伦恼怒地摒弃了这个念头,转而向她提出了疑问。

"你明明是被水冲到了北方,怎么又折回到了山洞里?真是从东面过来的吗?"

水精灵茫然地看着威伦,回答了他的问题。她的大脑依然停留在其他思绪上。"是从东面来的,大海不在东面。"

威伦的眼睛眯了起来。"你把东面指给我看。"他命令道。

水精灵随意地挥舞了一下胳膊,姿势非常优雅。"那条

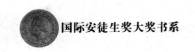

河的流向与太阳的轨迹相同,不是流向大海。"

"那么,那条河到底是怎么流的?流向哪个方向?大海在哪里?"

"在北面。我是被暴风雨刮过来的。然后我一直往南走,进入了古水里。古水是从北部海岸那里流过来的。"

难道是海湾?这个家伙真的是从海湾那里过来的?果真如此的话,那个瀑布又在什么地方?得有更多的地图才行……肯定有条河有瀑布。正当他要转身向营地走去时,那个精灵又说话了。

"你的朋友挡在我们中间。"水精灵说道,仿佛一个探索者终于找到了真相似的。

威伦目瞪口呆,顿时浑身僵硬,变成了一块石头,失去了说话的能力。那双亮晶晶的远古眼睛注视着他,她比他更了解。

"这是一场游戏,是由他发起的,但是他没有玩。他只想获得安宁,并且达到了目的。难道他的安宁应该挡在我们中间吗?"

威伦气得声音都发颤了。好大的胆子,居然敢跟他提尤拉拉。"我的朋友是英雄,他是为我死的。"

"同时也是为了安宁。既为友情,也为安宁。插在我们俩中间的究竟是哪一个?"

"他没有,"威伦呵斥道。尤拉拉实现了成为英雄的梦想,"插在我们俩之间的那个人是你。"

　　"这就是你想要找到我的老家，让我恢复自由的理由吗？"

　　威伦冷笑了一声，触摸着皮带上的魔法石。"我不会让你恢复自由。"

　　杨戈姆拉忍不住哈哈大笑，她的笑声像喜鹊一样动听。随后她滑入水中，一眨眼后，从水里钻出来，又扔给他一条鱼，那条鱼在堤岸上使劲拍打挣扎。威伦不予理会，迈开大步，回到营地里，开始生火。他窝着一肚子的气，往火堆里放了太多的柴，火苗蹿得好高啊。等到明天，他要带着那个黏糊糊的家伙去找亮眼精灵，将她留在那里待上一段时间。然后他要在一棵枯树上点燃烽烟，将默傅召唤过来，让他找一些海湾的地图，帮助他找到那条有瀑布的河流。

　　当天夜里，杨戈姆拉在月光下放声歌唱，但是她唱的不是原来那首情歌。她温柔地歌唱着奔腾的流水与旋转的浪花。这首歌并不神奇，但是却有着独特的魅力。看到杨戈姆拉放肆的样子，威伦不禁勃然大怒，恨不得一步跨过去，让她闭嘴。但是他没有那个胆量，他被她的歌声撩拨着，只好僵硬地坐在黑暗里，听她唱歌，看她与星星的倒影一起玩耍。看了很久之后，明知她还在玩耍，他还是想要睡觉了。

　　"哦，伙计！"威伦对着尤拉拉的灵魂呻吟道，但是这一次，谁都没有出来帮他。只有树叶沙沙作响，仿佛在温柔地笑着。没过多久，威伦便陷入了沉睡。

　　杨戈姆拉从水池里探出头来，看到了这一幕。那个英雄身边放着魔法石,正在酣睡,叫都叫不醒。难道他真以为她一直受到魔法石的控制,哪怕他睡着时,也是如此吗? 只因为他在睡觉时,魔法石的法力也在守护着他,所以他就以为这块石头拥有记忆力,拥有意志力吗? 哪怕他不下达指令,那块石头也能自动服从他的心愿吗?显然,那个男人对自己的判断很有信心。其实,他不知道,他什么都不知道!

但是假如他一无所知,那她留在这里又有何用?她没准要在这里耗上一百年,而且,到那时,游戏还没有结束。要不然,她索性不辞而别好了。他给过她好多次自由活动的机会,她完全可以趁机溜走,找到一个没有古老生物栖息、鱼儿很鲜美的水潭。到那时,他会怎么做? 他会以为魔法石的法力已经消耗殆尽,将它一扔了之吗? 她噗噗地笑了,笑声很轻柔,但是她没有走。

杨戈姆拉追逐一个水蜘蛛,终于逮到了。"他会送我回家,回到姐妹们的身边去的。"她对蜘蛛说道,然后一口吃掉了它。她的脸上露出了欣喜的笑容,紧接着却又脸色一沉,伤感了起来。她知道他不可能跟她的姐妹们一起生活,何况他跟别的男人完全不一样。她钻入水中捉鱼,随后又一次浮出水面,对着月亮轻轻地唱起歌来,她不想惊扰那个人的睡眠。她对着沉睡的男人歌唱,一曲终了后,忍不住笑了起来。她已经想出了一个新的游戏,要跟这个英雄好好地玩一场。

杨戈姆拉不愿意逃走。她只想像水花一样,漂浮在水面上,让水载着她。一想到那个男人气疯的模样,她便乐不可支,像吐泡沫一样,噗噗地笑;又像小鸟一样,咕咕地笑。与此同时,水流载着她离开了水潭。她钻入被树荫遮挡的堤岸下面,想找到一个新的藏身之所。她琢磨着那个人是否会扔掉那块石头。

四

威伦一大早便醒了过来,想起了那首瀑布之歌。他发现,自己睡着后居然原谅了杨戈姆拉,不再为对方提到尤拉拉而生气。他很诧异,也有几分不安。不管是否原谅对方,他都要按照原定的方案,看住她,将她带回到黑乎乎的山洞里,晾她一段时间。他要教训他,让她不敢笑话他。更准确地说,这么一来,他便争取到了时间,可以等默傅过来,让他去找海湾的地图。或者,两人一起去也行。

威伦在离水潭很远的地方,小心地点起一小堆篝火,开始做早餐。在他尚未做好准备之前,他不想让对方产生警觉。今天早上,那个家伙一直很安静。他经常窥视,但一次都没看到她浮出水面,也没看到她玩耍。他琢磨着怎么才能将她带到山洞里,命令她留在亮眼精灵身边,等他回来。当然了,那个家伙肯定会苦恼不已。虽然刚开始的时候,她漠然地遵从了他的命令。但是他告诫自己,一定要对她心怀怜悯。他要向对方解释,告诉她自己很快就会回来;他需要用地图,才能找到她的家乡;他一定会在第一时间将她带回到洒满阳光的水潭里。等他回来后,对方一定会喜出望外,用

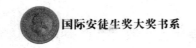

笑声戏弄他，并且唱起那首瀑布之歌……摸上去像淤泥一样，黏糊糊的……

就在他脑子里转着这个念头，一边皱着眉头，一边喝茶时，他听到了那个歌声。

这首歌唱的是荡漾的水草与游动的小鱼。歌声非常动听，像月光一样清亮，他决不会听错。歌声来自于小溪下面的某个地方，就在第一个营地附近。

起初，威伦不敢相信自己的耳朵，他以为那个家伙正在水下唱歌，所以他才听岔了。但是歌声非常清晰，非常甜美，决不可能听错。他走到水潭边侧耳细听。

威伦喝令水精灵从水下浮出来，但是她没有出现。这一幕提醒了威伦，那个家伙不在水潭里面，她已然离开。威伦僵立在堤岸边，又是气愤，又是沮丧，不由得浑身发抖。他进入混沌初始的黑暗山洞，就是为了拯救这个家伙，自己这么善待她，一心一意想要找到她的家乡！对方的无情无义令威伦勃然大怒，忍不住咒骂对方，随后再次对自己恼怒不已。

他怎么会这么大意，这么愚蠢？居然相信魔法石任何时候都能控制住她，哪怕在他睡觉时也行？他居然从没想过，也从没有怀疑过。其实，他只是更信任那个家伙而已。他坚信对方做梦都想回到家乡去。竟然忘记了对方是个精灵，性子很野，非常会撩拨人，而且压根儿没有罪恶感！竟然要将这样一个祸害带回到阳光的世界，让她的歌声传入那些一无所知的男人的耳朵里，而且还跟丢了她！他惊恐万分，对水精灵的愤慨不禁再次涌上心头，随后忍不住又对自己恼火不已。

正当威伦窝着一肚子火时，一首悦耳动听的歌曲从小溪里飘了出来。这首歌歌唱了水精灵们自由奔放的生活，歌唱了蜿蜒流淌的河流。

威伦不能容忍自己无助地站在那里，被恐惧与沮丧所压倒，他必须将那个家伙逮回来。他要找到她，悄悄地潜到她的身边——趁那个家伙以为自己已经得逞，在那里得意洋洋地嘲笑他；趁她还没找到离开峡谷的出路，趁魔法石对她还有约束力时，他要对她发起突袭，勒令她回到水潭里去。果真如此的话，他便赢得了时间，得以将她送回黑暗的山洞里，一直待到他找到她的家乡为止。至于她的感受，他才不会在乎呢。就让她认定他把她一了百了地打发走好了，就让她继续撩拨他，装得毫不在乎好了。一定要让她用迷人的银色膝盖，跪倒在他的面前，乞求他的怜悯。现在他更了解对方了。

杨戈姆拉在歌唱灿烂的阳光与流淌的河水。

威伦仔细观察，判断着他们俩之间的距离。他的目光沿着小溪，审视着被树荫遮蔽的地方，最后选定了东侧的堤岸。那里的山坡非常陡峭，到处都是岩石，堤岸附近有一片树林。他开始了追踪。

威伦像影子一样，悄无声息地行动，尽量躲在树影里。他在岩石中间潜行，从树后闪过，在灌木丛中穿行。他不得不经常停下脚步，用眼观察，用耳倾听，因此前进的速度非常慢。最后，他来到了老营地与毗邻的水潭上方，挑中了一块岩石，藏在它的背后，准备在那里等上一段时间。那个家伙非常狡猾，她会与自己一样，躲在一个严实的地方。

威伦根本没有等。杨戈姆拉胆子真大，居然坐在水潭岸边，就在他这一侧，气定神闲地背对着他，用手指梳理着一头长发。一见到她，威伦顿时心软了。她就像个小孩子，为自己的小聪明而得意，相信自己肯定赢了。其实倒不如说，她就像一只小鸟，根本不知道猎人就在背后。威伦悄无声息地站起身来，仔细地观察着山坡，然后弓着身子，从树影里一路小跑，来到了山下的一根树桩处。随后，他潜入一条水沟，在沟堤的掩护下，悄悄地向前摸去。

威伦在水沟的入水口再次见到了那个家伙。她依然坦然地坐在阳光下，背对着他梳头发。水精灵开始唱歌，这一次她歌唱的是洒满月光的夜晚与酣睡的英雄。

威伦像影子一样，从水沟里溜下来，躲在一棵水曲柳树下。杨戈姆拉唱着歌，滑入了水里。片刻之后，歌声从离他很远的上游飘了过来。

怎么是上游？

威伦耐住性子，沿着相反的方向，继续慢慢地追踪起来。当他看到那个家伙待在原来的小溪里——就是汇入水潭的那条小溪——时，他的心不禁为之一振。毋庸置疑，在他找到她的家乡之前，那个家伙从没打算过离开。她只是像孩子一样轻率罢了,并不狡诈,也不阴险。现在她正在等他。于是,威伦从灌木丛中走了出来。

水精灵哈哈大笑,挥了挥手,转瞬消失。他瞥见一道银色的亮光钻入了堤岸的地底下。

威伦很难接受这个事实——看来,那个家伙是在戏弄他。他锁紧眉头,断定自己刚才没有隐藏好,于是选择了一条更隐秘的线路潜回了老营地。他听到歌声从小溪下方传了出来。他知道下面那个水潭的堤岸很高,有很多地方可以躲藏,很容易接近。他小心翼翼地向山下走去,来到小溪旁的水曲柳树下。到那里后,他可以顺着小溪一路摸过去,加快行进的速度,动作也可以更利索些。他轻手轻脚地从营地边的水潭旁跑了过去。

突然,身后传来了一声轻轻的水花声——只见一条鲶鱼飞落到地上,在他的脚边扑腾。随着一阵噗噗的笑声,涟漪向相反的方向扩散开来。这一次又是在上游的方向。

威伦不得不承认了事实——那个家伙真的是在戏弄他。难道她以为自己真的能成功吗?威伦粗鲁地挠着脑袋,头发被他弄得乱七八糟。照这样下去,她肯定能得逞。他正想将那条鱼踢回水里时,突然醒悟过来。现在正好是午餐时间,他不妨一边思考一边趁机补充些食物。他没有带刀,但是口袋里有火柴。于是,他点着了一堆篝火,按传统的方式将那条鱼囫囵烤好,坐在一根木头上,一边抓着吃,一边思索。

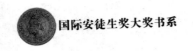

　　威伦将自己对小溪的了解全部梳理了一遍，把那些深浅不一的洞穴通通考虑了进去。他琢磨着杨戈姆拉，思索着该如何将计就计。他耐心地坐在那里，一直等到歌声再次从离他很远的上游飘出来，企图将他吸引回去。随后，威伦突然悄悄地飞奔起来，沿着小溪，向沼泽地跑去。

　　威伦轻轻地踩在沼泽地边缘硬实的泥地上，向那片竹林——也就是那片高草走去。看到那一小块烧焦的区域，他不由得感到一阵心痛。紧接着，他开始推测，看看那个家伙能否从小溪那里看到他。根本看不到。在他视线的前方与后方，生长着一大片茅草，一直延伸到沼泽地里，正好遮住烧焦的区域。威伦一边审视着这两块地方，一边提防着歌声的出现。沼泽的地面很松软，因为这个缘故，上次他与尤拉拉来时，虽然他们进入了沼泽地的深处，但是特地绕开了这个地方。不过如果他在这两块茅草地之间放一两根树杈，搭起一个临时的桥梁，说不定他能在两边跑，速度正好赶得上。

　　威伦的动作很利索。他知道精灵们的行动速度，知道那个家伙肯定会琢磨他躲在什么地方。他找到两根树杈，塞入淤泥底下，然后站在上面，用自己的体重，检测它们是否结实。然后，他找到一根稍小的树杈，在远离小溪的那片高草地里，给自己搭了一个藏身之所。他藏匿在高高的草茎中间，坐在低垂的枝叶下面，望着潺潺流动的小溪，等待歌声的出现。

　　那个家伙若要从峡谷里逃出来，不可能不经过这片沼泽地,她也不可能穿越沼泽地,而不被他发现。现在他就在这里。假如他是她的猎物,那么她一定会出现的。想到她只是在玩闹而已,威伦的心里不禁涌起一阵内疚。他觉得,如果她来到这里,决不是想逃跑,而是被他吸引来的。但是他别无选择。她的本意并不邪恶,也不危险,但是在他找到她的家乡之前,决不能放她走。他硬着心肠,继续观察。

很长一段时间过去了。威伦像他的祖先那样,玩起了比试耐心的游戏。他没有挪动过一步,也没放松过观察。他只是偶尔悄悄地活动一下肌肉,做好随时行动的准备。一只青蛙跳上他的脚背,立刻又跳走了。蚊子嗡嗡地飞来飞去,不停地叮咬他。一只小蜥蜴在他手上停留了一会儿。树叶在他的头顶上方沙沙作响,令他想起了白茅草的烟雾与尤拉拉。他的灵魂立刻无声地劝告他,没有关系,白茅草的烟雾是没有取得效果,但是无论是当时还是现在,其实他根本不希望摆脱那个家伙的纠缠。

威伦继续等待。一小时后,他听到歌声在附近的小溪里传了出来,她正在唱着捉迷藏的歌呢。威伦的脸上不禁露出了笑容。半小时后,他看到她出现在小溪的入水口。又过了半小时,威伦再次瞥见她的身影。没过多久,她便挺直身体站了起来,用她那古老的眼睛打量着那片沼泽地,目光中带着某种恐惧。她后退了几步,又唱了几句,随后便停了下来。威伦只好活动一下肌肉,继续等待。

紧接着,那个家伙又开始行动了。她迈着轻盈的步伐,堂而皇之地从沼泽地上走了过去。多美好的一幕啊!与此同时,威伦却紧张起来,开始准备行动。她向他所在的方向转过身来,眼神亮晶晶的,笑容宛如蜂蜜一样甜美。他静静地看着对方走过第一片白茅草地,来到第二片草地附近。就在这一刻,威伦擦亮一根火柴,点燃了白茅草下端的枯叶。

这是命运攸关的瞬间。当第一个火苗发出噼啪声时,威伦立刻从树杈搭起的桥梁上飞奔过去,擦亮了第二根火柴。随后,他带着一身的泥水,顺势从沼泽地里一跃而起,将那个家伙堵在两个高草火堆中间。

现在,火苗变成了跳跃的火焰,滚滚的浓烟冒了出来。威伦以为她会吓得向后跃去,正好落入他的手中。他甚至计划好要揪住她的头发,逮住这个滑溜溜的家伙。没想到她却僵在原地不动,眼睛睁得老大,好像已经被他镇住,无计可施似的。她被浓烟裹在里面,不断地扭动——她害怕火。威伦不忍心对她过于残忍,于是,他飞扑过去,抓住了那个惊恐万分的家伙,将她的黑发缠在自己的左胳膊上,试图将她带走。不料她却只是站在那里,双脚已经陷入了淤泥中。她面如土色,不停地咳嗽,不断地挣扎,同时直勾勾地看着他,看着火焰,目光里流露出不可思议的神色。

"原来你知道。"杨戈姆拉呢喃道,随后瘫倒在他的胸前。

自己究竟干了什么?威伦的心怦怦直跳。他托住对方,本以为她的身体应该是轻飘飘、黏糊糊、滑溜溜的。不料,那层银灰色的黏液已被烧干，变成了一根根带子，垂在皮肤上。她的身体跟人一样重，而且还活着。威伦怦怦直跳的心立刻安稳下来，忍不住开始赞美。米米！她永远不会想到，人类居然会如此愚钝！你可以借助一种高草烟雾的魔力，来与之对抗——他怎么可能从那句话里联想到这一点？威伦的肺被烟雾熏痛，眼睛不停地流泪。他抱着杨戈姆拉进入了滚滚的浓烟之中。杨戈姆拉紧闭着双眼，仿佛死了一般。但是威伦可以感觉到，她还活着。

威伦抱着杨戈姆拉，穿过舔舐的火舌，看到被火烤干的黏液从她的皮肤上掉落下来，开始燃烧。她的视线再次凝结在他的脸上。她早就知道他会有什么样的反应，于是目光霎时黯淡下来，眼睛被烟熏得不停流泪。他也回视对方，目光不仅很坚定，还带着怜悯。他们俩不断流泪，不断地咳嗽。浓烟滚滚而来，火焰遇到沼泽地面，冒出滋滋的白烟，随即熄灭。从头到尾，她都没有反抗过。最后，地上只剩一堆灰烬与几缕余烟。威伦抱起她，她的嘴唇被烟熏裂了，威伦不由得羞愧难当，陷入了迷茫之中。

威伦抱着她走向小溪，来到第一个水潭。脚下的鞋子沾满了淤泥，发出嘎吱嘎吱的响声。他连衣服都没脱，便径直走入水潭深处，抱着她待在水中，帮她疗伤。那首情歌在他的脑海中突然冒了出来，歌声非常嘹亮：

你还没来吗？

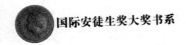
其实，来的人是她，而不是威伦。从始至终，尽管他很痛苦，尽管他被歌声缠扰，尽管他感觉自己很无耻，但是其实他一直都知道，该如何对付那个银白色的杨戈姆拉。就在威伦站在那里，抱着金黄色的姑娘时，脑海里却突然警铃大作，盖过了情歌的歌声。

第七章　水精灵

一

这么说来，他终究还是知道的。她蜕变成了肉身，游戏已经结束。现在她是谁？她又该何去何从？

她的皮肤硬邦邦的，锢得很难受，可怕的浓烟熏得她浑身都在刺痛。她被他抱着泡在水中，感觉水流在冲刷她的皮肤，一如以往那样温柔。但是她的身体却像石头一样沉，在水里完全漂不起来。水从她身边流过去，根本推不动她。

她移动四肢，感觉它们从没有这么沉过。那个男人一放开她，她便立刻钻入水底，想让被灼伤的脸和被烧焦的头发尽快复原。但是那一刻太难受了，真的好恐怖啊。她根本浮不起来，而且在水里她不仅无法呼吸，眼睛也看不清。那个人只好再次将她抱了起来。她失去了银色的黏液躯壳，难道属于她的水中家园也一同失去了吗？鱼儿在哪儿呢？还有那些显示水流方向的水草，它们又在哪儿呢？

她失去了家乡，从此往后，必须生活在干燥的阳光世界里。太难受了！她闭上眼睛，关闭大脑，听任她那沉重的双脚机械地向前挪动。与此同时，那个男人半抱半托着她，经过一段漫长的路途，来到他的宿营地。一到那里，他便用柔软的织物将她裹起来，放在阴凉处。等她躺下来后，沉重的身子倒是感觉轻松了一些。她再次睁开眼睛，观察着他。

那个男人坐在背包上，也在注视着她。他也被灼伤了。

谁都没有开口说话。好长一段时间，两人被古老的魔咒笼罩着，陷入了沉默。他们的脑海里不约而同地浮现出红色的平原，高耸的峭壁，以及黑暗的山洞。这些画面也闪现在他们的目光中。

最后，他吐出几个含糊的词语，打破了沉默。"我叫你慕拉……我叫威伦。"

这是一句大俗话，用来打破古老的魔咒再适合不过了。她躺在那里，听着他说话。他叫威伦，自己叫慕拉。不是慕拉族，也不是那个姆拉，而是慕拉。她以前从未如此独立过。她躺在那里，听着他说的那个名字。那个人累得倒头睡着了。慢慢地，她也睡着了。

从那一刻到太阳落山，从夜幕降临到黑夜沉沉，她一直在酣睡。等她睡醒时，星光即将消逝，但是他还在沉睡。那个男人——他叫威伦。他躺在原来的地方，像木偶一样，倒在地上，睡得好沉好沉。看来，他没有在夜里监视她。

星光下躲藏着一些阴影，他们好奇地端详着他们。她看到了，但不予理会。她很年轻，又是精灵，生命力很顽强。她总算可以独享这个夜晚了。她用那沉重的手脚,推掉裹在身上的柔软织物,躺在那里,开始活动身体,看看骨头是否强壮,肌肉是否结实,皮肤是否有弹性。随后她坐起身来,站直身体,开始在月光下行走。她有体力,也有平衡感,恰好可以承受身体的重量,躯体的沉重感似乎一扫而光。她在树枝上行走,树枝没有折断;她在草上行走,草叶没有倒伏。这样的移动方式与在水里行走或者是水面上漂浮截然不同,但是在干燥的阳光世界里还算凑合。

她找到了身体的韵律,开始摆动,开始跳舞了——看到没有!她依然身材苗条,体态轻盈,非常迷人!原来的肤色适合河水,现在的皮肤颜色很深,恰好与日夜的影子融为一体。她笑了一会儿,开始追逐一个袋鼠。看到没有,她依然能够玩耍!她还是她自己。

她的本性还在,她叫慕拉。

月亮已经隐去。她感觉饿了,但是她不知道没有水的世界里有什么食物可吃。她想叫醒那位英雄,告诉对方自己需要食物。她飞奔过去,脚下的草叶一点没被踩倒。她想用脚摇醒对方,但是她得先学会用一只脚站立才行。随后,她想到她那温暖的脚指头会碰触到对方那温暖的大腿,便不禁开始期待那份暖意。可她不想叫醒他,他倒在地上,睡得好香啊。她悄悄地离开了。

她原路返回,打算回到原来的水潭里。那里是她知道的唯一食物来源。里面有小鱼、甲壳虫,还有蜘蛛,正等着她来

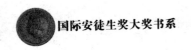

吃呢。她知道那个地方在哪里。但是现在她很怕水,她被水惊吓过两次。第一次是被烟熏倒之后,她钻进水里,没想到身体却沉了下去,根本浮不上来。第二次是因为她待在这个水里很难受,况且姐妹们可厉害了。那个人,那个威伦,他什么都不懂,居然还抱着她进入水中,帮她疗伤。

她坐在水潭边,好想钻入水中,抓点鱼来吃,但是她很害怕。看到倒映在水里的星星,她的脸上不禁露出了笑容。倘若她下去捉,那些星星该会立刻跳开的吧!她探出手去,想要捞起一颗星星,不料却一头栽入水里。她发现自己的身体在水里比在岸上更轻盈,而且,自己居然又能站起来,又能呼吸了。

这么说来,奇迹发生了。她的姐妹们离她很远,她根本不知道她们在哪里。她发现自己又可以开始驾驭水流了,只要猛吸一口干燥的空气,她就能钻入水下。等她搞懂自己在水下看到的是什么东西之后,她的视力肯定就能恢复了。她在水中尽情戏耍,与原先玩的那些游戏大致相同。她摸到了鱼的黏液,于是习惯性地抓过鱼来,用手摸它。

她钻出水面,坐在礁石上,开始吃鱼,然后再次钻入水里,又抓了几条鱼。黎明时分,威伦睡醒了,发现她依然坐在水潭边原来的位置上,火堆旁躺着三条活蹦乱跳的鲶鱼。

二

威伦醒过来,看到那长发飘飘的迷人身影坐在礁石上。

倘若她的肤色没有变深,跟他的颜色很相近,倘若不是那三条鱼,他也许会相信昨日的烟熏火燎只是一个梦境而已。他惊愕不已——昨天那个小姑娘还瘫倒在地,衰弱不堪,今天却学会了走路,学会了游泳,甚至还学会了捉鱼!

威伦被那几条鱼触动了。难道不是他将她——一个迷路的外乡人——从她的世界里硬拽出来,拖入了他的世界里?她非但没有记恨他,反而捉鱼给他吃。他装作没醒,躺了一会儿,继续观察。

她还在玩耍,用脚丫子整理水草。她的眼睛还是像露珠一样闪亮,笑容还是那么甜美,行动还是那么轻盈,身材还是那么苗条。他不禁怦然心动。也许现在她已经蜕变成一个姑娘了,她叫慕拉。虽然如此,她还是与他见过的其他女生截然不同,好可爱,好大胆,好能忍,像孩子一样精灵古怪。在这一刻,他好害怕自己忍不住理解她,爱上她。于是他站起身来,去点篝火。

慕拉立刻开始唱歌,她歌唱那位睡相很难看的酣睡英雄。她的嗓音像昨天一样甜美,一样调皮。任何男人都会被撩拨起来,忍不住想抓住她。可惜他几乎可以确定,她压根儿不知道自己的声音有多迷人。他的脑海里再次警铃大作,不由得用手粗鲁地揉着头发。

他看到过朋友失去人形,知道迷上她的男人要遭多少罪。有人规劝过他,这世上有各种各样的野兽,他必须心怀怜悯。是他亲手点燃那两堆白茅草,用烟火将水精灵体内的水气熏出去的。现在她跟尤拉拉拉一样,变成了他不熟悉的陌生人,受他的控制。他绝对不能鲁莽。

他从没打算为尤拉拉报仇,但是对方受到的惩罚已经够残忍了。这个念头像一块石头,压得他心里沉甸甸的。

他打断了对方对沉睡英雄的歌唱,故意用开心的语气大声叫她:"这些鱼疯了吗,非要从水里跳出来,在这里扑腾?你看看,这些鱼能吃吗?"

听到他的提问,她颇为诧异地思索了一下,明白那个英雄是在戏弄她。她不禁莞尔,扑通一声钻入水潭里。看到溅出的水花,他也露出了笑容。现在在水里游的不是精灵,而是一个人。

篝火渐渐燃尽,化为一堆灰烬。威伦来到水潭下面的小溪旁洗漱,收拾鱼。他意识到面前有两个问题亟待解决,他要为慕拉找到一件衣服,还要为她准备一顿煮熟的早餐。至于更严重的问题,他需要从长计议。眼下,他还是集中精神,先解决掉这两个问题再说。

慕拉游到水潭的出水口,又扔给他一条鱼。她的脸浮现在乌云一般的黑发中。她正色道:"我应该远离水,这是一条规则。"

"是吗?"威伦问道,他正在收拾鱼,"是谁定的?"

她再次思考了一下。这个问题真蠢,不过她还是回答了。"是我定的,是慕拉定的。"

威伦乐了。"假如你不该待在水里,那你出来好了。"

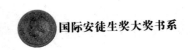

　　她叹了口气,皱起眉,然后点了点头。"说得对。"她爬上礁石,离开了水面。他希望另外两个问题也能如此轻易地解决掉。

　　威伦喊她过来吃早餐。她警觉地走过来,看着篝火,显然是敬而远之,但是不如他担心的那么紧张。她看着威伦吃早餐,心里很有防备。起初,她拒绝接受她的那份食物。

　　"我吃过了,趁你睡着的时候吃的。那条鱼是自己从水里跳出来的。"

　　"没关系,你再吃一点,吃一点点就好。"

　　威伦将平底锅拿给对方,她坐在那里,不为所动。威伦将锅递到她的面前,她只好接了过来,拿起一块鱼,整个儿放入嘴中。然后她嚼了起来,琢磨了一下,蹙起了眉头。

　　"很软,很干,嘴里都是骨头,"她伤心地加了一句,"但是我不可以再吃生鱼,这也是一条规则。"

　　"那你刚才为什么吃生鱼?"

　　"我当时肚子很饿,而你在睡大觉。我不懂陆地上的食物,我的姐妹们也不在这里。"

　　"今天晚上,你可以品尝一下炖兔子肉。"

　　"肯定很难吃。"她哀叹一声,继续努力吃鱼。威伦不禁佩服对方的理智与忍耐力。他信心倍增,开始处理第二个问题。

　　"你最好把这个披在身上。"威伦说道。他从背包里拿出一件全棉针织衬衫,扔给了对方。

她看着那件衣服，不明白他的用意。

"就像这样。"威伦提醒她，指了指穿在自己身上的衣服。

她露出了不解的神情。"这么说来，你不喜欢我吗？难道我不漂亮吗？"他不由得咬紧牙齿，移开了目光。看到他的表情，她继续举例，想要说服他，"我很漂亮，这是肯定的。所有的水精灵们都很漂亮。从没有见到过长得不漂亮的水精灵。"

他粗鲁地打断了对方的话。"你跟阳光一样可爱，我非常喜欢你。穿上衣服。"

水精灵用她那双古老的眼睛直视着威伦，没有碰那件衬衫。很显然，穿衣服并不包括在规则里面。威伦试图晓之以理，动之以情。

"我非常喜欢你，我不喜欢其他男人看你，我很嫉妒。"

水精灵不满地蹙起眉头。"这不是理由，这里没有别的男人。"

"但是我们不可能永远留在这里——到那时肯定会有别的男人出现！说不定悬崖上就有一个男人在看着我们！在这期间，你必须适应穿衣服。"

这么说来，他们要离开夹在峭壁里的小溪，去一个更广阔的世界。这是一个全新的计划。她不禁气馁了，但是她还不服气，对那件衬衫还是很抵触。她的神情变得愈发坚定。

"嫉妒只能是对我的侮辱。你否定的究竟是我身上的哪

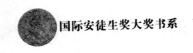

一点——尊严,智力,还是意愿?"看到威伦大惑不解的样子,她接着说道,"告诉我,难道我很愚蠢、很软弱,还是一个骗子?"

其实她根本不是这样,威伦哑口无语。他发现自己必须给她一个真正的理由,但是他找不到。"衣服能替你防晒挡风,躲避苍蝇的骚扰。"

她轻松地将他的说法弹了回去。"衣服确实能保护我的身体。但是我的胳膊,我的大腿,还有我的脸蛋,难道它们就应该挨冻挨咬吗?"

威伦的脸色沉了下来。"只要你喜欢,我可以给你丝袜遮腿,给你找手套遮胳膊;也给你面纱遮住脸。可惜这里没有。"

她有些发怵,但是不甘心。"这是因为你不需要这些东西。那我干吗需要这个玩意?"她用脚指头轻蔑地碰了一下衬衫。

威伦仍在努力。"听着。你愿意穿着那件衣服与姐妹们一起在河里游泳吗?我的意思是,你说你愿意,好吗?"

她噗噗地笑了。"我可不愿意。"

"为什么不愿意?"

"她们会嘲笑我,奚落我,然后把我撵走,要不然就是把它撕掉。"

"好吧,其实这正是你在这里必须穿衣服的原因。"威伦注意到她正在思考自己的说法,于是继续说了下去,试图阐明理由,"因为我穿衣服。除此之外,只有一个办法,那就是,我脱掉衣服,但是我不愿意。你要改成我这样,而不是反过来。"他一时解释不清,不由得急躁起来,"听着,你还不明白吗?如果你是我的同类,我必须照顾你,必须为你着想。如果情况颠倒过来,要忘记衣服倒是更容易些——因为我认定你能照顾好自己。你还看不到这一点吗?也许这个说法很愚蠢,但这就是事实。我昨天没有像对待人那样,关照过你吧?当时我不可能那么做。我设下了陷阱,逮住了你,这样才能保护其他男人的安全。"

慕拉长叹一声,终于认输了。随后,她拿起衬衫。威伦赶紧跑过去帮她。她皱起眉头,闪身躲开。她仔细地检查着衬衫,将它与威伦身上的衬衫进行比较。经过一番挣扎,她终于将胳膊伸了进去。她被自己的举动逗得哈哈大笑,她的笑声像喜鹊一样动听。衬衫松松垮垮地套在她的身上,她扭动身体,想要知道穿衣服是什么感觉。衣服惹得她痒痒的,她忍不住再次大笑。她的长发被衬衫的衣领勾住了,威伦笑嘻嘻地凑上前去,温柔地帮她解了下来。

这个动作使得她再次变得警觉起来。她费了好大的劲,从衬衫里钻出来,然后再折腾一番,钻了进去。这一次,她自己将勾着的头发解了下来。随后,她脱掉衣服,又穿回去。紧接着,她飞奔到水潭边,探出身子,看着自己倒映在水中的形象,忍不住开怀大笑。衬衫宽松的肩部滑落到肘部,下摆则垂到膝盖。她抻了抻衣服,松开手,看着衣服拉长,然后再

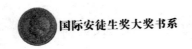

缩回去。她笑盈盈地看着浅蓝色的衬衫,用手指戳了戳柔软的衣料。

威伦含笑看着慕拉,心里却唏嘘不已,太可惜了。但是他非得让她穿衬衫不可。她对陆地上的世界几乎一无所知——既然他已经将她改造成了人,那么,必须将她当成一个人来对待。

慕拉脱掉衬衫,拿在手里走了回来。威伦封好篝火,收拾碗筷。慕拉饶有兴趣地注视着他,同时不时地穿衣服、脱衣服。她蹲在一边看着,威伦很难专心干活。

"做水精灵是什么样的感觉?"威伦问慕拉,试图转移对方的注意力。

慕拉的脸色僵硬起来。她坐在那里,用手指拨弄着那件蓝色的针织衬衫。"水精灵要顺流而下,驾驭水流;遇到水草纠缠时,要抱成一团,齐声歌唱;要随大流,日出而起,遇风则隐。我们不是一个人,而是一个群体,共同玩耍。"她不禁迟疑了,"我只说得出这些。你得是个水精灵,才能知道梦寐以求成为其中一员的滋味。"

威伦可不这么想。

"做英雄是什么样的感觉?"慕拉问道。

威伦颇感意外,情急之间给出了一个答案,然后被自己的答案吓了一跳。"做英雄就是要弄清楚自己究竟是不是英雄,永远不要在乎别人告诉你的身份。"

"那么,你是英雄吗?"

这个问题威伦想过十来次，每次都认为自己是英雄，事后却每每发现自己想错了。此时此刻，他只能说自己是英雄，语气中既没有沾沾自喜，也没有一丝疑虑。自从汤姆·亨特来找他的那天开始，他到底经受了什么，才让自己配得上这个称号？主要是埋头干活，还有听从风的召唤，帮助尤拉拉解脱，接受默傅·博拉的支持，以及柯因的教诲与米米的指点，抵御恐惧与渴望，学会心怀怜悯。在成为英雄的坎坷长路上，他得到了很多人的帮助，也经历了更多的失败。做英雄并不值得骄傲。

　　慕拉与他一起去设下捕兔陷阱，她在一旁警戒，目光像狩猎者一样敏锐。当他们俩靠近兔子窝时，她放轻了脚步。他注意到她脚底下的野草没有倒伏。这么看来，她还没有完全蜕变成人类，至少现在还不是。捕兔陷阱令她大惑不解。威伦稍作解释，她便明白过来，似乎觉得这样的捕猎方式很有悬念，很好玩。

　　趁着守候在兔子窝旁的间隙，慕拉还发明了其他游戏。她追逐小鸟，但没有追上，不满地蹙起了眉头。威伦幻想着带她一起乘在风上旅行。她在一根低矮的树杈上荡秋千，玩得不亦乐乎。他在后面推了一把，她笑得更欢了。她爬上一块很高的岩石，纵身跳下来，又开心又后怕，一个劲地喘着粗气。威伦与她一起跳了一次，看到他在她身边狼狈地往上爬时，她乐得眉开眼笑；当他笨重地跳到地上时，她更是哈哈大笑。大多数时候，她穿着那件衬衫，但是他永远搞不清楚,什么时候又会看到她赤身裸体的模样。她会把那件衬衫搭在手上,或者是披在脑袋上,眼睛里露出调皮的神色。有一次,威伦不得不将衬衫从一棵小树上捡回来,她淘气地看着他,装出一副失忆的样子。

慕拉经常坐下来,缅怀河水的浮力。每逢这时候,威伦便站在一旁让她休息,或者是将陆地上的另一种食物介绍给她看。他那克制与害羞的态度令慕拉深感不解。他总是面带笑容,但是有时候微笑中蕴含着一丝痛苦——似乎在她杨戈姆拉发明的游戏里,她是赢家,而他却是输家似的。于是,她开始偷偷地观察他,并且尽量记得穿上那件蓝色的衬衫。

他们俩设完陷阱,挖好山药,回到营地,端出煮好的鱼,不加热就吃了下去。饭后,金黄色的阳光照耀在峡谷里,高耸的峭壁上云雾缭绕。他们俩一个躺着,一个坐着,在阴凉处歇息。两人对视了一眼,随后赶紧移开了目光。

慕拉脱掉衬衫,又立刻穿了回去。

威伦扯下一根草,打了好几个结。他试探地问她问题。

"现在你打算怎么办?你准备去哪儿?打算回家乡去吗?"他听到对方的呼吸在颤抖,发现她正看着自己,神情中几乎充满了恐惧。威伦拧紧了眉头。"怎么啦?"

"我们去不了我的家乡,"她嘀咕道,"你不认识路。"

"只要你想回去,我一定会找到的。大海在北面,你的家乡就在大海附近。"

"西面。"慕拉轻声说道。

她原先说的是北方，但是他没有追问下去。"难道你不想回家，见到你的姐妹们？"她摇摇头，直勾勾地看着他，仿佛他是妖怪似的。"那么，为什么不想回去？"

"你的朋友挡在我们中间！"慕拉喊了起来，听上去简直又在号叫。

"慕拉！别这样！小姑娘，忘掉那件事。那只是一个意外，像石头落下来一样。"

"他插在我们中间。"

"他没有，我告诉你。刚开始确实如此——但是现在他不在了。我发誓。"

"你只是说说而已，你没办法证明给我看。"

威伦笑了笑，陷入了沉思。慕拉用她那古老的眼睛凝视着他。"尤拉拉决不会插在我和一个姑娘中间，"他正视着对方，向她提供了一个最简单的证据，"你身上穿的就是他的衬衫。"看到对方不解的神情，他又说了一句："不然的话，我怎么会把那件衣服拿给你穿？"

慕拉跳起来，甩掉那件衣服，跑向小溪，潜入水里。她要逃回到水里去。

威伦无计可施，只能呆坐在那里，愁容满面地看着她，心里像压了一块石头。假如尤拉拉确实挡在他们俩中间，那只是因为她本人心里有芥蒂。不过他究竟说过什么话，让她产生了那种感觉？他该怎么办才好？整个早上，他一边看着

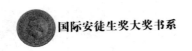

她玩耍,一边盘算着所有的选择。

　　他好喜欢慕拉,被她踩在脚下的野草从不倒伏。在他眼中,她的快乐显得如此迷人。这个外乡人在干燥的地面上迷路了。她来自于远古,忍耐力超强,同时又像小孩子一样年幼无知。往后,他该何去何从?

　　带她去城市,还是回到乡下的某个小镇上?将她整天扔在一间一居室的公寓里,还是扔在酒吧的后院里?将她从自由自在的水下世界里带出来,夺走她的游戏,换来的却是肮脏的街道,粗布工装,还有一个旧电炉? 不行,他当然办不到,完全不可能。

　　那么,将她送回到她的家乡去吗? 对她说:"小姑娘,谢谢你跟我度过了一段美妙的时光。你不想找到一份工作,在你姐妹们的身边生活吗?"

　　要不,干脆直接扔下她好了。就把她扔在这里,扔在无法迷惑男人的峡谷里面,这样男人便不会受到慕拉的魅惑。她完全能填饱肚子,还能与溪水与小树玩耍,直到她年华老去,满脸皱褶。也许总有一天,她会找到一条出路,离开峡谷。

　　眼下,他看不到任何解决方案……

三

　　慕拉憋着一肚子的气,在水里玩了一小时。威伦心事重重地看着她玩耍。起初的十来分钟,她成心玩给他看,她注意到他直勾勾的目光,但是不予理会。在这之后,她爬到礁石上,坐在那里,显得冷冰冰的,非常端庄,非常迷人。现在,她的肤色已然变成了古铜色,跟他的颜色大致相同。她挑衅地瞪着他,最后从礁石上爬了下来,噔噔地往回走,小草全被她气冲冲的双脚踩倒了。

慕拉抓起尤拉拉的衬衫,套在身上。"我应该远离水,"她指责威伦,"我告诉过你了,这是一条规则。"

威伦的心脏又开始怦怦直跳。但是现在,他早已习以为常,因此平静地回答了她:"那就待在外面,你自己看着办。"

"不,不是的。你应该阻止我进入水里。"

"水姑娘,我从不阻止别人做他们想做的事。对我来说,这条规定特别苛刻。你看着办,这是你的权利。"

慕拉瞪着他,坐到一根树杈上。"你根本不了解水精灵。"

威伦毫无愧意。他经常被米米斥责,早已习惯了。"没错,以前从未听说过他们。但是你现在不是水精灵了,假如按照规定,你不应该进入水里,那你为什么要下水?"

慕拉用脚指头推搡着一根树枝。"那个规定是很苛刻,"她承认道,随后挑衅地加了一句,"但是我没有找到我的姐妹们。她们不在这里,她们以为我死了,不可能过来!所以……我并不是害怕……"

"你怕你的姐妹们吗?但是你又需要她们!至少昨天就是如此。现在又怎么啦?"

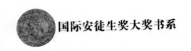

"现在，"慕拉大喊道，"我想活着。像任何东西一样，我想要活着！每一个东西都想成为自己，我是慕拉。我想成为慕拉。"

威伦紧锁着眉头，看着慕拉。"你就是慕拉。除此以外，你还能是谁？"

"杨戈姆拉，"她低声说道，"你该知道的。"

"往下说。你告诉我。"

慕拉耸起一边肩膀，别过脸去说话了。"这个游戏——杨戈姆拉的游戏——很复杂。男人不能成为赢家。你以为自己赢了，是因为你逮到我，并且驯服了我。"

"水姑娘，我没有。我不能接受驯服的说法。"慕拉扭头瞟了他一眼，继续用手指玩着衬衫。威伦不禁笑了。"总有一天，我会找到一件适合你穿的衣服。也许是一件彩虹衫，行吗？"

慕拉对他的调侃不仅不予理睬，反而再次瞪着他，大喊起来。"总有一天！总有一天，我不会待在这里，穿你那件彩虹衫的！这就是游戏的规则。我的姐妹们一定会找到我的。她们会大声呼唤，不停地呼唤，而且我肯定能听到，一定会听到的。总有一天，她们会在水里找到我。她们更容易抓住慕拉，比你抓住杨戈姆拉还要容易。然后我会变回杨戈姆拉。所以，你应该永远禁止我下水。"

接下来的片刻，两人谁都不吭声。威伦生硬地打破了沉默："那就这样吧，我们还是找到你的家乡，送你回去好了。"

慕拉将脑袋往后一仰,好像他要揍她似的。"但是我想做慕拉!你抓住了我,改造了我——我已经穿上那件衬衫了!难道你不要我了吗?难道你不在乎我吗?"

威伦差点动手揍她。他气得两眼冒火,抓住一根枯树枝,用力扔到了水潭里。"我当然要你!"他大吼道,"你这个该死的小傻瓜!我当然在乎!难道我没有跟着你该死的歌声,穿越了大半片土地,进入了暗黑世界吗?当我琢磨着最佳方案时,难道我没有看着你玩耍,让你玩个痛快吗?"威伦看到对方听得稀里糊涂,实在听不懂他在讲些什么。于是他坐下来,尽量克制心里的怒气,低声咒骂了一句,这才平静下来,继续往下说。

"听着,水姑娘。我确实需要你,我都快被这个念头折磨疯了。但是我能拿你怎么办?我怎么能让你一直玩游戏?"威伦斟词酌句,慢慢地向她描述了男人的世界。他提到了钱,快乐家族,工作,公寓;提到了城市与乡镇,以及人行道上在风中飞舞的饮料盒;还提到了老乡们与他们的生活方式——他们居住在保护区与城镇的外围。他还告诉她,是他将她拖入干燥的阳光世界的,假若她独自留在峡谷里,说不定会比跟他一起生活要更好一些。眼看他越说越动情,千百年来积累的处事经验不禁浮现在慕拉的目光中,她的眼眸不再是柔情似水,而是像星星一样闪亮。

慕拉直接指向了问题的核心。"你喜欢这样的生活方式?"

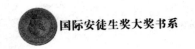

"喜欢！不对,这是男人的生活方式。"

"但是你是英雄,你有法术。还有钱在哪里?我没有看到你的钱。你在这里只是设陷阱,挖山药,捉鱼而已。"

"你不可能用陷阱将自己需要的东西一网打尽。"

"不行吗?但是你说过我也许行。有什么东西是我不需要,但你需要,而且用陷阱捉不到的呢?"

"衬衫,陷阱,其他男人。在我的领地上到处行走。"

"你的领地很辽阔吗?有很多鱼,很多兔子吗?这个领地属于你吗?"

"从这片海到那片海……到处都是垮塌的篱笆与设陷阱的钢丝套……可以吃的兔子俯拾皆是,兔子皮还可以卖掉……那里住着一些零零星星的英兰德人。他们要捡木柴做饭,偶尔干一两天活……假如你对生活所求不多,并且爱上那个地方的话,你会认为那里很富饶,那是属于我的领地。"

"你从没告诉过我。还有什么是你需要,而你的领地无法满足的?"

威伦打了个滚,趴在地上,温柔地对着她笑。

"你。"

慕拉像星星一样闪亮的眼睛蒙上了一层阴影。"这么说来,你必须回去挣钱。你是设下圈套特意抓住我的,所以我不会留在这里。"

"假如我知道你跟我回去很开心,也许我会赌一把的。只要你愿意,你也可以留在这里不走,不管别人怎么叫你,你根本不必理睬。"

"你跟着我的歌声,走了这么远的路,难道仅仅是因为你愿意吗?听到别人叫却不用理睬,难道很容易做到吗?"

"容易?才不呢。是否容易取决于你想要什么。我想要慕拉。只要有一丝丝机会让你开心,我也决不会放过的——但是,跟我在一起,你只是活着而已,没有什么好的机遇。"

现在,轮到慕拉坐在那里,听对方说一些从未听说过的事情。在峡谷里,虽然只有峭壁洒上了金黄色的阳光,但是由于空气格外燥热,她只能听到昆虫的鸣叫声。也许,她还听到过别的声音——石头中气十足的无声歌唱,还有远处传来的窃窃私语。也许,她还听到过远在千里之外的瀑布的奔腾声。

"但是我们没有机会,"威伦说道,"而且,我告诉你也没用。你不知道,你不知道挨饿、挨冻是什么感觉,也不懂什么叫上班,什么叫衰老。"

"那些不是活着的常态吧?"

"对我来说,正是如此。这是我的世界,我应付得来。对你来说,你的世界是河流,姐妹们,还有你们的游戏。两者之间有天壤之别,至少我是这么看的。我不能把你从你的世界里拉出来,硬塞入我的世界里。"

慕拉站起身来,她的眼睛像蜥蜴一样古老,目光如月光一样温柔。"如果你做不到,那我只能作罢。"她脱下那件蓝色的衬衫,一把扔掉,随后甩动着那头黑发,直到头发飘散

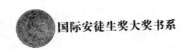

开来,宛如在水里漂动一般。"只要我是慕拉,"她斩钉截铁地警告对方,"你决不能用那块石头来命令我。"

威伦的话音很粗暴。"我根本不想,我已经说过了。"

"还有,我不能用歌声来引诱你。"

慕拉转过身,从野草上飞奔而去,脚底下的小草一点没有被踩倒。他听到她扑通一声,跳入了水潭中。威伦将自己的脑袋深深地埋在两个胳膊里。

你不来吗?
明水在吟唱,
你不来吗?

这首歌根植在他的心里,他永远解脱不了。

她明艳照人,
因为被一双闪亮的眼睛,
看了一眼。

了解她,爱上她,甚至改变了威伦的记忆。缠扰他的歌声不再蕴含恐惧,也不再有蛊惑力。歌声非常欢快,非常调皮,非常活泼。唱歌的人是慕拉,而不是杨戈姆拉。

你不来吗?

暗水在吟唱，

你不来吗？

从峭壁那里传来了回声。威伦突然翻过身来：回声？在他的脑海中，歌声从未像现在这样连续不停地唱了下去。

漂动的暗水

宛若漂浮的黑发

漂散出的涟漪。

威伦坐直身体看去。原来她正浑身滴着水，坐在礁石上的老地方，身体前倾，在唱歌呢。她的笑容宛如野蜂蜜一样甜蜜。她正在用调皮的眼神逗弄他，呼唤他离开他所生活的世界，抛下金钱、工作、公寓，来到她那无拘无束的自由世界，按照老乡们传统的方式生活。当她看到威伦时，她像吐泡沫一样，噗噗地笑；又像小鸟一样，咕咕地笑。随后她滑入水里。

不用歌声来引诱他，她以为他是什么人？威伦拽下身上的衬衫，他告诫自己，对方知道他是什么人，他也知道她是什么人。她永远不会像其他女孩子，她是慕拉，是来自水中的姑娘，一半是精灵一半是人。总有一天，她会听到姐妹们的呼唤。